しねぇ、ピスエルガ王国の親王さまと好きピ同士だったの、まじえぐいっしょ。もうすんごいテンション上がっちゃってさぁ、まあ、恋は盲目ってやつよね。親王さまのくっっだらない、ほんとしょーもない悪口ひとつにおめめキラキラさせちゃって。いつか、パーティー抜け出して、誰が見てるかもわかんない屋外で強引にキスせがまれたときなんて、ほんっとにドキドキしちゃった……あっ、昔の話だからね！　でも、浮かれすぎちゃって、夜、お部屋の鏡の前に立って半裸でダンスしちゃったりして……あ、これやっぱナシ、すぐ忘れて！　えっと、そんなんでね、人生ってサイコー、このまま結婚して、あたしお后さまになっちゃうのねぇ、ちょろすぎーとか思ってたらさ、あのクソ●●●野郎、他の女と浮気してやがったのよ！　しかも一人とかじゃないの、ありえなくない？　王宮に仕えてた女の子のほとんどに手出してたんだって！　とんだヤリ××ね！　ちぎれればいいのに！……けっきょく、あいつはよその国の王女さまと結婚するんだって。あ、もしかしたらあいつのママンのしわざ……？　あいつとあたしが付き合ってるのドン引きしてたし。そういえば、別れてから修道院に入る前に挨拶したとき、超晴れ晴れした顔してたかも！　ま、もうどうでもいーけどね。要する[illegible]ピ同士だと思ってたのはあたしだけだったってわけ。あいつはあたしのことなんてただのお遊び。都合よく捨てられたってかんじ。まじで草。[illegible]あいつが送ってき[illegible]ずかしぃ～手紙はまだ取ってあるから、これをあいつが国王サマになる時にでも、ちょっとしたカワイイ本にし[illegible]えば大スキャンダル間違いなしっ[illegible]想像し[illegible]けでニヤけちゃう！　楽しみね！……あっ、もしかして、あたしのこと浮気されて捨てられたカワイソーな女の子だと思ってる？　べつにそう思われても構わな[illegible]けど、あた[illegible]いま修道院で超しあわせだから！　ありがと！！

あーあ、ズッ友のウルスラに早くエンカりたいわー！！」

足に敷かれた花

ロナルド・ファーバンク
浦出卓郎 訳

The Flower Beneath the Foot

Ronald Firbank

彩流社

足に敷かれた花／もくじ

足に敷かれた花

——若き日の聖ラウラ・デ・ナジアンジとその時代の記録——

マダム・マチューとマドモアゼル・ドラ・ガルニエ・パジェ[1]に捧げましょう

「元から善(よ)い女の子っていますけど、私は違いました」
聖ラウラ・デ・ナジアンジ

「十八歳頃だったかしら、うぬぼれを押さえ込んだのは」
同

I

浮華局と呼ばれる女官長も、夢中宮を冠せられるお后さまも、意気揚々とは言いかねました。宮殿中、揣摩憶測が広まってましたからねえ。棗椰子主産の国、中東トリアヌヒイのジョティファ国王夫妻をもてなす祝賀会に列席するかしないか、廷臣の意向は真っ二つに割れているところでした。睡眠不足気味のメデュサ・ラッパァ伯爵夫人は、翌週、頤和偽園へ入場した宮廷人が穹窿の下で怖気を震うか、賭けの準備に余念なかったんですが、これはトルガの伯爵夫人がお好きと分かっていたからです。

「メデュサ、わたし今暇じゃないし、乗り気でもなくて」。王家の居間に向かって歩きつつ、伯爵夫人は答えます。「賭けたりするのは、なし」。控えの間の扉前でくるりと振り向き、こくこくしながら「ってことで！」

チュニジア製のクッションを積み上げたソファの上へあおむけに寝転がるお后さまのお姿が見え、隣に坐って本を読み上げる女官の声が聞こえてきます。

「ねらいを持って生き、ねらいは高めに定めよ[2]」。伯爵夫人が近づいてみると、女官はこう言っていました。

「そちかえ、ヴィオレット？」　夢中宮(ゆめのちゅうぐう)はぐるりを見ずに尋ねました。

「陛下(へいか)、お加減はいかがなんですの？」　伯爵夫人は心配して聞きます。

「答えておくれでないかえ、わらわを安らがせ、養生させてくれる土地を？」

　トルガの伯爵夫人はちょっと考えて、

「パリ、ですかねぇ？」　はっと閃(ひらめ)いたように。

「ううむ、行けぬぞよ」

「となれば、頤和偽園(いわぎえん)」。伯爵夫人は草の蔓(つる)にも似た、細くしゅっとした指先を絡め、叫びを漏らしました。

「マンノシン・ウンチン医師が断固反対するぞよ」と断じるお后さまは、銃声を聞いてちょっぴり怯(おび)えちゃったようでした。「棗椰子(デーツ)連がやってきおったに違いない」。確かに、遠くから、お客人方の籠(こ)もった声の響きが部屋に広がっていきました。「金剛石のアネモネをおくれでないかえ？」と命じて、「祈りを終えてたも、マドモアゼル。高尚な内容じゃぞよ」。女官に指図します。

　ちょっとため息吐いた女官は、死にゆく賢者のポーズで、

「ねらいを持って生き、ねらいは高めに定めよ」。感極まって繰り返しました。

「マドモアゼル・デ・ナジアンジ、肝に銘(めい)じおれ、高めに定められては困るぞよ」

ちょっと間があり、その後に——

「うふん、だってぇ陛下ぁ、すき過ぎますものぉ」

「調子付いとるの。退(ひ)いたが身のためじゃぞえ」。静まれと一睨(ひとにら)みを食らわせながら、ぶつぶつするお后さま。

「逞(たくま)しいんですものぉ！　顎(あご)のへこみに、聖像置けそうなほど顔が良い」

「まったく！」

ややあって、ベタ惚れ女は『その日から(ドゥピュイ・ル・ジュール)』[3]をおっとり口ずさみながら部屋を出ていきました。

「聖母さま、疲倦宮(つかれうみのみや)ユーセフ親王殿下が、かかる気まぐれに耽(ふけ)られましたることは……」。伯爵夫人は天井に向かって話しています。

お后さまは金剛石の腕輪をささっと別の腕に付け替え、

「例のごとく早口で読み上げるゆえ、いずくでそんな急(せ)いた読み方を覚えたか聞いたればじゃ、『映画館のスクリーンで』と返しおったぞよ」とこぼしました。

「これっぽっちも家格ある娘だと思えませんね」。部屋の中へ目を向けて、コメントする伯爵夫人。

天井に彫刻が施されたかなり瀟洒(しょうしゃ)な部屋は、高いガラス扉によって向かいと繋がっていました。伯爵夫人はその一枚の反射を使い、『玉座』や陽光を受け千変を遂げんとする燦めきの戯れを放つ水晶と、オルモル細工が象嵌された電話機の台に、英国から運んできたのに壊れてしまったチッペンデール家具が使用されているさまをチラ見していました。マジュヌーンとライラの恋物語[4]が描かれた綴織の掛け軸が壁の鏡板を半ば隠していましたが、部屋のもっと下方には、心ウキウキするアリ・バイラムル製の古いカーペットがあり、その先には色んな種類の花を咲かせる植物でいっぱいの花器も見うけられるのです。窓の間の、天蓋が付けられ窪まったところに彫像があったんですが、お后さまの「きわどく映るぞよ」との意向に応じ、取り払われていたので、伯爵夫人はそこからお城の前庭や眼下に広がる町の全風景、国立劇場に駐屯地、国会議事堂、病院、信心者から「蒼白イエス」と名付けられた、トルコ石色の壁面を持つ大聖堂のある、低く白いドームなどをざっと眺められました。

「厄災を招きかねん交際じゃ！　あってはならぬ、ならぬぞよ！」　お后さまは続けます。

　答えながら、宮中で評判の怯える小動物みたいな眼をお后さまに向ける伯爵夫人は、「この騒ぎっぷりを見るにつけても、中東の両陛下、民草から歓迎されてるらしいですわね」と申し述べます。

　お后さまはクッションの上でモゾモゾしていました。

「国家間貿易が膨張するか否かの瀬戸際じゃ、棗椰子連との同盟関係を疎かにしてはならぬぞよ」。お后さまは目を閉じて、金塊を餌になんとかかんとかトリアヌヒイを説き伏せ、芸術品確保を名目とした発掘団を組織し、ソドム近郊にあるケダラオメル王(5)の遺跡へ派遣できるやもと、野望溢る大御心を抱かれながら答えました。

「陛下、バナナをお望みだと思って宜しいのですね?」伯爵夫人が尋ねます。

けれど、その時扉が開き、色とりどりの勲章を付けた疲倦宮が入ってこられました。女泣かせのイケメンで、ちっちゃな頃でさえ純真無垢さが感じられませんでした。モクレン色の勲章に映えるように、野卑な目をにこりとつり上げ、傷のない真珠のような歯を見せ。

「連中に会ったじゃろう? どんな格好をしておったのかの? 母に教えておくれでないかえ?」お后さまは叫びます。

「心底やべえやつらだぜ」。駅まで国王夫妻を出迎えに行ってきた疲倦宮の親王は、やれやれとでもいった調子で答えました。

「洋服を着ておったかえ?」お后さまは尋ねます。

「ジョティファ王はフロックコートに帽子」

「奥方は?」

「タータンキルトのスカートと、チェック柄のウールストッキング」

「后どのは個性的だとか伝え聞いておりますわ、陛下」。伯爵夫人は思い切って嘴を入れました。

「個性何するものぞ！　不愉快な女と国民も承知しておろう」

お后さまは微(かす)かにうめいて、

「わらわは今日のカビ色占いをするぞよ」と宣言します。

親王がちょっと突き出した舌は、紫色のすみれ色。

「なら、鬱(うつ)の色じゃん。俺らの城、カビで真っ黒だぜ？」

「そんなもん、鬱の数にも入らぬわ。ああ、ユーセフや、ユーセフや、わらわの心の臓を痛めるつもりかえ？」

突き出された舌が、幾目盛分か長くなりました。

「えーと、ラウラのことを仄(ほの)めかしてんのか？」と親王。

「あんな女のどこが良いんじゃ？」　嘆(なげ)くお后さま。

「思いはぴったり、ってとこか」。あっさり答える親王。

「まったく！」

「命じれば、あんなことやこんなことも」

「家婢(かひ)の役目ではないかえ！　わらわの知らぬ間によくもまぁ……」。お后さまは突き上げた綺麗な手をぶるぶる震わせました。

「これぞはけくち(トレ・グッター)ですよ、陛下」。伯爵夫人はささやき気味になるまで声を小さくし、ぼそり。

「あいつがいると陳腐（クリシェ）に陥らないだろ！」　奮然と言う親王殿下。

「あやつがいても陥るわい！　ああ、ユーセフや、ユーセフ、わらわが子。目にくまができておる。花やしき（シャトウ・デ・フルール）にて徹夜でギャンブルしたんでないかえ？」　お后さまのご返事です。

「国民に意見を聞かなきゃなぁ！」　親王は誤魔化しました。拍手を受けても疲倦（ひけん）は覚えぬ体で、部屋を飛び跳ねて進み、窓に近づき、群衆へ投げキッスしだしました。

「口角を上げてたも」。お后さまは頼みます。

「起き上がって、殿下に腕を回しておあげなさいまし、陛下」とは伯爵夫人の意見。

「どうにも力が入らぬでの」。夢中宮（ゆめのちゅうぐう）は指で髪を掻き上げながら拒みました。

「お天道（てんと）さまも照ってますし……陛下はあそこにアネモネだって付けててねぇ。殿下をギュッとしてあげて、民を和ませないと」。おだてる伯爵夫人。べんちゃらに揉み手、あの手この手を使ってお后さまを起こそうとしている最中、絞りたてミルクのようなほっぺをした十六才のお小姓さんを先に立て、王さまが部屋へと入ってきました。

「ウィリー、窓へ行ってたもれ」。お后さまは、カニ歩きするダンナの長い足が穿（は）いたズボンの最終ボタンを見つめながら、熱く勧めました。

うんざりしたパティシエ風の王さまは腰を下ろします。

「朕惟（ちんおも）うに、今日は皆より目線を感じる日である」

「ウィリーや、弓で以てもそなたを射殺せぬぞえ」

「朕末永くこの朝をば続かせんがため、そなたと寝台を相伴すること庶幾う」

「わらわの耳を聾すものぞ鎮めたもれ。黙らせたもれ。さもなくんばわらわ、病みついてしまうでの。今宵は自室から出ることができぬぞよ！」きっぱり断るお后さま。

「ウィスキーでも取り寄せさせましょうか、陛下」。伯爵夫人は聞きましたが、答えが返ってくる前に宮内医師マンノシン・ウンチン先生がやって来ました。

「発作が起こったように思うぞよ、先生」。お后さまはきっぱり。

ウンチン先生はにっこりします。片目を盲いてはいましたが、もう片方の目で全てお見通しなのです。

「わしにお任せくだされ。即座に持って参りまするぞ！」と受け合います。

「先生、ジョニーはないのかえ?」お后さまは渋面でぶつぶつ。ベッドタイムにジョニー・ウォーカー一杯を飲むことが、名医ウンチン先生おすすめの処方箋だったからです。

「いえ、もっと度数の強い酒でなければいけませぬ」

「朕も専門医の意見は用いらるべきと存ず」。王さまが話に入ってきました。

「国王陛下も蒼白く見えまするが」

「俺、外出する時、帽子がすっぽり抜ける気がするのだよ」

ピスエルガ国のウィリアム王がおんみずからを「俺」と呼ばれるなど滅多にないことなので、ウンチン先生は狼狽(うろた)えました。

「はて、陛下、すっぽり抜けるとは？」と感じ入った様子でぶつぶつ。

「頭が裸になるのだ、先生」

　王さまが自分より面白いこと言い出したので、お后さまは気が気でない模様。

「イヤリング、うんざりじゃわ。取ってたも」

　一方、己の姿を見た野次馬が大騒ぎしていることに気を良くした親王殿下は、花瓶を逆さにして、中味を路上に撒き散らしていました。「ウィリーや、止めてたも！　ユーセフや、禁じたはずじゃぞえ！」　夢中宮(ゆめのちゅうぐう)は声にならない悲鳴をあげました。無体を働く親王殿下の手を押さえんがため、身をぐいと伸ばした瞬間を民草に覗き見られ、歓呼の声を浴びます。

　そんな最中、マドモアゼル・デ・ナジアンジは落ち着きを取り戻していました。浮華局(ふかのつぼね)、女官長カヴァルホスの公爵夫人の姪という、押しも押されぬ好条件の元、宮廷デビュしたばかり。

　ラウラ・リタ・カルメン・エトワール・デ・ナジアンジは綺麗と呼ぶより、小粋と言った方が良いタイプかもしれません。十二個のちいちゃなほくろが顔のあちこちへと散らばっており、かたちの良い鼻の両側には灰色のおっきなお目々が、憂いを含んだ輝きを放って部屋を観察していました。

「泣き笑いを催させる光景よね」。そう思って振り返ると、廊下で女官が二人、気取った聖像みたく行きつ戻りつしていました。

「お后さま、マジやばい病気なの？　マジ死んじゃうの？」　息せき切って聞いてきます。心配そうに絡みついてくる二人の手から逃れ去るラウラ・デ・ナジアンジは、「んなワケないでしょ？」とドスを利かせた声で答えました。

けれど、女官の片割れは行進の音に気を取られて、窓へすっ飛んでいっちゃいます。

「うふん、ブランシュ・ブランシュ・ブランシュたん、愛してるん。あたし、あなたの兄さんの拍車の音に合わせて踊れる自信ある」と叫びながら。

「でも、あんたはダンスの最初の相手じゃないでしょ」。マドモアゼル・ド・ランベスはモジャ毛を鏡の前で整えながら答えました。

マドモアゼル・ド・ランベスは、自分がとっても価値ある女であり、ニコッとするだけでみんなに熱狂の渦が広がっていくと信じていました。

「かわいそうなアン・ジュール、あぶない女の毒牙に掛かってるんじゃない？」

「カルプルニアのこと？」

「ほら、毎夜オペラ座に通ってるから」

「カルプルニアは新作バレエで靴磨きの衣装着てるって聞いたわ、かなり変わってるよね！」

とマドモアゼル・デ・ナジアンジが言いました。

「ララ*、舞踏会に何着てくか決めた？」

「黒のドレスにして、お腹に青い花束付けようかと」

「大公妃と海老茶飲んだら、ディナーには行きたくなくなるかも」。猫背気味の娘、マドモアゼル・オルガ・ブリューメンガーストが窓辺から戻ってきました。

「えっ？　大公妃さま、パーティとかやってたんだ」

「司祭（キュレ）さんと二人ばかり、あとイヴォラ伯爵夫人」

「招待状が入ってる黒枠の封筒見てぶるってるやついるでしょ？」

「つまんなくて、死んじゃうかと思った」と唱えながら、瘦身宮（やせのみや）オラーフ親王（思春期ゆえのいざこざをたくさん抱えておられる男の子）と王立お抱え家庭教師ミセス・モントゴメリーが通行してきたので、脇へ避け道を譲るマドモアゼル・オルガ・ブリューメンガースト。お二方は野次馬に囲まれているらしく、耳に挟んだ言葉で大爆笑していました。

「親王さまやぁ。やんちゃしてはいかんですたい。お恥ずかしやっはぁ、悪い子だべねぇ、お恥ずかしやっはぁは」。注意するモントゴメリー夫人の脳天気で歌舞（かぶ）いた英国笑いが、廊下に

＊後の聖人さまは、友だちからよくこのあだ名で呼ばれていました。

響き渡りました。

「そうだ、リッツ・ホテルでお茶したよ！」　マドモアゼル・ド・ランベスが語り出しました。

「誰と？」

「限られた相手と」

「今夜、リッツでユーセフ親王殿下がお楽しみって噂あるよ」

マドモアゼル・ブリューメンガーストがくすくす笑って、

「親王が宴（フェテ）の提灯（ちょうちん）のこと、なんて呼んでるか知ってる？」と聞きました。

「なんて？」

「『膨血膀胱』ドッバドバって！」

「すきっ、すき過ぎるっ！」　マドモアゼル・デ・ナジアンジはため息を吐きました。無限に近い回廊を通り抜け、寝室のドアに至るまで何度も何度も繰り返しました。「すきっ、すき過ぎるっ！」

Ⅱ

黄金広天井の元、皆が踊っています。狂想曲っぽいコンサート・ワルツが、のらりくらりと眠たくなるほど耳心地良く、棗椰子(デーツ)の国、トリアヌヒイのジョティファァ王と奥方に謁(えっ)せる誉(ほま)れを得たお客方のいる晩餐室まで、途切れがちに響いてきました。

王室典範に則(のっと)り、食卓に招かれた客は王族より数分早く集合しなければならない決まりとなっていたため、ただ今お客人方は、椅子の背もたれにしゃちこばり、目の前のテーブルクロスへ置かれた橄欖(オリーヴ)の実とアーモンドの塩漬けをぼーっと見つめています。ご婦人方はめいめい手前勝手に席へ坐り、メニューを眺めたり、飾られていたサルトリイバラをいじいじしたりして暇を潰していましたが、中にはアーモンドの塩漬けに齧(かじ)り付き出した御仁がいました。

メデュサ・ラッパァ伯爵夫人と英国大使夫人が、あたしらにゃ関係ないもんねぇ、とばかりに美脚侍従の股間へと擦り寄っていってアレコレ話していたら、興味津々な連中が集まってきて、聞き耳を立て始めました。

「ギャハ！　シェイクスピアなみに賢い！　ゴージャスかつ金ぴか！　『ジュリアが見てくる』って話すの聞いちゃった。きっとこれってマジ最高傑作。『ジュリアが見てくる』って大先生の作品中で、あたし一番好きぃ！」とメデュサは言っています。

英国大使夫人はせっせと扇いで、

「友垣、同志諸君、同胞の皆様、わたくしもよく存じておりましてよ」とぶつぶつ。

アーモンドに齧り付いていたご婦人は、なかなかの注目の的となっていました。その名はヴァルナの公爵夫人、皆諸手を挙げ、宮廷一凜々（りり）しいとする女性です。半年近くも質素倹約生活を送っているため、宮殿へ姿を現すことはごく稀。

「ヴァルナ家が生活困窮極まってるとは聞いてたけど、飢えてるとはね」。優しくなりたいけど、実際は岩よりちょっとましなレベルの厚かましい顔面を持つイヴォラの伯爵夫人は、トルガの伯爵をちらちら見ています。青豹（あおひょう）の毛皮を巻いて「東洋女」っぽい奥方の小作りな顎が動き、ちょっぴり微笑む様子を。

「まことに。家計は惨憺（さんたん）たるものらしく」とヴァルナの公爵夫人を眺めて答える伯爵。

穏やかな瞳とツインテールにくくったブロンドの髪は、じつに言語を絶した美しさでした。ナイル川の青みどろに輝くドレスを着て、白鳥にも似た喉首や腕の見事さを裏打ちしています。

「棗椰子（デーツ）の国に別荘建てようって思ってるのぉ！　よっしゃあ！　花が咲き乱れる国で死のうって寸法よ！」と右隣に控えていた英国大使夫人へ打ち明けていました。

「暑過ぎますわよって、わたくしが言うとでも思ってらっしゃるのね、公爵夫人」

「あたし暑いの大好きぃ、魂から。ダレヤネン卿！」　落ち着いて、ダチョウの黒尾羽で作ったどでかい扇子を開き、骨組の間から相手を覗いてうふんとします。

英国大使ダレヤネン・ナンヤネン卿ぐらい人品骨格卑しからぬジェントルメンって、他にいるのかしらん？　それなのにぃ、見栄っ張りさんでお下品な態度とったりするくせにぃ、女々しいったらありゃしないナイーヴさ持ち合わせてて、大使館付礼拝堂以外で魂について問われたらそわそわしちゃうんですよぉ！

「わきまえなさい、公爵夫人」。シャンパンの金ぴかなトップラベルを睨みながら、ぶつぶつ。

「現地のみんな、愛の国だって言ってるんだもん！」　かったるくかたちの良い唇を捻ってアーモンドを咥えつつ、喋っていました。

「先方がそう断ったとしてもですな、許可はとらなきゃなりませぬぞ」。大使閣下のご返答。と、その時、ウキウキする戦争行進曲の音と共に王族の列が晩餐室に入ってきたので、お話はそれまでよとなりました。

午後一番にジョティファ王夫妻の到着に立ち会った人たちは、ただ今お二人のお色直しっぷりに面食らいました。洋装は脱ぎ捨てられ、生まれ故郷のすけすけぶらぶら衣に着替えていたので、目撃した方々はどちらが男性なのか女性なのかと、しばし当惑気味。騒ぎはジョティファ王の長いあご髭と金髪を見て収まるかとも思われましたが、奥方の羽毛付き葦のネックレスがもっと大誤解を招きそうな予感。ピスエルガの誰も彼もが前例のない事態を目撃したというわけ。「ぶったまげったらおったまげ」が宮中の総意でした。

供回りを大勢従えて、いつものようにウィリアム国王一家が臣従の礼を示す人々の中へ入ってきました。

おや、この場に来なかった王さまの家族が一名いるみたいです。

「ロイス、リジー叔母上はどこへいらっしゃったか?」大公妃が坐っているはずの席が空いているので、気を取られた王さまが聞きました。

「叔母御どのは抜きで進めた方が良いじゃろう、ウィリーや。すねたりせんぞよ」と叫ぶお后さま。

みんなが席に坐ると同時に、典侍(ないしのすけ)や女官を従えて、慌ただしくリジー叔母上ことピスエルガのエリザベス大公妃が入ってきました。

歳食いまくり、背中は曲がり、でもねまだまだ花盛り、真珠を十二個結んだ数珠と凄みのあるティアラを、文法書が説くみたく、「盗まれる用」に身に付けていました。

「堪忍しとくれ、ウィリー。お天気じゃったから、茶飲んだ後、ニンフの泉でぱちゃぱちゃやっとった」。甲高い怪鳥のような声で笑ってぶつぶつ。

「水加減はいかがでありましたかな?」王さまは聞きました。

大公妃、くしゃみをして「新鮮な水じゃけどもなあ、すこうし……」

「陽も沈みましたし、寒気にお気を付けを、叔母上」

「蛙さんがいなかったらのぉ、外で遊ぶこともなかったんじゃが」。貫禄ある大公妃は鳥さんのように手をパタパタはためかせて、椅子へ坐りながら白状しました。

エリザベス大公妃は幼少のみぎり、ぱちゃぱちゃを禁じられており、楽しんだりすると親や家庭教師から手酷く折檻されたため、年老いた今こそ必死にぱちゃぱちゃしているらしく。もっぱらそれは夫を亡くしたララ・ミランダ侯爵夫人とだったのですが、より抜きの女官を引き連れて、城内の庭に沢山ある泉や天然洞窟へ入り、終日大はしゃぎで水遊びの限りを尽くしていました。ぱちゃぱちゃする際、ガタガタッと震え、波紋のカデンツァを引き起こしながら、ヴォードヴィルやオペラの一節を口ずさむ癖がありました。「スカートめくっちゃって、侯爵夫人、膝の間に隠れてる、ちっちゃな友達ぬっきぬき」とか「鮫っ！　鮫っ！」など、若かりし頃お気に入りだった曲を、間を置きつつ大声で歌い散らすやり方で、やってくるヒレのついた魚を、コイじゃろうかヒメハヤじゃろうかと種類当てしていました。

「大公妃さま、鼻風邪をおひきになってしまったんじゃ？」　ネムネム牛さんっぽい女官長が、ヴァルナの侯爵へ話し掛けながら、左側に控えていました。

「注意しとかないと、何度でもぱちゃぱちゃしそうですぞ」。ヴァルナの公爵は、月光色をしたラッパズイセンの瓶が置かれた机に寄り添うように立っている団子っ鼻の美人さん――トリアヌヒイ后のお付きですが——をしげしげと見やりながら答えました。城士の間で「南国モリーちゃん」とかへんちくりんなあだ名で呼ばれているピチピチギャルで、出された食事に文句たらたらみたいでした。

「さげてよぉ！　足でマンゴー潰して食べた方がまし」と猛抗議しています。

「お嬢さん、マヨネーズありません？」　モリーちゃんの顔面すれすれまで勢いよく近づいて、質問する廷臣。

「顔、早くさげてよっ！　これ以上近づいてくんならあたしねぇ……」

女官長は、胸元に飾り立てた色んな功労勲章を神経質そうに指で弄（いじ）って、

「面倒なことにならなきゃいいけど」。落ち着きなく棗椰子（デーツ）の国のお后を見やりましたが、こちらはテーブルクロスに並べられた血溜まり似の緋色（ひいろ）の皿など、晩餐用の食器類をうっとりと眺めていました。

「食いもんより、あんたん国のお皿の陶器見られて嬉しいねえ。そんなもんうちにゃあ、ないんで。もう貝殻によそうなんて出来ないよ」とフォークを器用にぶらぶらさせながら、あけっぴろげに王さまへ話す棗椰子（デーツ）国后。

　疑問に思った王さま、

「陶器がないとな？」となります。

「ないよ。すっこしもないよぉ！」

「リッツに蚤がわいたと聞いても、ここまで驚きはせんな」と断言。英国大使夫人レディ・ナンヤネンは音もなくしっかり耳傾けていたつもりでしたが、聞きかじりでした。

「しんじらんなぁい」と側にいた、血色悪くユーウツそうな大使館員を肘でつつき、息せき切って。

「なにが信じられないんです？」

「国王陛下が仰ったこと聞いてない？」

「ないっすね」

「ドン引きですわよぉ」。ちっちゃな手でぶるぶる額を押さえて。

「して、その答えは？」皿へ鼻を突っ込んで、ほんわかと聞く大使館員。

レディ・ナンヤネンはレモン・シャーベットの入ったグラスへ口を寄せ、

「蚤が、リッツにわいたって」とぶつぶつ。

「………………！　…………？　………！　……!!!」

「おぉん！　レディ・バーサあはれ！　イケイケお婆ちゃんミセス・カリビトーあはれ！」夫ダレヤネン卿と目線が合うのを恐れてか、同じほうを向くレディ・ナンヤネン。

でも、当のダレヤネン卿は、ヴァルナの公爵夫人とケダラオメル王遺跡発掘のため、議会に助成金交付の許可を得ようと算段中でした。

「ケダラしゃまのとこじゃあさぁ。きっとうっとりするもんが見つかるって。ね、ダレヤネン卿？」と公爵夫人喋りまくっています。

会話に熱中し過ぎて、王さまが起立の命令を下しても気付かない様子。

ウィリアム王さまはオペラ・ハウスから著名な歌姫たちを召し、お客人に向かって妍を競わせようとしたのですが、トリアヌヒイのジョティファ国王夫妻は棘のない率直な態度で、洋楽は聞くに堪えないと断りました。

「善きかな、わらわの好みでもないからの」と夢中宮は薔薇色ほっぺの男の子二人にスカートを委ねながら肯い、優雅に軽やかに向かいのサロンへ歩みつつ、「じゃが、わらわはやってみようと思うぞよ。はっきりさせておくがの、大司教猊下を説き伏せ、オペラ『トスカ』の第一幕を『蒼白イエス』で開きとう思う。デジレ・エアリンガーとマギー・メロンに演らせれば完璧じゃろうて……」と振り向きざまに「蒼白イエス」の高僧へおねだりしていました。

すぐに宮廷人連中がお后さまの後を追って出て行き、礼儀作法を遵守する必要はなくなりました。王さまは気さくにお客人の間を巡り、各々と握手し、短い言葉を掛けています。「英国の家庭菜園で、コックを二人見たことはあるかな？」ある未亡人へ、リッツには行かない方が良いですわよとクソ真面目に忠告していたレディ・ナンヤネンの前に立ち止まり、尋ねる王さま。

「陛下ぁ、見たことなんかあるわけないですわよぉ！」 ニヤニヤ笑うレディ・ナンヤネン。

「朕も見たことない」。王さまは答えながら歩き去ります。

レディ・ナンヤネンはにっこりして、

「ねえ、あなたぁ、あなたったらぁ、国王陛下ったらなんてお可愛いこと。ほんと紳士過ぎじゃないかしらん！ 家庭菜園でコックを二人見たことあるかって聞いてきて、見たことなんかあるわけないですわよって答えたらぁ！ 王さまもないって。ねぇ、わたくしたちお互い見てないって不思議じゃない？」と何分か経って、夫に話しています。

サロンでは、トリアヌヒイ后付きの侍女に、夢中宮（ゆめのちゅうぐう）が歌う（うと）てたもと所望しています。

「中東人の歌声を聞いたのは随分前じゃからの、気晴らしぐらいにはなるであろ」と言い張るお后さま。

「いいけど、ダラブッカ[6]はいくつか持ってきてちょ。何より楽しい気分になれるし、胸が熱くなるよぉ、ダラブッカってぇ！」 トリアヌヒイ后はバブーシュ[7]を穿いた足を物思わしげに見やって求めました。

在（あ）りし日には勇猛果敢だったと謳（うた）われるトリアヌヒイ后でしたが、それは大方男性遍歴において、とも囁かれていました。でも、よくその動向を追っている人たちは、午後の間中、英国大使夫人のえくぼをうっとりと眺めているさまを見逃しませんでした。

レディ・ナンヤネンのムチムチした身体を近くに認め、寄ってくるように指図しました。

旧姓名ローザ・バーク、これでも詩人の娘なレディ・ナンヤネンは、一世一代の難局をそつなく切り抜けるには力不足も良いところでした。けれどまあ、出来る限りは頑張って、足りない機転を補おうと不毛に努力してみます。「人生って、そんなものよ、あなたぁ」といつもダレヤネン卿へ言っていましたが、人生ってのは果たしてどんなものなのか、一向に話そうとはしません。そんなものってのは……。

「わたくし、娘を探しておりますのよ」と言い張ります。

「あんたみたく、思いやりある娘なんかい？」やんわり問うトリアヌヒイ后。

「スミレさながらのシャイさですわね。でも、女の子なら悪くないんじゃない？」

「うちの国じゃあシャイなんてもんはかけらもないけどねえ……！」

「びっくらこかせられますわよ、日没処国（ひぼっするところのくに）の后どのには」。偽物だってみえみえの宝石セットをサワサワしつつ言うレディ・ナンヤネン。

あくびするトリアヌヒイ后。

「棗椰子（デーツ）の国はあっちいよ」

「それってつまり、后どの、英国で言うところの温室育ちってやつですわよね？」

「ジャスミンが咲き誇ってるからねえ、そそっちゃうジャスミンなんだけど、右手に、そんで左手に絡みついてくる、気まぐれに」。トリアヌヒイ后は笑んだ横顔で、ほんわかと囁きました。

「不健全に聞こえますわよ、后どの」

「性愛の国でもあるから、シャイさなんて、まるで見当たらない性根なんさね」。側女がダラブッカ運びつつ、ワケありげにやってくると話を打ち切りました。

控えめな声量の持ち主なら、部屋中に広がるハミングにへどもどしてしまったでしょう。宮廷人たちにとっての「南国モリーちゃん」は、主人からティムズラと呼ばれる若上臈(わかじょうろう)でしたが、その場にふさわしい歌声を披露したのです。

ゴムの木の下
あたし坐って待つわ
ゴムの木の下
独りぼっち

歌声は遙(はる)か遠くの守衛室にいた清潔感溢れる少尉さんたち、なりたてほやほやの准大尉さんたちの耳にも届き、離れた寮のベッドで寝タバコしていた小姓さんたちをびくんとさせたほどでした。

で、曲が変わり、歌声は情感を増し、力強く、熱が籠もってきました。

夜に番犬
鳴き声するわ　ヴォエッ　ヴォエッ
なんで遠ヴォエするのかしら
月に向かってヴォエッ吠え

「世界一悲しい歌だが、俺は聞いたこともない。番犬はなぜヴォエッと鳴く？　月に向かってヴォエるのか？」と王さま。王としての尽きせぬ野望や抱える苦悩が、グッとのしかかっているさまがちらりと垣間見えました。
「ティムズラ、もっと浮かれてっ！」とトリアヌヒイ后。
愛くるしいライラック色の長い袖を後ろに振り乱して、ティムズラは歌います。

マーガレット付けてたくろんぼ女
熱気むんむんお日さん照るから

寝っ転がって考えた
やり残したことなんかあるんよ
よっ　よっ　よっ　よっほっ
ほっほっ　あるんよっ　ほいっ

「人肉食（カニバ）いっ気があるぞぃ！」　大公妃は口元を扇で隠し、夕方からあくびをする以外口を開かなかった疲倦宮（つかれうみのみや）親王にこぼします。

「アレっ気があるよな」。親王は言葉少なに顔を背（そむ）けました。さっきお袋と話してから、ラウラのことばっか考えちまう。宮廷の連中、ひでえ言い様だったぜ。あいつ、どこ行ったのかな？

互いにベタベタくっつき合っている大物政治家二名の後を追い、サロンから出た親王殿下が、ピスエルガ・ステップなる新たなダンスがお披露目され盛り上がりを見せる舞踏室へと入り、空いている位置に立つと、ささっと動くいいなずけ、ラウラのボーイッシュな横顔が覗（うかが）えました。彼氏が来たとは気付いていなさそうで、黒のチュールをひらひらさせ、渋い鷲（わし）みたいな顔した男の迫る胸元を、小振りな手で避けながら踊っています。娶（めと）っちまえば、俺と踊っても心からは楽しめなくなるんだろうなぁと思うと、ついほっこりしてしまう親王でした。再び行き過ぎた時、ラウラに気付かせることが叶ったので、意味深な身振りで画廊の方を顎でしゃくり、そちらを目指してフラフラ歩いて行きます。あまり足を踏み入れたことのない場所でしたから、壁に掛かった絵を見て暇が潰せました。薔薇（ばら）を提（さ）げたクソババア……絶体絶命な男の絵……ピンクの服着たキリストさま……冬場に描かれたと思（おぼ）しき、冷たくきつい色合いの海岸風景。

「ユーセフ？」

「ララ！」

「お外へ行きましょうよ！」

向けられる目線や室内の雑音から抜けてしまえば、優しく静かな夜だったので、爽やかな気分になりました。

「さっき誰と踊ってたんだ？」と聞く親王。

「女官仲間の弟だから心配しないで。けど、夕食の後で、千一夜着を触られてる私を見たら、あなたもちょっとはイライラするんじゃない？」マドモアゼル・デ・ナジアンジは答えます。

「千一夜着？」

「ふふっ、気にしないで！」

「だが……ごめん、気になる」

「ややこしいこと言い出さないで、ユーセフ。美（うま）し夜でしょう？」ラウラが遠くでゆっさゆっさ激しく揺れている木をぼんやり眺めると、その枝には、淡く輝く千のランプが首飾り状に垂れていました。

　あれが膀胱だって言うのかしら？

　二人は月の光を浴びる白藤棚の下をぶらりとし、町を望める鄙びたお寺の円柱へたどり着きました。

「公正と、自由の柱ね」。ラウラは小悪魔っぽく笑みながら、遠くを見下ろし、扇で月に霞たなびく先を指してくすくす。

「んで、自動車倶楽部もあるわな」。お門違いな方を指差す親王。

「その向こうが、火炎宗の修道院……」

「あの青い回転灯、見えるか、ララ？」

「ええ。それがどうかした、ユーセフ？」

「ありゃ、クレオパトラ・カフェの灯だな」。青く、ほの暗い光に照らされた、ラウラの白く綺麗な顔をうち眺める親王。

「あの実がなった茂みはなんて名前の植物かしら、匂いを嗅ぐとドキドキするわ」。夜の甘い香りに包まれながら、二人は歩みを進めます。

「知らね。ララ、キス」

「でも……でも」

「でもじゃねえだろ」

「今はダメ」

「腕、絡めて」

「やんちゃね」と澄んだ星空を見上げるラウラ。

　頭上空高くでは満月、ワケありな月がスミレ色にお化粧された幻のように、遠く見える町の彼方を照らしていました。

「銀色に光ってる豆畑で遊ぼうぜ！」

「うん、ユーセフ」。お城の壁を這うツタの合間から覗く海神の彫像の顔を見つめて、ラウラは言いました。その下には黄菖蒲（きしょうぶ）に隠れて、小ぶりな池が広がっていました。「おぞましい臭いじゃ」とお后さまが言うため、池に近づく者は誰もおりません。でも、だからこそ、逢い引きにはうってつけの場所と言えるでしょう。

「ユーセフ、教えて、教えてよ。このまま私たち上手くいったら、どうなるんでしょうね？」立ち止まり、進む道の先に生えたオレンジの樹の見事な影を鑑賞しながら、ラウラはやがて言いました。

　肩を竦（すく）めた親王殿下、「どうもなりっこねえさ」。歯の間から、刃みたく尖った舌の先を見せびらかして答えます。

「あんっ、二人の愛は絶対でしょ?」　うっとりと親王の唇をガン見しながら、小さな声で。

「ふむ、女官仲間から酷いことでも言われたか?」と親王は微笑を浮かべ、頬に半月のえくぼを作りました。

「ユーセフ、今私ね、喜びに包まれてるの」

「愛いやつめ、俺といられて幸せだろ?」

「私よりあなたを愛してる人なんて、いるわけないでしょ?」

「キス、ララ」と親王はまた。

「なら、屈んで?」とラウラが答えたとき、お城の時計が、のんきに真夜中十二時十五分を告げる鐘を鳴らしました。

「リッツへ行かなきゃだな」。親王は告げます。

「私は帰らなきゃ」

しぶしぶ元来た道を引き返して、舞踏会の音が聞こえるところまで戻り、「蒼白バナナ」選曲による演奏に包まれながら、熱く別れを忍びました。

ラウラは数刻、去って行く親王の後ろ姿を舐めるように見つめ、やっぱり一緒に行きたいと告げに走り出そうとした刹那、庭の花鉢の陰に隠れ、こちらを監視している者に気付きました。

上の空でしずしず歩み寄れば、猫背気味のオルガ・ブリューメンガーストの性を欠いた細い影姿（シルエット）でした。その野性味ある面立ちは、宮中の貴婦人方から再三嫉妬を招き、いざこざを引き起こしていました。

彫刻の施された台石へ乗った花鉢に遮られていたので、服が銀色に輝かなければ姿を見付けられなかったことでしょう。

「オルガ、どうしたの？　気を失いそうよ？」

「全然。スリッパが苦痛なだけ」

「穿き替えちゃえば？　さあっ！」

「痛いのは足だけじゃない……」

「あっ、分かった。アン・ジュールを想って辛いんでしょ？」　マドモアゼル・デ・ナジアンジは、嵐の中投げやられた魂のような友達の瞳を覗くため、身を深く屈めました。

「金魚みたいな男（ひと）だからさ。みんな指でちぎってパンを投げる……」

「そりゃそうよ、大概の女はみんな、ね」。オルガの横にしゃがみ込み、きっぱり答えます。

「あたし、魂だってあげちゃう……天がチャンスをくれるなら」

「チャンスなんてっ、オルガ――」。マドモアゼル・デ・ナジアンジは、いくつも落ちている鳥のうんちをスカートに付けないよう注意しながらぶつぶつ。

「アン・ジュールと同じ連隊に所属してる男たちがうらやましい」

「隊服脱がせちゃえば、オルガ、男ってどうなると思う?」

「そっ、それはぁ……」

「考え直して、私の言うこと聞いて。正直そこまで想いを寄せる価値はない男じゃない?」

マドモアゼル・ブリューメンガーストは両指をがっちりうなじへ押し当て、

「あたし、白々明けに、白々明けてね、緑色した縞(しま)が入った空の下で、アン・ジュールを抱きたい」と叫びました。

「ええっ、オルガ!」

「休めない、抱いてみるまでは」。オルガはユーウツそうに踵(きびす)をクルッと返し、告げました。

熱く抱き合ったことを思い出しながら、ラウラ・デ・ナジアンジは自室へ向かう道を辿ります。宮殿の一角にある「独身者棟」の屋根の下に設(もう)けられたささやかな部屋へ。

「我を忘れるくらい愛してるなら、空模様なんて気にしないはず。雪が降っても、霰(あられ)が降っても」と思って、ラウラはドアノブを回しました。

長椅子に改造された年代物の嫁入り道具箱の蓋へ扇を置き、満面の笑みでにっこり。一心同体と言っていいこの部屋を離れて、ユーセフに乞(こ)われるまま広い天守閣へ移り住むんだって考えると、胸が締めつけられます。船の客室並み、とまでは言えないのですが、ピアノを壁際に押して、嫁入り道具箱を階段まで運べば、沢山のお客を招くことが出来、少なめに見積もって十七人もが車座になって誕生日の宴（フェテ）を催せるって、大したもんでしょう、詰め込まれた鰊（にしん）みたいな扱いを受けることもなく。で、サロンとか呼ばれているその部屋と寝室の間には、畳んだ漆塗りの屏風（スクリーン）が立てられており、ラウラによる油絵の習作が架かっていて、描きさしや生まれたままの姿の自画像を除けば、地味な壁紙を前にしても、ちゃんと謎めいた感じで映えています。

うん、こんな愛らしい部屋、出ていくなんて胸が締めつけられるわ、とラウラは夜のお着替えを始めながら思いました。共寝（ともね）の相手なく夜更かしして、鏡の前で下着を下ろし、半裸になってしげしげとピルエット、続けざまに千と一の姿態をする*みたいな、普段なら腰が引けてしまうことをやらかせば心地良くなるものです。けれど、今夜はそんな浮ついた気分に浸れようはずもなく、舞踏会服を脱いで、たっぷり貂（てん）の毛皮で縁取られたローブへとさっと袖（そで）を通すと、不思議とユーセフが傍（そば）にいるように感じられ、さまざまな見地から、自分が未来のお后さまになるのは決まったと思えてきました。

「お后に！」毛皮のフリルをぶらぶらさせながら、窓辺へと向かいます。

クレオパトラ・カフェの回転灯の青い光はもう夜明け空に薄れていき、月が火炎宗の修道院へちょいと傾いていました。在家寄宿生としてそこで暮らしていた頃、ラウラは宮殿を見上げ、ちょっぴりびくびくして、あん、「世の中」ってどんなの？って考えていました。熱烈に出家を志した時期もありましたが、それはおそらく、とある憧れの尼さんの傍にいたいと望んだからで、切羽詰まった使命感を覚えてではありませんでした。

物思いに耽り、朝になったと気付く間もなく吹いてきた西風に身を晒して自省します。ゆっさゆっさ揺れる木、宮殿の庇で目覚めた鳥さん、緑の葉脈を持つブーゲンビリアなど、窓辺近くにあるものを見て、ラウラは喜びで心躍らせました。夜明け前の白無垢さには、なんて不思議が詰まっているのかしら！　まとめられた薔薇のような雲が空をゆっくり吹き流れ、その巨大な花束は町の上へと過ぎ去っていきました。

婚礼の朝はこうでなくちゃね！　瓶に入ったアーモンドミルクを、そおっと腕やお乳へと塗りながら、ラウラは物思い。ああんっ、キリストノイバラがすっかり葉を落とすより、つばめさんが飛んでいっちゃうより先に、婚礼の日がやってくるはずよっ！

隊列……！　狂躁……！　王座……！　「蒼白イエス」はすし詰めであっぷっぷ……。ラウラは幻を見ていました。

修道院時代、一日中休みの時にやったようにうつらうつらしながら、ベッド際に膝を突いて祈りました。

＊思い出すだに恥ずかしいと常々聖人さまは仰っておられました。『告白録』を見るべし。

「神さま、お助けくださいまし。もっと飾り立てさせて、道理をお示しくださいまし。いっつも若々しく、十六、十七より老けて見えるようにはしないで、特にお外で、ユーセフに私を愛させて、私が愛してるぐらい。だけど、こんな素晴らしい彼氏を作ってくれてありがとうございます、ほんと完璧なの。どんだけ好きか、とても言い表せませんわっ、特にベロベロってするときなんか……舌をですわっ……火炎宗のみんな、とりわけシスター・ウルスラよ幸せに！　愛らしい老尼ジェーンも。正しき道を示したまえ！　宮中の悪辣（あくらつ）な醜聞から守ってください！　アーメン」

締めに己を顧（かえり）みた後で、神様へのお祈りが終わり、マドモアゼル・デ・ナジアンジはベッドへもぐりました。

Ⅲ

クレオパトラ・カフェの二階にある親王のサロン（サル・デ・プリンス）とかアントニウスの間とか呼ばれている部屋で、オーナーさんの奥方、マダム・ヌラシテが宮廷新聞を熟読中。

昼飯時にアントニウスの間のような部屋が開け放たれることなんて滅多になく、普通は何日か前に予約が必要なはずなんですが、今は巷(ちまた)で言う妙な社交期だったこともあり、将校や劇場から来た女優さんら、ねぼすけさんなご一行が、雀牌弄って夜を明かすため来る予定となっていたからかも。けど、マダム・ヌラシテはあてにしていませんでした。時々は四方に壁しか見当たらないしょぼくれた裏応接室から抜け出し、お客を待つなんて職務は放置して朝刊を熟読玩味するって楽しいですから。で、今日はどんぴしゃで、著名な日記作家エヴァ・シュナーブ執筆の、社交界を扱った隔週エッセイが『アゴッゴッゴ誌』に載る日でした。

マダム・ヌラシテは読んでいきます。「まあ、昨夜あてくしめが参加させて頂いた晩餐会ぐらい、すんばらしいもんはないでしょう。だだっ広い舞踏室の隅に立ち、宝石類の燦めきに息を飲みました。そこら中、美しく華やかなるものばかりでしたが、あてくしの見るかぎり、礼儀を心得きっておられるお后さまを越える方はおられませんねえ云々(うんぬん)……晩餐のお客中にポール・ド・ピスミシュ大公殿下夫妻が見受けられましたが、あてくしには奥方がちょっぴし蒼白く感じられました。蒲柳(ほりゅう)の質なんでしょうか、不埒千万(ふらちせんばん)な我が国の天候は誰でも合うわけじゃないですからねえ！　英国大使夫妻ダレヤネン卿とレディ・ナンヤネン（お嬢さまのアイヴィ・ナンヤネンはヤグルマギク色のかわいらしいシャムルーズ着て、疲れも知らず夜(よ)っぴてド・ランベス家の娘さんと踊り続けてました）。トルガの伯爵と伯爵夫人ですが、奥方は青い毛皮纏(まと)って、文字通り炎を放つゴージャスな宝石付けてました。さるやんごとなき貴人から伺ったのですけれど、寝室付き女官の地位がマジ辛過ぎでそろそろ辞める予定だとか。ヴァルナの公爵夫人は、疑いなくテラテラ光っておられます（そういや、これまでどこ行ってたんでしょうね）。今流行中の淡い色過ぎるピスタチオ・グリーンのマシャーク[8]を着てました」

「『マシャークある？』」

「トリアヌヒイのジョティファ王とお后がやってきたので、宮中の華奢な女たちはみんな洋風マシャークを着てました。先日、あてくし、オペラで金銀のラメで縁取ったサンプル品見せてもらったんですけど、これってもしや――」

マダム・ヌラシテは書見を中断して、部屋に入ってきたウェイターを見ました。

「マダム、ベルを鳴らしましたか？」

「いいえ……」

「じゃあ『プトレマイオスの間[9]』から、っすね」とぶつぶつ言いながら足早に、若いウェイターは出ていってしまいました。

「うーん、早くベルの音を聞き分けられるようになってよね」と文句を漏らしたマダム・ヌラシテ、頭をぶるんとして新聞に戻ります。推し作家エヴァの書いた今週の記事を舐めるように、息も吐かせず読みます。

「娘さんのソニアが宮中で学んでる、ミニーことマダム・スミレイワと会ったのは、先日、庭で開かれた宴の席や花やしきで、毎度ながらにシックな感じ、紫とペチュニア色のニノン織を組み合わせた服装、くじ引きの賞品にはロバさんを選んでました」

「さるやんごとなき貴人から伺ったのですけれど、宮廷人連中は頤和偽園に行く前に、別の応接間でちょっとばかり顔見せする予定とか。立ち会い権限のある方は、出来る限り早く、侍従長に申し出てくださいまし」

別の応接間――！　マダム・ヌラシテの手から新聞が落ちました。

「行かなきゃだわ、今すぐ申し込まないと絶対に間に合わない」と考えます。

壁紙に描かれた絵――『寝そべるクレオパトラ』『アントニウス来たる』『スフィンクス』『ラーの神殿』へ物乞いするように目線を注ぎ、霊感を得ようと必死でした。「神さまぁ！」とうめきます。

マダム・ヌラシテの宗旨は、残酷なる祭神は「シックさ」でした。シックの神さまなのです。階下から楽の音がかすかに耳に響いてきます。クレオパトラ・カフェの楽団って宮仕えの連中より演奏上手いんじゃない、同じ曲でしょ？――そう考えると嬉しくなってきました。

「期限は何時までなんでしょね？」とまた新聞を開きます――分かんない。でも、宮廷人の一団が頤和偽園を離れるまででしょう。いつなのかしらん。

さらに読み進めるとこんな情報が。「証拠はちゃんとあります、ヴァルナの公爵が金貸しの請求に応じ、所有する荘園の敷地を大部分売り渡そうとしている件の……」

　ほんとなら……思いに沈むマダム・ヌラシテの目線は、カフェ前の通りにある大きな鉢植えに生けられた夾竹桃へと彷徨いました。ほんとなら、ヴァルナ家はやけっぱちになるでしょうし、公爵夫人は「身過ぎ世過ぎのなんちゃらほい、かんちゃらほい」をやりたがることでしょうねえ、とマダム・ヌラシテはぶつぶつ。立ち上がって、いつも文通用に使っている机へと歩いていきました。ふっと決意を固めた様子で、蟹色のインク染みの付いた吸い取り紙をたくさん敷いて、なめし革の筆箱を開きました。

　書き物机の上部に取り付けられた扇形の鏡を覗き、ヴェールを被り、羽根飾りで覆われ、エルンストによって結われた今風の髪型の自分を思い描きました。

「かわゆい社交界デビュ娘が群れる中、誰一人として、マダム・ヌラシテより目立つ存在はいません。後ろ盾はヴァルナの公爵夫人です」。家主（不渡り手形あり）としてマダム・ヌラシテはエヴァにこう書くよう指示できました……でも、何よりもまず公爵夫人を確保しておかないと。ペンを取り上げ、書き始めます。「マダム・ヌラシテは宮廷への紹介費用として一万五千クラウンを進呈するでしょう」。ちょっとぶっきらぼうかしらん⁇　マダム・ヌラシテは考えます。公爵夫人がブチ切れちゃったらどうしましょ……ありえることね。それと、金額は明記しない方がいいわ、安くつくかもしれないから。

「もっと分かりづらくしてもよさそう、もっと微妙なスタイルで」。マダム・ヌラシテはため息交じりにぶつぶつ、新しく手紙を書き直し始めます。

「ヴァルナの公爵夫人が五時頃、マダム・ヌラシテの招きに応じてお茶をご一緒して頂けるなら、ご都合に添ったお話が出来るでしょう」

マダム・ヌラシテはにっこり。「来てくれるでしょう」と考えながら封筒を選び、思いきって宛先をリッツ・ホテルにしました。「お金に困ってるなら、ここにいるわよね」と結論付け、お小姓さんを探しに部屋を出て行きました。

リッツの貸し切り居間にて、ヴァルナの公爵夫人に仕えるフランス人のメイドが、ご主人の靴を脱がせようとしたちょうどその時、マダム・ヌラシテから手紙が到着。

公爵夫人は田舎暮らしのむさくさから抜け出せ、再び京師(けいし)に舞い戻った喜びで、ランチする食欲が湧いてきて、果たして滅茶苦茶美味しかったため、気持ちはすっかりしゃっきりしていました。

「できるならもう帰りたくないな、後々までは。ルイゾン、どこ行ってたのって誰か聞いてきたら、宮殿かスケート場ってことにしといて」とメイドと話し中。

「公爵夫人(マダム・ラ・デュシャス)さま、お抱えコルセット職人さんのところへは行かないことにしたんですか?」

「都合が良ければ行くけど。買い物リストどこやったっけ?」と公爵夫人は答えて、ぼやけた紋章があしらわれた、大きなお化粧ポーチと傘を引き寄せました。カーキ色した服を着て、緑のひらひらが付いた黒三角帽子に水仙挿して。「別の日傘出して、翡翠も忘れちゃだめ。パレ・ロワイヤルか硝子の宮殿で会おうよ」と、るんるんしてささっと出ていきました。

リッツの内玄関を通って、レジーナ園に隣り合わせた、音もない影の差す通りへ立つ公爵夫人。空は青く、澄んで明るく、こう叫び出しそうです。「無問題だよ、心配しないで、ノーテンキにいこうよ、楽しく、楽しく、無問題だよ」

庭を横切り、マダム・ヌラシテが送って寄越した手紙が頭から離れないまま公爵夫人は、近場に京師の主要なお店が集まる、オペラ座に通じる忙しない往来へ分け入っていきます。耳寄りな情報が入ってくるのは、いつもなら大歓迎なんですが、今日の午後に限っては、宮殿でのお茶会、それからお気に入りのスケート場通いなど、無視出来ないししたくない、いろんなお楽しみの予定がありました。けれども残念ながら、スケート場付きのインストラクターはほとんど給金未払い状態で、ちょっと前までワルツの先生として雇っていた男は、立場を良いことに、公爵夫人の腰を好き勝手に強く揉みしだいたんです——そこまでされるなんて、思ってもみなかった。

オペラ座通りの見事なアーケードをくぐり、花屋の前でこっそり立ち止まります。『エジプトのハブーベ』と名付けられたその敷地が公爵夫人の所有になると知っているのは、顧問弁護士と秘密を伝えられた少人数だけです。いつか保安官に接収されるんじゃないかと心配だったので、このささやかな試みは秘中の秘となっていました。「カルナック産」百合、「プント国産」薔薇(10)（実は全て京師近郊にある公爵家所有領で育ったもの）は一部の愛好家たちに連日たちまち大好評。まあ、お付きの庭師がよく言っているように、プント国から薔薇を求めるなんて、人員を掛けないことにはできませんからね。

「中にさっと入って、カウンターから現ナマ引き出そう……別に、お金ないわけじゃないけど……」と一考。

管理人を務めるチュニジア人のほっそりした男の子が、最近プントから届いた柳細工の籠（かご）を頭に乗せ、床に腰を屈め投手（ピッチャー）の構えを取って、ユーウツそうにお祈りしていました。

「顔を上げて、バシール。あんたが夢を見たり歌ったりしてるあいだに、お花の鮮度はどんどん落ちていくよ！」と公爵夫人は叱（しか）りました。

チュニジア人の男の子はにっこり。

崇拝する公爵夫人が花屋に入ってきた時、少年が口ずさんでいた歌は主人から着想を得たものでした。公爵夫人は知っているでしょうか、歌の中で、少年によって、フェザラ湖のほとりタフィラルト地方(11)で父が営む商人宿（フォンドウック）へ小狡（こずる）く優しく連れていかれ、首長（シェイク）や村の衆に、おいらが花嫁さと紹介されていたことを。

えーと、この子。綺麗な面立ちしてるけど、顔色が良くないのは残念、でも、きっと思春期が終わればすっきりするっしょ。

「花は二分以内に持ってきますよ」と少年は答えます。

「えっ、バシール？　バシールってば！」

「栄(は)えあるクルアーンに掛けて誓いまっす」

「アレクサンドリア玉箒(たまばはき)を揺すらないよう注意して！　売れる前に落としちゃ大変でしょ」。テマリカンボクの花を指差し、きっぱり言い放つ公爵夫人。

「全然問題ないっす。買い手はもう付いてまっす！　今朝アメリカ人女性がアレクサンドリア玉箒買っていきました、二束もっすよ、重いのにね」

「売り上げ見せてよ」

　勝ち誇った笑みを浮かべ、バシールはカウンターへと向かいました。敷地の保全を何よりも考えていたので、夕方になると時々スターッとガンドゥーラ[12]を纏い、外へ飛び出して、街の名だたるカフェやダンス場を経巡(へめぐ)り、頭に乗せたでっかい籠に詰め込んだ花を、ほろ酔い加減の客に法外な額で売りつけて処分していました。時にはちょっぴり危険なこともありましたけど、完全に業務外のお出かけだったんですね。

「悪くないね。またすぐ宮廷から花束の注文が殺到しそう！」と公爵夫人のコメント。

「助っ人を頼むんすよ。クワルディを呼びます。アルメニア生まれっす。友達思いなんすよ。ジャスミンの枝がブドウに寄せるほど、親しい仲なんでさ」

「そいつ有能？」緑の茎がついた蘭を服に留めながら、公爵夫人はぶつぶつ。

「クワルディが作る花輪掛ければ、ジャッカルすらも色っぽくなりますよ！」

「へえ、センスあるんだ？」

「友達だから雇うんすよ。ラジャブ月[13]の間はめちゃめちゃ働いてくれますよ」

「あたしが戻ってくるまで誰も雇っちゃだめ」と答えて、公爵夫人は店から出て行きました。

街角に止まっていた鎧窓付きの小型街馬車を拾い、運転手に宮殿の入口までお願いと指図すると、「ケダラオメルがー！　ソドムがー！　号外号外！」とかぎゃんぎゃん叫び夕刊を売る男の子から追ってこられながらも、馬車はガタゴト、ユーウツそうに走り出しました。プラタナスの木の下、両院議会の建物の近くで英国大使夫人が乗る大きな馬車のゆったりした足どりに追い抜かれ、公爵夫人は、レディ・ナンヤネンが勝ち誇った調子でごきげんよう（アクィーユ）と手を振り、過ぎ去っていくのを見て取りました。社交界の連中にとって馬や車で移動するのに相応（ふさわ）しい時間帯ではないにもかかわらず、アカシアの巨木の許（もと）広がる遊歩道にて、社交界ゴシップのリポーター、エヴァ・シュナーブは必死にうろつき回り、こんな感じで記事を書けて大満足。

「あてくし、朝早く公園で独りぼっちのヴァルナの公爵夫人をお見かけしました。乗ってる小型二輪馬車は、ドローネ・ベルヴィル社[14]製の自動車よりエレガントですよ！」
宮殿の扉の前に到着し、乗り手を待つ無人の馬車がずらりと並んでいるさまを目にすると、謁見が心配になってきました。お后さまと二人っきりでいちゃいちゃ話したかったんだけど、そういうわけにもいかなそうだね。

幼いお小姓さんが馬鹿笑いしてる同僚二名を引き連れ、緑とスミレ色の糸で編まれた黒絨毯を歩みつつ、チップを貰えなくて残念だったのか諦めきった顔付きでため息一つ、洗練された身だしなみの召使いや鹿爪らしい官僚の集まりへとどしどし公爵夫人を押しやり、しまいには天井が穹窿になった、白くてだだっ広い応接室へ連れていきました。

お后さまの執心がケダラオメル遺跡発掘法案にあることを知っている一部の政治家や外交官のご夫人など、ごく限られた内輪のお馴染みな人たちが、その締結を祝って電話を掛けてきました。議会が関係者各位を極めて丁重に扱うと見解を示したのは、お后さまが陰で巧みに暗躍したからこそでした。

お后さまは黄金の兜を被り、スミレ色のヴォルトニャンスキー服を着るという、たぐいまれなおフランスっぽりで、下顎の一番突き出した部分に傷のない真珠の首飾りを巻いていました。「大司教殿は掘削機を祝福すべきぞよ。なんとかしてツルハシに……」。公爵夫人が入った時、お后さまは総理大臣の奥方とお話し中でした。

当の奥方は返事もしてません。王族とお話するときはいつも坐って膝に笑みを向け、時に乗じて眼を上げて、睫毛の下から曰く言い難い死にかけの目線を投げかけていました。

「無事、戻ってくればのう」。エリザベス大公妃が忙しなく編み物しながら言いました。熱烈な博愛主義者であらせられる大公妃は、中東の夜は冷えるため、探検隊の男たちを慰めるものを縫っていました。たぶん王室一博愛精神に富む大公妃の趣味は、新型換気装置を取り付けた、みんなで使える国民衛生芸術センターを設計することでした。王さまから開場許可を取り、相応しい時宜も得て、オペラ座通りに並ぶ建物へ仲間入りする予定です。

「あーめん」。お后さまは答えて、愛想良く合図します。ヴァルナの公爵夫人は稀に宮中を来訪すると、いつもお后さまを大わらわにさせるのでした。

けれど、お后さまがヴァルナの公爵夫人の登場で大わらわになっていたとして、遠く離れた部屋の隅でトリアヌヒイ国王后が英国大使夫人レディ・ナンヤネンを大わらわにさせていたほどではなかったのです。事実、二人の淑女の間ではある協定が結ばれていて、外交使節団の一部の向きをかなり警戒させていましたが、盗み聞きしようと思う者がいたとしても、まったく分かりにくい会話内容じゃあなかったんですけどね。

「欲しいのよ、おフランス人っぽい指した英国人メイドが欲しいのよ、そんなのいるもんさねえ？」トリアヌヒイ后は、英国大使夫人の膝の上にこっそり手を預けて言いました。

「確実におりますわ……」。レディ・ナンヤネンはにっこり。召使いに関しては精通しているのです。

「棗椰子(デーツ)の国にゃあ、召使いはビッチしかいないもんねぇ」

「人生ってそんなものですわよ、后どの、本当に残念だけれど、そう言わなきゃいけないのですわ。以前、サラ・ベルナールと暮らしてたメイドを雇っておりましたの、でもぉ、怖い人じゃなかったですわよ！」と、膝によじ登ろうとしてきた、蝙蝠(こうもり)みたいな耳したチビ黒犬を追い払いながら、レディ・ナンヤネンはきっぱり。

「アリノー・トワタリ、アリノー・トワタリやい！　今朝になってロンドンからやってきおったわんこじゃ、英国のエルシー王女よりの贈り物であるぞい」。大公妃殿下は叫びつつ、飛跳ねるペットを捕まえるために身を乗り出しました。

「特殊なわんちゃんみたいですわね」とレディ・ナンヤネンの弁。

「王女さんは動物がお好きのようでのう！」

「婚約者が決まったって噂がありますけど、確かですの？」

「相手は甥のユーセフじゃ、おおっ、のうっ……」

「エルシー王女とユーセフ親王は同い年ですわ」

「ユーセフにご執心じゃとわしは信じたい。じゃが人生ではの、行進したいと思っていた曲が相手の望むところと違った、みたいに悪いことが起こるもんじゃからの」と大公妃のご返事。

「悪い話は何も聞きませんけどね」

「王女も母御である誇り高き英国后のように、国母たるに相応しき器の持ち主じゃと思っとる」と大公妃。

レディ・ナンヤネンはため息ついて、

「うんうん……それ以上ですわよ！」入ってきた王さまに向かって一揖(いちゆう)しながら、思わずぶつぶつしてしまいました。ガールスカウトの本部長たちとランチしてきた王さまは、将軍の服を着ていました。

「胸がむかつきまくるのであろう?」立ち止まって、英国大使夫人に聞く王さま。

レディ・ナンヤネンは遺跡で発見されたマガリバナより蒼白に。

「へっ、へえっ、ラ、ラッ、陛下ぁ、わっ、分からないのですわっ！」とどもって。

王さまは萎縮しているお相手を上から下まで見回して言いました。「嘔吐(えず)くほどなのだな……」

「へっ、へえっ、ラ、ラッ、陛下ぁ」。またまたどもるレディ・ナンヤネン。

その目に見えて狼狽(うろた)える様子を哀れに思った王さまは、「冷え切った皿によそわれた、生暖かいジャガイモを食った」と答えました。

レディ・ナンヤネンは笑顔に戻り、

「ガールスカウトのお嬢さん方の人肌の温もりで、お皿の冷たさを埋め合わせられたのでは、陛下」と思いきって進言。

「巡幸はあらかた心ゆくものであった。だが、道先案内人のうち二、三人、道に迷いそうな者がいるのは見逃さなかったぞ」。己の足の爪をもの珍しそうにクンクン嗅いでいるアリノー・トワタリを見つめながら、王さまは答えました。

「好奇心旺盛なんじゃろうて」と大公妃のコメント。

「これは――見ない犬ですな?」

「エルシー王女からじゃ……」

「阿呆な娘だとは先方より聞いております。生まれつきそうかどうかは存じませぬがな」と項(うな)垂(だ)れ、おんみずからのぽんぽんを眺められながら、王さまは憂愁に満ちた慎ましいムードになっておられます。

「あはれなおなごであるな、岸に縛られておると手紙を書いて寄越したゆえ、きっと恋着(れんちゃく)する英国を離れらぬのだ」

「縛られておるとな?」

「いつ解かれるかは誰にも分からぬのです」

「アンドロメダが如(ごと)く!」ともったいぶって叫ぶ王さま。「着る服とてなく、あったとして布きれ一枚でしょうな。見ゆるぞ、震えながら立ちんぼでユーセフを待っている……鎖巻かれた足で、きっと吠え猛る颪*に身を晒されながら」。眼前に見えるように話します。

「くだらぬ。婚約発表されておらぬから来られぬ、と言いたいだけじゃろう」

「ヨットレースの後、北のご両親の許へ行く前に歴訪予定ですってよ」。レディ・ナンヤネンが割り込みます。

「うらやましいのう、風光明媚な船旅じゃあ……」

なごんだ様子のレディ・ナンヤネンは、

「大公妃殿下、英国はお好きなんですの?」と聞きます。

「恥ずかしながら、行ったことはないのう。じゃが十二歳の折、英国王子（プリンス・オブ・ウェールズ）のために髪を逆立てたことは忘れられん」

「あへ?　どちらのジョージ王さまの御代?」とあえぐレディ・ナンヤネン。

「大昔のことゆえ、今はもう忘れてしもうたわい」

「その心は、殿下、どういう意味なんですの?」

大公妃は含み笑いして、

---

*「颪」の発音はぼくらが詩のなかで述べるようにするのです。

「なんとなれば、王子さまに釣り合うようにならねばと思ったからじゃわな、ありがちじゃろ」と答え、縫いものに戻りました。

王さまのお成りで皆が騒ぐ中、ヴァルナの公爵夫人はいとも容易(たやす)く退散できました。宮殿内のことは知り尽くしているため、やきもきする必要はありません。阿蘭陀(オランダ)布で覆われた椅子が百脚、議会然と大きな机の周りに群れ集まっている長い部屋を通り過ぎ、ドライブに直行できるオランジェリーへ着きました。車の数が増えたみたい、どれを借りよう、ああ思い出した、宮廷庭師に肥料の混ぜ方をちょっと聞きたかったんだった、お城の敷地を歩いて帰ることにしよ、と瞬時にして決める公爵夫人。ツツジと厳(いか)めしい古びたカノン砲の間を下って街へと通じる道を辿りつつ、気まぐれなかたちの球根はあるけど、人間にも気まぐれな奴っているよね、と考えたところで、後ろから自分の名を呼ぶ声が聞こえます。あたりを見回すと、トルガの伯爵夫人のラブリーな影姿(シルエット)が見て取れました。

「部屋の中、もう耐え切れない。あなたもそうでしょ？」

「あれあれ？　蜜月帽子被ってるじゃん」

「わたくしが作ったの」

「へー、ヴィオレット……」。目を丸くして、公爵夫人はぶつぶつ。

「忘れないでよ、日曜日のこと」

「パーティの話？」

「くちびるオバケさんとテントウムシさん、毛むくじゃらさんにゆるふわさん、がっちり足さんにコガモさん、足細さんに毛皮を着たノートルダムさん[15]あたりに来るか聞いてみた」

「メスヤギ兄さんは？」

「ラッキーなことに……」と手に持ったヘリオトロープを鼻まで引き寄せて伯爵夫人はご返答。

「メスヤギ兄さんじゃだめなの？」

「ちょっとは知ってるでしょ、あの兄さんと自宅に二人ぼっちでいると、欄間(らんま)に彫られた雲隠れをあれこれ評したり嘲笑(あざわら)ったりしてくるから」

「欄間に彫られた雲隠れ？」

「天井や壁や床には声をかけるけど――わたしにはさっぱりで！」

「ピュアだね、あんた」

「創意工夫に溢れてんの、わたしは」

「そんな創意工夫全開にいけるもん？」

「ええ、オルガがいてくれれば……」。伯爵夫人は腕に乗せた薔薇色テントウムシを見ながら、ぶつぶつ。

「どちゃくそ文句垂れの娘でしょ、どちゃくそ物欲しげな」とヴァルナの公爵夫人は図星を突きます。

「かわゆい娘！――心のオアシスだから」

「あの子、ド・グラモン伯回想録(16)に出てくる、ミス・ホバートに似てる気がするな」

「最高の娘じゃない」

「じゃあ、さよならっ（オ・ルヴォアール）、あとでレウキッペ公爵夫人のとこでまた会おう」。庭師がやってきそうと見た公爵夫人。

　肥料の混ぜ方のコツを教えてもらい、エキゾチックな植物複数種から新芽を巻き上げてしまうと、太陽は翳（かげ）ってきました。歩哨がぶらついている宮殿の裏門をくぐり、ほとんど一直線にアカシアの巨木が広がる遊歩道へ出る公爵夫人。頭上遙かに見える木の葉の下では、この時間になると、さまざまな家柄の社交界人士が集まってきては注目を浴びます。待ち切れなさそうに頭を動かす子馬に跨がって、見られたがりの疲倦宮（つかれうみのみや）がうろちょろしていました。その後ろに従い、鼈甲（きこう）に白粉（おしろい）をまぶし、アイシャドーをしたアラビア馬に乗った映画女優があたりを騒然とさせていました。女優が鞭を振るうごとに、白粉が雲のように舞い上がります。公爵夫人は野次馬の中に、薔薇色の引き具を付けた馬車に乗るメデュサ・ラッパァ伯爵夫人の姿を認めました。メデュサ伯爵夫人は背筋を正し、頭をぎこちなく硬直させ、生きるの楽しく（ジョワ・ドゥ・ヴィ）なくなっていくって感じながら情けない表情を浮かべて、並び立つ御者や召使いの腰を見つめています。

でもクレオパトラ・カフェに呼ばれている手前、急がなきゃと思う公爵夫人でした。何かお得な情報を得られるかも知んないんだから、誘惑には逆らえないよねぇ。アン・ジュール伯爵と踊り子のカルプルニアを乗せた青い素敵な自動車が通り過ぎるまで待ち、並木道を横切りましたが、総じて人通りは少なめ。するとここで、男っぽい見かけのイヴォラの伯爵夫人が、穏やかな足どりで、救命院（サルート）の前を聴罪司祭と連れ立って歩いていることに気付きました。いつも道を歩くとき、伯爵夫人は背中で両腕を握り合わせる癖があり、政治家みたく縮こまって、「不愉快ったらありゃしない、この世の他から来た食べ物！」と明らかに食欲をそそられた様子で語っているところを公爵夫人は通り過ぎました。

一方、マダム・ヌラシテは応接間でサモワールの傍に坐り、落ち着かなげにしていました。公爵夫人を迎えるため当世風（ア・ラ・モード）マシャークに着替え、顔は白塗り、耳は紅色に染め、小さいながらも金を掛けた羽根飾りを、凝った髪型がそれとなく目立つ角度に付けていました。お告げの鐘（アンジェラス）の時刻が近づくにつれ、緊張の糸がぴいんと尖っていき、張り詰めに張り詰めたため、テーブルの上の凍らせたシュガーケーキまでが心配のあまり緑色になっていますよ。

もしも、もしもよ、来なかったらどうしましょ？　もう帰っちゃってたら？　監獄にぶち込まれてたとしたら？　つい先日も「社交界」のAランクのカリスマで、高級ファッションを着こなす女性が、贅沢のあまり半年間懲役を科せられたのだから……。

ビクビクしながらお気に入りのリキュール・コアントローを小さいグラス一杯分口にするマダム・ヌラシテ、すっかり飲み干してしまうと落ち着いてきて、アントニウスの間から外の様子を覗きました。

けれど、何もシックなものは目に飛び込んできません。

縁石に囲まれた夾竹桃は陰鬱な感じで燃え立つピンク色の空を背に浮かび上がり、詩人ぶってめかした二人の若者が、ビール瓶を挟んで身振り手振りを交えつつ口喧嘩していました。垂れ下がり気味の青襟をした船乗り（残念ながら難破してママに会いに歩いて帰ってきたのかも？）が夕方にやってきて、カフェのランプの周りをうっとりと回っているでかいアブをポカンと見つめていました。窓辺の下では、眼鏡を掛けて痩せた、興行主とはっきり分かる御仁が声高く叫んでいました。「ロンドンが吾輩の喉を奪った。吾輩の声を奪ったのである」

あはん、本格的に仕事上がりの夜がやってきたんですねえ！

ゆっくり動くヒマワリもどきの扉（押された後も回り続けます）を通って、ビリヤードにお熱な軍人が何名かと、早めにやって来た娼婦（口の硬いまじめな娼婦のみが通行を許可されているのです）が出たり入ったりしていました。

「あいつら、今夜ばかりは教会に行って欲しいわ。濃紺とねずみ色の服がお似合いよ、どんな場面でもね。おちゃめな感じでいけるわ、看護婦の白衣みたく」。また扉がぐるりと回って、満面の笑みを浮かべるマダム・ヌラシテ。

「応接室にご婦人がいらっしゃって、マダムとお話ししたいとのことで」。玉を転がすような声で従僕（シャスール）が告げると、羽根飾りをいじいじしながらマダム・ヌラシテは出ていきました。

さて、オーナー夫人がやって来た時、ヴァルナの公爵夫人はドアに背中を向け、肖像画を吟味中でした。

「なるほど、バルトロメ・エステバン・ムリーリョ(17)の絵をご覧なわけですね」。口火を切るマダム・ヌラシテ。

「ええっ、これモーノーホーン？」 間延びした発音をする公爵夫人。

「違いますよ」

「あたしも違うって思った」

「直近の破産者管財品セール（たくさん行なわれてるのは不思議ですけれど）見てますと、ムリーリョの絵に関心を示さない人が多くって、もうシックのうちに入らないんじゃないかって思いましたわ」。マダム・ヌラシテは椅子を公爵夫人の方へ持っていきながら述べました。

「思うんだけど、シックさなんて相当なインチキ宗教でしょ」。ありがたく席に腰を落ち着け、公爵夫人は言いました。

「あらそう、わたくし歴史あるユグノーの家系に生まれましてよ」

「――……？」

「あゝわが実家……風の噂じゃ、今は雑草に覆われた廃屋になってるって」

公爵夫人は傘の柄に取り付けられた象牙製の猫を見ながら、「手紙よこしたでしょ？」と聞きました。

「はい。宮廷デビュの件で」

「なんでそんなことを？」

「女にはみんな野望があります。わたくしのは宮廷に出ることですの」

「へんなやぼー！」口ずさむ公爵夫人。

「夫婦で谷底暮らししてるって認めましょう。でも、丘についても詳しく知ってはいるんですからね」

「まじ？」

「ほら、主人も」

「…………」

「あゝあらやだっ！」

「もちろん」

「今受け合ってくれなかったら、悲しくて死んじゃいますわ」

「前、人にお願いしたことってある？」

「ありますわ！」

「ほお？」

「侍従長に拒否られて、血涙流しましたの」。マダム・ヌラシテは青くなって自分語り。

「前の王さまの時代ならもっとやりやすかったでしょ、ガチで」

マダム・ヌラシテは深いため息を吐きました。

「先王様を一度だけお見かけしていますわ、木に寄りかかっておられて、傲岸不遜極まりない態度でしたわ」

「教えて……公人としてあんたの旦那は何か——」

「お金を出してくれたから、わたくし戦争でゴタゴタに巻き込まれることもなかったんだって、毎度言っておりますわ」

「気前がいいの？」

「あい……いずれご存じになるでしょうけど……」

公爵夫人は考えてみます。「国営コンサートへのチケットぐらいなら用意できるかも……」

「公爵夫人さま、国営コンサートですか？　それじゃあ何の役にも立ちません」

「知ってると思うけど、応接間で待つってすごく退屈だからさ」

「わたくしが盛り上げますわ！」

「ならさ、手始めにどっかの大使館へ紹介状書いたげるから――ひょっとすれば英国あたりが……」

「それじゃ意味がありません！　あなた責任持てますか？　一緒にランチに行こうって誘われて、わたくしが奢らされた経験ありますよ。世間では詐欺が横行してますからね」。マダム・ヌラシテはにっこり。

嘲り笑う公爵夫人。「トルガ伯爵家を覚えてるか知んないけどさ」

「お名前は聞いてます！」

「伯爵夫人はあたしより王家の事情に詳しいからさ」

「もしかしたら……でもっ、公爵夫人、あなたはなんでもやってくださる方ですから」。マダム・ヌラシテは懇願しました。

「けどさ、やってはいけないことってあるじゃん？」とブチ切れる公爵夫人。

「トルガ家に頼むのは難しいです」

「不幸せぶってりゃ、トルガ家は優しくしてくれるよ。成功者を激しく嫌ってるからね」

「閨房付きの女官方って、皆似たり寄ったりな張り子の虎です。ちゃんとお役目果たせてるとは思えません。オペラの初演の席で、ご連中のどなたかが残飯をもぐもぐやってなさるの見ると、わたくし独り笑いを禁じ得ないですし、それじゃあ大方、開演の一時間前にバケツ一杯の水を撒き散らしながら廊下をうろついていたんじゃないって思うんです」

「マダム、音楽は好き?」公爵夫人は聞きます。

「大の楽しみですっ! 何度も何度も『蒼白バナナ』に通ってます」

「行ったことないね」

「ひめごと、ひめひめ、ひめはじめ。夜一緒に行きましょう、きっとわたくしたち二人で」

「……」

「ドウジャ・デグデグさんが売れっ子ですよ。でも今は順当に老けていってますけどね」

「これ以上お邪魔してちゃね――」と言って立ち上がる公爵夫人。

「そんなに経ってないですよ?」

「ひたすらゴメンだけど、長くはいられないんで――」

「じゃあ話はぜんぶ決まったんですね」。ベルを押しながら、マダム・ヌラシテはいたずらっぽくぶつぶつ。

「ええっ、そんなこと言ってないけど」

「今この瞬間に受け合ってくれなかったら、わたくし悲しくて死んじゃいますわ」

「今夜、旦那とあたしでレウキッペ家に夕食に行くんだけど、できたら……」。階下で『ばらの騎士』を奏でる楽団を聴くために話を止める公爵夫人、「演奏上手いね」とコメント。

「皆さんたまにそう仰るんです」

「だいちゅき、だいちゅきな音楽が扉の向こうで鳴ってりゃあ落ち着かないし、不満も出てくるでしょ?」

マダム・ヌラシテはため息して、

「聴いていると、たまに人生やり直したく思うことありますよ」

「やり直す?」

「ほんと自分でも変な思いがするんです、あんな小物亭主と所帯を持ったことが」

「でもさ――気前はいいんじゃなかった?」部屋を出ながら公爵夫人はぶつぶつ。

Ⅳ

灰色の移ろいやすい空模様、六月初日の朝、カイローラ英国人居留区(4)は機嫌悪くお目覚め。大使館でお客がもてなされている時はいつもこんな感じなんです。手際が悪い大使に対し、居留区の最古参ミスター・ワカガキセガレが「斟酌(しんしゃく)しきれぬな」と唱えたがごとく、見過ごされた大半の面々は一緒に行きたいのにって唱えていました。単なる家庭教師でしかないミセス・モントゴメリーが招聘されて、申し分ない（実に上手な表現方法でしょ）ミセス・オオムギヅキに少しもお呼びが掛からないってどういうことなんでしょうか？　船長未亡人でお金持ちであるミセス・オオムギヅキの地位は、お給料を貰っていて忙しい時もあるミセス・モントゴメリーより明らかに上でした。

伯爵の従姉妹ミス・グリゼル・ホプキンスや、居留区のおっかさん、ミセス・ナエドコは無視されていました。アン・ナエドコが貸本屋と喫茶店を併せて経営し、観光客に抜け目なく旅案内を提供していたのは事実ではありますが、四十年も前からのことですし、忌まれる十分な理由とはならないでしょう？　それどころか、ゴクツブシ卿が大使だった時代には、とてももてはやされていましたし、妬みを買うなんてことも全然ありませんでした。大公妃の馭者であるアイルランド人すら、外の芝生までという条件付きで入ることを許されていたと伝わっています。今のところ、大使館員側がドン引きするほど不注意だったので、スルーされてしまったと考えられていました。

「全然気にしてませんよ。夜にお出かけすると体が冷えちゃいますからねぇ。前、ウンチン先生に診てもらった時、やめとけって言われましたよ」。喫茶店と貸本屋の切り替わり地点に据えられた指のお皿に置かれた、朝の牛乳が入ったグラスを前に坐りながら言うミセス・ナエドコ。

「大使館って、もてなすために存在してるんだぁー?」　梯子のてっぺんに登って本を選びながら、ミセス・オオムギヅキは聞きました。

「ペティコートがお見えになってますよ——失礼ですけど、気付いたので」とミセス・ナエドコ。

「なんか新しい本入荷しないの、ナエドコさん」

「すぐにでも……はいっ……すぐにでも」

「いつも『すぐにでも』って言ってるじゃない」とミセス・オオムギヅキは文句を垂れました。

「ベッシー、これぞって本、なんか見つかった?」　頭が据わっていない様子の、ゆるく青い瞳をした文学少女ミス・ホプキンズが聞いてきました。

「別に、なんかでありゃいい。前、前、前読んだことのないものならね」とミセス・オオムギヅキは答えました。

「そういえば、ミス・ホプキンズ。『嵐と過ぎた半生』にお茶を引っ掛けたのは罰金ですからね」。ミセス・ナエドコが言いました。

「コーヒーでしょ、ナエドコさん。お茶じゃないよ」

「どっちでもいいけど、知ってるでしょ、何の染みでも過料は一緒だから」と言って、瘦身宮オラーフ親王を連れて図書館に入ってきたミセス・モントゴメリーへ向かっていくミセス・ナエドコ。

「中にいるんかね」。不思議そうに聞くミセス・モントゴメリー。

ミセス・ナエドコは眼鏡を掛けました。

「むむのっぷす」と答え、自分の引き出しを謎めいた雰囲気で覗きます。そこは贔屓にしてるお客さんのため、本を収め取り置きしておく場所でした。

「いつも言ってるけど、ナエドコさん、特別扱いの客いるでしょ」。皮肉っぽく梯子からこぼすミセス・オオムギヅキ。

「オオムギヅキさんも特別扱いですよぉ」。優しく囁くミセス・ナエドコ。

「ベッシー、コーラ・ヴェラスケスの『わが悦びの男たち』未読？」

「未読！」

「傑作じゃないんだけど、陰キャ男が二人、陽キャ男が一人いるって話」。ぼんやりと話を続けるミス・ホプキンス。

「女向けの小説ってだいたい、終わりに向かうにつれて話がこんぐらがっていくからさ、すごく好きとは言いがたいね」とミセス・オオムギヅキ。

「なら除籍本にしましょう」とミセス・ナエドコの主張。

「おらさ、前『薔薇きゅんが通る』読んだだ。面白かったべよ」とミセス・モントゴメリー。

「ロナルド・ファーバンクの本じゃなかったっけ？」

「いんやあ、そうじゃなか思うとよ。作者の名がなんだったたんかぁ、覚えとらんたいねえ、気にせん方がええからねえ」

「吐き気がしそう。ロナルド・ファーバンクってやつ好きになれない。『ヴァルマス』とか、あんな下品な小説ほかにないでしょ。読み始めてすぐに本を閉じたくなること受け合い」

「満を持して除籍で良いですね。他の本と同じように」と優しくミセス・ナエドコ。

「ぼく、前ロナルドと会ったよ。本を書くって一筋縄じゃいかないねって語ってた」と瞳孔を僅かに広げるミス・ホプキンズ。

肩をすくめたミセス・オオムギヅキは、

「なんかそそる本を隠してない、ナエドコさん？」と口達者に言いました。

「『舞台が呼んでる』にしてみたら？」と提案するミセス・ナエドコ。

「貸したの忘れたの？　ナエドコさん」。縮緬（クレープ）の服を厳かに見つめつつ、ミセス・オオムギヅキは答えました。

「なら『牧師館のメアリー』はいかが？」

「『牧師館のメアリー』は二度読んだけど、これ以上再読したくない」

「…………？」

「…………！」

どうも流れが摑めないミセス・ナエドコは、

「酒に溺（おぼ）れる詩人がたくさんいてこわい」と考えていました。

これは貸本屋のお客も満場一致で認めるところです。

「ぼく、ヴィクター・スマイス閣下夫人著『男はけだものなのよ』と『兵士道しるべ』を読んでるよ。ナエドコさん」

「こっちは『東部はささやく』」。望みを失ったように白状するミセス・オオムギヅキ。

「ロバート・ハッチンソン著！　うまい書き手ですね」

「そうかねえ？　読んでると、椅子の背にベッドが置かれていないホテルで書いたもののように思うよ」

「あなたが思うなら、その通りなんでしょうねえ」

「はいはい、ナエドコさん。あたし行かなきゃだわ――死んだ亭主の墓まで歩いていくんでね」

とミセス・オオムギヅキは告げました。

「あはれなベッシー・オオムギヅキさん。苛（いら）ついてるんじゃないかしら」。ミセス・オオムギヅキとミス・ホプキンズが行ってしまった後で、ミセス・ナエドコはため息を吐きました。

「みんなそれぞれに試練を抱えてるもんだぁよ、ナエドコさん」

「でも、余計に抱えてる人もいますよね」

「宮廷暮らしって、おかしなもんやさかいねえ、ナエドコさん」

「英国で女王様が即位されたみたいな口ぶりですね、モントゴメリーさん」

「信じらりぇにゃーよ！」

「日刊紙の社説の大半は、王女さまが先日贈られたわんちゃんのことで持ちきりですよ」

「胸糞悪りぃわ、躾もなっとらん、薄気味悪りぃけだものよなぁ」

「わんちゃん、色んな部屋を走り回って、親王殿下が寝転んでワインを飲んでいらっしゃるお部屋に辿り着くんでしょうね」

「それ、なんか根拠でもあるんけ？」

「別にあるわけじゃないですけどね、モントゴメリーさん。新聞はおおごとだって書いてますよ」とミセス・ナエドコが答えると同時に、黄金に輝くそばかすだらけの顔をした火炎宗の尼さんが店に入ってきて、

「ロナルド・ファーバンクの『ヴァルマス』と、同じ作者の『性癖』あります？」と聞きます。

「ないです、すみません──二つとも除籍されました」

「マラデッタァ✠✠✠✠(18)！　まあ、またすぐに来ますので」。キラキラ輝いて、退きながら答

える尼さん。

「ガートン校[19]で学んでいたとは思われないお姿ですねえ」。ミセス・ナエドコは言いました。

「一度でもガートンで学んだ娘は、どこまでいってもガートン娘たい、ナエドコさん」

「司祭さんにお持ち帰りされちゃったようですからね」

「驚かなくてよかばい。司祭さんって、家じゃ普通、宦官（かんがん）とお笑い草の合いの子さ、相場が決まっとるけん」

「待ってください、私は棄教してカトリックになるわけにはいかないんです。つい先日も牧師さんとお茶してるとき言いました、ああ、私が男だったらぁって。安息日には毎度、道沿いの教会『蒼白イエス』で行なわれる不埒（ふらち）をつるし上げたいのにぃ」

「ナエドコさん、『イエス』と聖マリア教会はかーなり違いますばい。主馬頭（しゅめのかみ）の結婚式に参加したけんど、不埒なこつばなんも見かけんかったとよぉ」

「英国人の結婚式が行なわれてもよさそうでしょう、あくまで一意見ですけどね、モントゴメリーさん」

「居留区じゃあ、もう長らく一組も結婚しとらんからねえ」

　臆せず笑うミセス・ナエドコ、

「そろそろ、ウンチン先生夫妻のお宅で踊ってもいいんじゃないかしらって思ってるんですよ」

「どうか、マンちゃんのこつば、放っといてくだしゃんせ」

「そういえば、あなたはマンちゃんって呼んでる仲なんですよね」

「ウンチン博士とはあんまし会わんのやけどねぇ」

「結婚ってどの家も同じようなもんだってみんな言ってますけど、同じだとしても、未亡人って羨まれるようなものじゃないですよ、モントゴメリーさん」

「養われた方がよか女はおるばいね。まっことではあるが、その人はその人なりに、生きるの頑張るしかないんじゃなかろうかのう」

「あはん、男には逆らえないですからねえ！」ミセス・ナエドコは叫びました。

　ミセス・モントゴメリーはため息を吐いて、

「男どもにゃあ、随分愉しい思いさせてもろうて、心の随からうっとりさせられてしもうていたからねえ……とりこになってたばい……痛い目見んのはもうこりごりだべよ、ナエドコさん」

　己を顧みるミセス・ナエドコ、

「夫はいつも怯えたり、猛り狂ったりしてましたね……特に夜には、ね。でも、今となっては恋しくて仕方がないです」

「ナエドコさん、信じてちょ。ありのままが一等よかばい」。貸本屋の階段に坐って独り遊びしているオラーフ親王へと目をやりながら、告げるミセス・モントゴメリー。

「親王殿下を養育するのは大変でしょうね」

「イートン校に入学さしたら、心の底から一息吐けるばい」

「基礎学力があれば通るって言われてますけど……」

「英語の発音が上手で、高度な語学の才能もあるさかい、大丈夫ばい」。ミセス・モントゴメリーは胸を張りました。

「そんなお話聞けて、私、うれしいですね」

「じゃあね、ナエドコさん、怠けてるわけにゃあいかないばい。知っての通りだども、髪をシャンプーばして、ふわっとさせ、今夜の使節団歓迎パーティへ向かわなならん」と親王殿下の手を引いて、王室家庭教師は去って行きました。

V

ケダラオメル王遺跡発掘団に所属した者の中に、若い（三十五歳が若いと言えるなら、ですけど）ウェールズ生まれの一風変わった英国人、サクシ卿の令息〈エディ〉・パンチボウル閣下がいたのです。ある組織に所属したかと思えば別の組織に所属し、ずっと同じ組織に所属することはなく、軽やかに所属を連ねていく生き方をしていました。けれど、新しく発掘団へ所属することは、大臣の臨時秘書官を務めたり、恩知らずの将軍を補佐したり、ペル・メル[20]の近郊で、激務に励む王族が、憲法の制定に関する草稿を仕上げるまで控えの間で待つより何程か良かったでしょう。エディ閣下は親戚一同を恐れさせ、友人連のネタになるため、僧職志望者としてイエズス会の修道院に所属しようとしていた矢先気が変わり、元上司かつ父の大学時代の旧友ダレヤネン・ナンヤネン卿の好意により身分保証を得、ケダラオメル王遺跡発掘団の「調査員兼お助けマン」として勤めることを引き受けたのです。

事実、既に修道士の格好をして坐り、画家に肖像画を描いてもらいながら燃える眼でエル・エスコリアル修道院[21]らしきものを仰ぎ見る、というところまでいっていたのですが、本当のところはサクシ・パークの家庭菜園で猿真似をやっていたに過ぎなかったというわけです。もう事情は変わったのよ、中東が呼んでるわ！　残念ながら、絵になる探検家のソンブレロを被って坐り直す時間はなかったのですが、構えられたカメラが奇跡を呼んでくれました。週刊誌に載った、ツルハシを握り片足を鋤（すき）に乗せ、壊れた壺を調べて笑むエディ閣下の写真の下には、「ケダラオメル王遺跡発掘団に加入せるエディ・パンチボウル閣下、サクシ卿が一粒種」だとか、「ケダラオメル王遺跡へと旅立つ」だとか、「いい旅を！（ボン・ヴォヤージュ）」だとか、色んな編集者からのコメントが付されており、それを見た親族連中は一安心したとのことです。

はい、探索行のユーワクには逆らえなかったですし、出家を誓ったり止めにしたりするのはいつでもできますからね！　……そして今、大使館の空き部屋で下男に荷ほどきをさせている間、手持ち無沙汰に窓台へもたれ、館の前にあるテーブルヤシの上、遠くに聳える「蒼白イエス」のドームを見ながら、心は既に中東へと向かっていました。到着した際に起こったトラブルにより、エディ閣下の自尊心はちょっぴり傷付いていたのです。大使館の周りには当夜の労働に従事させるため連れて来られた奴隷の集団がいて、レディ・ナンヤネンは最初エディ閣下をその一人だと勘違いしてしまいました。「手荷物預かり所は喫煙室の中にありますわよ！」そう言った後で半笑いに申し開かれ、重ね重ね謝罪されたにもかかわらず、簡単には忘れられませんでした。アタシの外見のどこに手荷物預かり係を思い起こさせる要素があるっての？　ラムセス王の横顔に似てるって自負してるこのアタシの！　鏡の前に行って己を打ち眺めても、いつもの満足感が得られません。肝臓色の明るい髪、灰色をした細目、瘦けた頰、砕けた月のごとく色青ざめた唇。今後の旅路を思いお疲れ気味ではありましたが、階下に降りていかなくても、レディ・ナンヤネンへ謁するに差し支えないお姿でした。

「頭痛がするわ、マリオ。部屋から出ないことにする！　キモノを持ってきなさい。お風呂に浸かりたいわ」と下男（ナポリ生まれで、ご主人と同じぐらい様々な職場に所属した経験あり）へ声を掛けました。

ゆっくり服を脱ぎ、脱いだ服が床にずりさがっていく中、夜会(ソワレ)へ出席を控えたのは適切な判断だったわ、と思えました。願わくば、救いようがないレベルのニブチンじゃないかと疑われるレディ・ナンヤネンがこれをもって教訓とし、スルーすることのないように。

溶けゆくバスソルトの中へ下男によって手際よく横たえられ、閣下はある種の昏睡状態へ陥り、宗教的陶酔にも似た甘美さを覚えました。キキの香が染み込んだスポンジでリズミカルに擦られれば聖セバスチャンさまとなり、湯気の中で溶けていくバスソルトで水が濁っていけばアビラの聖テレサさまですね。お風呂の温度がだんだん下がっていかなければ、聖母さまの気分にだってなれたでしょう。

「ご主人、顔色が悪いですね、とくに顎(あぎと)のあたりが!」下男は閣下の髪を拭きながら、心配そうに言いました。

ぎくりとして叫ぶ閣下。「マリオ、顎(あぎと)なんて言葉使わないでって言ったでしょ! イタリア語ならどうだか知んないけどさぁ、英語じゃ語呂が悪いし耳障りなのよ」

「お疲れではありませんかと、わたくしめは聞きたかったのであります、ご主人」

「お馬鹿ねぇ!」とマキシミリアン・ベルリッツ先生流の見事な発音で答えるご主人。

タオルにくるまれ、白粉(おしろい)をまぶした手足をふかふかな長椅子へ横たえ、気分爽快にリラックスする閣下。マリオは夕食を取りに行きました。

「なに持ってきたって構やしないのよ。避けなきゃなのは、て――」（閣下は忌むべきと定め、ない方がきっとベターな料理を幾つか列挙しました）。「マジよ、あんたアホウなんだから、シャンパンを忘れてきちゃダメよ」

大使館のワインセラーでレディ・ナンヤネンが何もしでかしていないよう祈るしかありません。今まで観察した限り、まともな分別を持っているとはとても思えなかったのです。

ぶっちゃけた話、レディ・ナンヤネンを英国聖ジェームズ宮殿[22]から来た使節団じゃなく、料理人のいるところへ案内してもオーケーですわよって言うかもしれません。午後に大使館付きの円瞑園（えんめいえん）で、マレシャル・ニール種の薔薇を盛りに盛ったねじくれ帽を被り、プリプリしながら髪をなでつけ、庭作業用の軍手を振り回して指図していたその姿を思い出すと邪笑を禁じ得ません。うちのママとなんて掛け離れてるんでしょう。「全然違うわ」。サクシ邸のことを思い出します。「愛すべきサクシ邸」。父の御霊を苛つかせるために、いつかイエズス会系の大学へ入ろうと決めていました。父の書斎には懺悔室（ざんげしつ）が取り付けられ、農地鑑定書やしょうもない狩りの戦利品に代わって、異端審問の版画やフィリッポ・リッピやフラ・アンジェリコ[23]に描かれたかわゆい顔が据え置かれ、四旬節[24]の詠唱が家中に響き渡ることでしょう！　友達ロビー・レナードが生きてたら役に立ってくれたのに。あはれなロビーに幸あれ。駆け足で人生を送って、十九で死んだの……。

物思いに耽り、タバコへ火を付ける閣下。

開いた窓を通ってハチが夕方の青い風に包まれてうなってくると、閣下は目を閉じて、この国のハチは、他の国のハチが言っていることを理解できるのかしらと考えました。ここの国の土は植物相にも影響を及ぼすの？　植物は根っ子から土の影響を受けちゃう？　みんな、（特にご婦人が多いけど）花は言葉を話すって言ってるわ。英国薔薇の花粉とフランス産のでは少なからず違いがあるでしょうし、自国（例えばサクシ家）で生まれ育ったハチは今いるみたいな外国のハチとの会話に難儀するんじゃないかしら。ハチの慣用句は人間のと違いあるわね！　これが自明のことだとすんなら、ハチってちょうどいい発音のやり方をどこで身に付けるのよ……。

目を開けると、学校時代の旧友ザイコシナット卿の三男（にしてもっとも有能かも）で大使館の名誉職員を務めるライオネル・フニャリコが、瘦形（やせがた）に夜会服という出で立ちで傍に立っていました。

「気の毒に、しんどそうだぞ、エディちゃん」と叫びつつ、ライオネルは閣下の隣の長椅子に坐りました。

「ちょっと動揺してただけ……タバコ一服しましょ」

「ケダラオメル王遺跡に行くってね、エディたん」とザイコシナット卿三男ライオネル。

「行くと思うわ……」とサクシ卿一粒種のエディ閣下。

「やっほぉい、おいらも行ってみたいぜ」

「きっとうっとりするわ、ライオネル、特にあなたはね。でもソドムの副領事かなんかに任命されるかも知れないわよ？」

「なぜに副。それに、まだ領事館すら出来てねえのに」と言うライオネルは、禁色たる紫の布で覆われた、友の持ち運び用祭壇に捧げられた供物を調べていました。

「ひっくり返しちゃおう。エディちゃんにお仕置きしてやらなきゃだぜ」とセルリアン色の真綿の糸を三本撚り合わせた紐を結んだ、鼈甲色の片眼鏡を掛けながら叫ぶライオネル。

「戻してよ、ライオネル、お馬鹿なことしないで」

「よっしゃイこうぜ！　来いよ！」

「マジやめて、ライオネル」

「悔い改めな！　膝をこうしてな、エディ！」

サクシ卿の一粒種たる閣下がタオルをすっかり剝ぎ取られようかと見えた刹那、幸いにもレディ・ナンヤネンが入ってきました。

「パンチボウルさん、あはれ！　不運ですわねえ……最悪のタイミングでわたくしがやってきたんですものぉ！　でも人生ってそんなものですわよ！」心配しつつも賑やかしく、テーブルスプーンと下剤の入った瓶を差し出しながら叫びます。

　流麗な線を描く牡蠣色繻子（しゅす）ドレスに包まれ、宝石をぶら下げたクリスマスツリーのようにキラキラ輝きながらやってきたレディ・ナンヤネンによって、二人の「交（ま）ぜ合い」は防がれたみたいです。

「レディ・ナンヤネン、アタシ体調悪くなるって分かってたら、リッツに泊まったのにぃ！」

エディ閣下は喘ぎました。

「そんで全身嚙まれまくるのね」とレディ・ナンヤネンのお返事。

「全身嚙まれまくる？」

「昨日宮中で晩餐会が開かれたのだけれど、愛すべき国王陛下が話すの聞いちゃったの――いやん、教えられない、あなたを興奮させちゃうわ」

「そういや、棗椰子（デーツ）国のお后さん付き宦官って、どうもてなしゃいいの？」とザイコシナット卿三男が聞きました。

「場に適（かな）ったものでしたわ。でも、夫のダレヤネンに聞かれた方がようございますわ、フニャリコちゃま」。持ち運び用祭壇を興味津々に眺めて、レディ・ナンヤネンは返事。

「聞いたけど、へとへとになったって言いまくってたぜ」

「わたくしたちが城門（ポルトゥ）を占領した後のペラ[25]の状況を思い出すんですけど、そこで住んでる人たち（昔の大宰相みたいに、ああんっ、すんごいイケメンでしたのよぉ、お目々も綺麗だしぃ、女の扱い方だって心得ててねぇ！　よっ、独裁者っ！！）、みんな部屋の隅でしゃがませると大喜びでしたわよ」

「ヒマシ油こぼさないでっ……！」

「ヒマシ油じゃありませんのよこれ、わたくしの煎じたお薬ですの。アロエとかグレゴリー、リコリスをちょっぴり混ぜて。あとはクロウメモドキ！」

「ふむん」

「悪くはないにしても、すごく効くお薬とは言えませんわね……パンチボウルさん。勇ましい男性みたく放り投げて寄越しなさい。フニャリコさん、鼻の穴を摘まんじゃいなさい！　で、わたくしはパンチボウルさんがお仕置き受けてる間、物も言わずにアヒルちゃんもどきな祭壇でお祈りすることに致しますわねえ」。言った通り、祭壇へ進んでいくレディ・ナンヤネン。

「すごく親切なお人だわ」と、エディ閣下はオックスフォードのブラックウッド社から出版された自身の『初期作品集』へと逃避し、次第に貪り読み始めました。「あはん、ドリス」「ドリスへの手紙」「ドリスへの手紙はワインや太陽の熱に感化されて書いたの」「スウィンバーン頌（しょう）」「悲しみのギョリュウ」「絶対いやん」「淫ら指（ドゥワ・ソブセン）」「リリーと呼ばれて」「ティッツァーノの国！　ヴェルディの国！　あはんイタリア！」「時計が打つの聞いたわ」

時計が七時打つの聞いたわ
七つの鐘が鳴るの聞いたわ
ご主人さまはロンドンへ行き
今夜戻らぬことでしょう

この詩は家庭内で深刻なトラブルが起こった後サクシ邸にて書かれたものですが、エディ閣下のパパ、詩中では「ご主人さま」は、かなり長いことロンドンに留まっていました。で、胸暖かくなるエピソードを子守歌「いい子ね、知ってる」から読みとることが出来ます。

いいこね、知ってる?? うさぎの話
変な癖ってあるよって話……
あはん、子供には言えないって
エッチなことをうさぎがするって

ある日、召使いとうさぎ狩りしていたら、すぐさまこの詩が降りてきたのです。

ガチャンと音がして、閣下が嫌々物思いから覚めると、レディ・ナンヤネンのお尻の下で持ち運び用祭壇が破壊されていました。

「めちゃんこおっそろしいことって起こるものですわねぇ」。まだ黙禱してたので、ライオネルから助け起こされつつ叫ぶレディ・ナンヤネン。「ここまで壊れやすいなんて思ってなかったわぁ！　でも、人生ってそんなも……」と荒っぽく。

「神さまぁ！　助けてちょ！」エディ閣下は嘆息しますが、救いの時はまだ来ないらしく。時を同じくして大使館一等理事官の文事に長じたる妻、ミセス・チュメタインスイ閣下がドアの隙間から頭を突き出しました。

「ごきげんよおですん。ハロルド〔夫〕いないかって探しているのですん」

「ダレヤネン卿とご一緒じゃ？」

「そりゃあ謎ですわね」とレディ・ナンヤネン。

「エルシー王女のご婚約者さま、かなりお疲れでしたん」。死んだ魚のような眼を細めに開け、部屋を見渡して宣(のたま)うミセス・チュメタインスイ。

「わたくしたちを手玉に取れなくて残念！　その話、主人に伝え済みですわよ」とレディ・ナンヤネンは暴露しました。

「わたすは手玉に取りたいんですん、ナンヤネンさぁん。うまく成し遂げられる方に賭けてもいいですよん」

「グレース・アギトオサメはどうなってるんだい、チュメタインスイさん?」とザイコシナット卿三男が聞きます。

「ボールドウィンと結婚するのですん。でも先に口説いたのはバーナビーなんですん」

「何について話してるの?」 エディ閣下が聞きました。

「チュメタインスイさんの最新作についてだよ」

「なんでグレイス、バーナビーにものにされるの? テックスじゃなく」

でもミセス・チュメタインスイはわけを話そうとしませんでした。

「グレイスは黄花九輪桜(キバナノクリンザクラ)を探しておりますん。ふほん、九輪桜(クリンザクラ)の咲き乱れる野原はめちゃ上手に書けましたん……パワフルな肉欲曼荼羅(にくよくまんだら)が繰り広げられますん」

「で、グレイスは貞操を失うわけだな」。ザイコシナット卿三男は叫びました。

「ボールドウィンにはもったいないですん。シャーロット、ケイト、ミリセントを雑に扱ったのが分かった後じゃあですん」

「人生ってそんなものですわよぉ」。レディ・ナンヤネンはおっとり意見します。

「んなこたないですん、ナンヤネンさん」。ミセス・チュメタインスイは根に持ったご様子。

ケント州ナナツニレ在、フナタビビト卿の唯一の相続者たる旧姓名ヴィクトリア・ニトロワイヤン・フリントンは恋愛によりハロルド・チュメタインスイと結婚してから、創作の持ち味を深化させていきました――この持ち味は、夫の勤め先の外務省から非難がましい態度で渋々受け取られていました……結婚前の名前と夫についてもしっかり明記されている作品群は、目下犯罪者のどぎつい生活を扱いながら作者本人はまったく知りもせずに書いており、ハロルド・チュメタインスイ閣下は、僕が退職するまでカイローラにいなかったら、君の書きっぷりは雄々しさを完全に失ってしまうだろうと優しく諭（さと）していました。

「ヴィ・ニ・フさんに頷いちゃうな。人生ってそんなもんじゃないよ」。ライオネル・フニャリコ閣下は、チャーリー・チャップリン風ちょび髭を物思わしくなでなでしてぶつぶつ。

「良くしようがないものに思い煩（わずら）うのは、時間の無駄ですわよ」

ミセス・チュメタインスイは嫌々従いました。「すこぶる正しい意見ですん、ナンヤネンさん。でもわたす、とっても敏感なんですん……。殿方とお話すれば、お使いのサスペンダーの色を当てられるみたいなんですん。『目の前の人はすみれ色』、『こっちは青』、『あれは赤』って心の中で思っているんですん」

「じゃあ賭けてみるとしようぜ、チュメタインスイさん。あんた、おいらのサスペンダーの色は当てられねえだろ？」とライオネル・フニャリコ閣下。

「当ててみますん、ヤコブのサスペンダーみたく、いろんな色が混じっているやつですん」と答えて頭を後ろにひっこめるミセス・チュメタインスイ。

　レディ・ナンヤネンもそれに倣（なら）おうとしました。

「行きましょう、フニャリコさん。あはれ、パンチボウルさんをクタクタにさせてしまったようですわよ——それに、お食事の時間みたい」と一喝（いっかつ）して。

「シャンパン開けてちょうだい、マリオ」。二人が行ってしまうと、すぐエディ閣下は命じました。

「執事は『小瓶』ビールのみを飲めと言ってます」

「クズッ、しっ……執事ぃ！」

「ナポリではブリュヌ割りとかスプマンテって呼ばれてますね」

「一緒に——へ持っていって」

「苦くない（ノネス・タント・アマーロ）です、閣下！　もっとぴりっとしてまして、あなたがおっしゃるより苦くない」

「……！！！！！」

　そして抹香臭くない言葉が夜っぴて幅を利かすことになったというわけ。

　ゲオ国王と誇り高きお后さまの肖像画の真下に立ち、モーヴ色の大きなマルメゾン宮殿の薔薇の花束を抱えて、レディ・ナンヤネンはしゃちこばっていました。もう多くのお客さまが来訪しており、いっつものろのろ動く大公妃だけが階段の昇り口で使節団に向かってぐずっています。棗椰子(デーツ)の国トリアヌヒイのお后さまは到着したばかりでしたが、階段を立ち去りたくはないようで、レディ・ナンヤネンを親しげにガゼルちゃんと呼びつつ居残っています。「そろそろ行こうよぉ、ガゼルちゃぁん。コルセット脱いじゃってガールズトークしよぉ」と原始的な笑みを浮かべて叫びます。

「生憎(あいにく)ですけど、ピスエルガは西欧じゃありませんからね、后どの」。レディ・ナンヤネンは答えました。

「心配しないで良いよぉ。二人で新しい扉開こうねぇ……」

でもエリザベス大公妃がやってきたので、レディ・ナンヤネンはあっという間に「事案」となりかねない場面を逃れることができました。

美々しくシャンデリアが吊された部屋では、何組かの若い恋人たちが「蒼白バナナ」から嫌でも聞こえてくるワルツでピルエットしていましたが、お客の大半は円瞑園(えんめいえん)で温室探しに熱中しているか、相手を肘で押しのけて、エルシー王女の肖像画が新たに据えられた小部屋へと歩いて行っています。

「きっと、坐ってるところを描いたんでしょうね。でも王女には似てないっすよ」。肖像を見た人々が言います。

「少なくとも、この疲れたお目々はお父上譲りのもの、という解釈で画家は描いてるみたいね」。カヴァルホスの公爵夫人が、全く話さずに薔薇赤のカーテンを背にして立つ姪に言いました。

マドモアゼル・デ・ナジアンジは答えませんでした。世上の噂は気にしないラウラでしたが、ときどき心の震えを覚えざるを得ません。

公爵夫人は扇ぎつつ、

「じきに赤ら顔になることでしょうよ、母親みたく」とほがらかに予想しつつも、大公妃が絵を閲するために近付いて来たので振り返りました。

大公妃が毛皮を着ているのは、ぱちゃぱちゃのせいでしつこい咳が出るからでしたが、元気溌剌みたいです。

「出来たてほやほやのしょんべん小僧像見たかのぉ?」と尋ねます。

「いいえ、まだ――」

「いかん、見るべきじゃよ!」

「鉄道駅のしょんべん小僧より良い出来って聞いてますね。ほはん、古代ギリシャ風に刻まれた浮き彫り眺めてて、何度列車を乗り逃がしたことでしょ!」カヴァルホスの公爵夫人は間が抜けた笑いをしばらく上げ続けながらぶつぶつ。

「わしはこう、アザミを描いた黄色いタイルを使うべきじゃと思うとる、天国みたいじゃろ……」

「殿下、同じこと繰り返さないでくださいまし」

「今は何にも満足できんのじゃわ。するのは大事な小箱に隠した書類のファイルだけじゃ、ひみつ、ひみつじゃよ！」と大公妃は断じ、悪戯っぽく集まった人たちを眺めました。

「本当に残念です、トルガの伯爵夫人の美貌が損なわれていくって。今夜は二日酔いのビジネス・ウーマンみたいな雰囲気してるでしょう？」とカヴァルホスの公爵夫人のコメント。

「他の女たちを食い入るように見つめとるよ」と大公妃は答えて、超絶的なみやびさをもって着ていた毛皮を後ろに放り投げ、ドアの裏で書き物をしていた女性にベタ褒めして貰おうと、頭をちょんとそらしました。名高いエヴァ・シュナーヴは『アゴッゴッゴ』誌の特派員という社会的責任がある以上、無視出来ませんでした。

　エヴァはいつも通り筆達者に書いています。「社交期毎にイケてる舞踏会の催しっていっぱいあるんですけど、あてくしめが英国大使館で目撃したものを越えるものはないですねえ。円瞑園の隅に坐し、居並ぶ方々の衣装と宝石が燦めくのを見て、あてくし、文字通りお腹いっぱいになってました。英国大使夫人レディ・ナンヤネンは夜明けの白さのひだひだ服を着て、新しく摘んだ、おモーヴ色のマルメゾン種の薔薇の花束（近頃流行りなんですよ）を摑んで、マジ堂々たる様子でしたけど、あてくしが思うに大公妃の方がよく似合うんじゃないかしらん……

などなどなど。レディ・ナンヤネンのお手伝いをしていたらミセス・ハロルド・チュメタインスイが、アルモウスク毛皮（毛だらけのアルモウスクちゃんをペットにするって、今季一シックでしょうからねえ）で縁を飾った焔色の『お目が高い』カニトラ絹の服を着て、脳味噌を覆うように――思うに、知的な気まぐれってやつかしらん――ティンセルのリボンが結ばれていることに気付きましたです。ナナツニレ・パーク在、第四十代フナタビビト卿（収集品であまりにも有名）の娘であるチュメタインスイさんは芸術精神に富み、文学的センスもあり、結婚前のヴィクトリア・ニトロワイヤン・フリントンってお名前で英国暮らしを扱った小説を何冊も書いてます。その知性の高さも母親から遺伝したものです。せっせと踊る（いつものことなんです！）ミス・アイヴィ・ナンヤネンは、父が開いた舞踏会をとことん楽しみ尽くしてるみたいでした。さる貴人から伺ったのですけど、ソドムとゴモラの廃墟跡に向かう予定の英国人青年とそろそろご婚約されるという噂は根拠なしとか。ヴァルナの公爵夫妻が遅れてご参着――夫人は黄金の薄織物で全身を覆ってました。一緒に来たのはマダム・ヌラシテ、今度の社交期に現れた一介の女将で、ヴァルナの公爵のためにサメーダンの街の一角に豪壮な集合住宅を買ったと囁かれてます――」

「エヴァさん、さっきそこでたくさん話してくれたのう、わしの化粧着についてじゃったな！」大公妃はくしゃみをして、覆いを手繰り寄せぶつぶつ。

でも高名なるエヴァはいつになくノリノリで、夜明けに差し掛かってノートブックを閉じたとき、ペン先が発火しました。

VI

さて、たちまち死の天使が舞い来たり、社交期の輝きも失せました。大公妃の閨房(けいぼう)で、天使は動ぜず坐して僧侶や医師のお道化っぷりを眺めています。広めの天蓋付き青色ベッドで、長枕を寄せ集めて頭を高く固定しつつ横たわり、大公妃は小さな階段の模型を見つめていました。たぶんですけど、その階段は「ご婚約」とご退屈な文字が大書された、開けっぱなしのちっちゃな扉が滅茶苦茶たくさんある、人目を惹くホールへ通じるのでしょう。お付きとなった赤ら顔の人形が坐って編み物をする振りをして、大公妃付きの僧侶が顔を上げる度、肉慾を仄(ほの)めかす気怠(けだる)げな笑みを浮かべていました。

　ベッドに沈む大公妃には心配ごとがあって、それればかり考えているみたいでした。「『美しく青きドナウ』の演奏を聞いた時をば思い出すぞい、シェーンブルン宮殿(26)じゃ、シェールルンと輝くシェーンブルン。従弟のバヴァリアのルードヴィヒがやってきおってのぉ、わしが着とったのは、皇帝陛下はのう――」と話し始めました。

「大公妃殿下が飲み込んでしまわれたら……」とグラスを捧げ持って出てくるマンノシン・ウンチン医師。

「かんぱい、かんぱーい、愛ある人生！　シュナイダーが歌った――」

「殿下が――」

「ウィーンが懐かしゅうてたまらん。アリノー・トワタリやい、どこ行ったのじゃ」

ベッドの前に置かれた大公妃の小型書き物机を使い、夢中宮（ゆめのちゅうぐう）は自分名義で送る何通もの電報の準備を始めていました。超厳めしい態度は捨ててユーウツなニュースを告げ、知らせなければならぬぞよ。「あはれ、リジー叔母上は声を失うてしもうた」。これ以上書きようがないのです。実際、大公妃が唐突にウィーンにまつわるお喋りを始めちゃって、イライラしたお后さまは何度もその文ばっかり書いていました。

「シーーーッ、リジー叔母御どの、喋りが邪魔でわらわ書けませぬぞえ」

「アリノー・トワタリ、来ておくれぇ！」

「中庭でイヴォラ伯爵夫人が散歩させておりますぞよ」

「早々に快適な暮らしを与えてやらねばのう……乗り物が用意されとらんなんぞ恥じゃもの、あはれなわんちゃんじゃ」。差し出されたグラスを受け取って大公妃は優しく口ずさみました。

「しかり、しかり、叔母御どの」。お后さまは立ち上がり、窓辺へ向かって歩いていきました。外に生えた夾竹桃（きょうちくとう）の苦み走ったかほりが行き詰まる空気を重苦しくさせ、微かな葬式の楽が室内に満ちました。まだ日はさかりです。陽の染み込んだ花を世話する、象牙の長い腕を持つ庭師のみが生きているかのようでした。

「スカートめくっちゃって、侯爵夫人（マルキーズ）！　めくっちゃって……ちょっぴり水ん中で引きずって」

「神よ、われを弁護し、われの訴えを不敬の人の訴えと分けたまえ。主よ、赦し給え！　御身の民を赦し給え、とこしえにわれらに怒りを向け給うことなかれ[27]」。横柄な口調で、ベッド際の僧侶が願い奉ります。

「くじら！　くじら！」

「われ神をまちのぞむ。わが霊魂はまちのぞむ[28]」

「エルシーやい」。満面にありえないぐらいハッピーな笑みを浮かべた大公妃は瀬渡り、アヤメや藺草（いぐさ）の合間を縫ってまたまた瀬渡り、エルシー王女とお手々繋いでキラキラ燦めく金ぴかな海を通って、広がる地平線目指して瀬渡り。

　不穏の影が差したように、庭で孔雀がやかましく叫びます。

「わらわの心はざわめくのじゃ、先生」とそわそわ、首に掛けられた鎖にこんぐらがった十字架を弄りつつ夢中宮（ゆめのちゅうぐう）は歎（たん）じました。超絶女らしくって、臨終の大公妃に注目が集まることさえ許せなかったのです。

「部屋を換えられた方が養生になりますよ、陛下」。マンノシン・ウンチン医師は、控えめに入ってきたトルガの伯爵夫人を横目で見やって答えました。

「裁断師(クチュリエ)一同、陛下の御意に適う喪服を仕立てに向かっております」。小声でぶっきらぼうに言う伯爵夫人。

「ううむ、后は疲れておる、着ることは出来ぬと連中に伝えておいてたも」。動揺を隠せない夢中宮(ゆめのちゅうぐう)はグラスをしょっちゅう弄くっていました。

「じきにこちらへやって参りますよ」と大公妃の小さな控えの間を差して雄弁に告げる伯爵夫人、そこでは火炎宗の尼さん二人が数珠を爪繰(つまぐ)っていました。

「――理由はさっぱり分からぬが、このグラス、わらわに媚びへつらわぬぞよ」

「主を祝福せん！　主よ、恵みをわれらに示したまえ。み救いを我らに与えたまえ(29)」

「たんなるトーク帽じゃもの」。お后さまは悲しげに肯(うけが)いました。

「願わくは全能にして慈悲なる主よ。われの罪を憐(あわ)れみ、われら赦(ゆる)しを与え給え(30)」

「今週どなたがリッツにおいでになるか、お分かりになりますかね、陛下？」　伯爵夫人は控えめにぶつぶつ。

「リッツには来ぬぞよ」。お后さまのお答えです。「誰一人もな！」

「なぜです？」

「英国大使夫人レディ・ナンヤネンの妄言が世間を騒がせとるからの。訴訟を起こされるとわらわは見たぞよ！」

大公妃は息を吐いて、

「おモーヴいろのスウィトピィほしぃ」と力なく。

「魂が抜けてるようですね。シャンゼリゼ通りに思いを馳せてるって風で」。伯爵夫人は婦人用帽子職人に注意するため、音もなく退出しました。

「それか庭へ、じゃぞよ」。窓辺に戻ってお后さまは思いました。立ったまま、額づく庭師の象牙の長い腕をちょっと物欲しげに見つめた時、一日中動かず坐していた死の天使が飛び立ちました。

大公妃が亡くなり、十四日間の喪に服すことが決まったのです。

Ⅶ

白鳥さんに陽が差して。珊瑚の帆を張る小さな釣舟。池の水は芥色に青色。至福三秒。まったき静けさ。何だかんだ言って、頤和偽園も乙なもの。

「風が吹いてきて頬に薔薇の花が咲くって寸法よ」。トルガの伯爵夫人は息を吐きました。居合わせるみんな聞いちゃいないのに、「甘いにほいのする頬にしてくれるってわけ」とまたまたため息。

宮廷人連中が食後のエクササイズとして偽園の敷地内を歩き回るのは日課になっていました。喪を秘すように取り決められた期日はもう半ば過ぎ去っていましたけれど、お喋りなお后さまのお付き女官たちによって終わったも同然でした。

「太っちょ男とは踊りたくない。至近距離でくっ付いて踊ると、お腹がぶちゃっと当たってきて、身を引き離そうものなら髭や息の臭いを嗅ぐことになるから」。マドモアゼル・ラウラ・デ・ナジアンジは話し中でした。

「あんたおねんねじゃん、でかい男って髭は生えてないよ」。メデュサ・ラッパァ伯爵夫人は言いました。

「生えてない？　気にしないで。みんなおきれいだから。アザミを見て。蜂がいるわ、おほっ、すきいぃ！」　ラウラはお門違いなことを叫びました。

「どなたのお顔も偽園に来ればしゃんとなりますわね」。トルガの伯爵夫人は向こうに広がる風景を、遠い目をして眺めながら言いました。

湖畔に沿い、風を遮る木々に覆われた丘の傍に堂々たる養老院が数多建ち、波立たない湖面に大理石のテラスを映し出していました。

乳房のような岩山（雪を思わせる白さで、にんにくの花がひっきりなしに咲くことから、地元では白雪山と呼ばれてます）のふもとに、英国聖ジェームズ宮殿より派遣された使節団が、狩猟の時期を迎えると借り受ける予定のクレモント荘があり、そこに設けられた池の中には、針葉樹やツツジに半ば覆われて、落去した元大臣トダナ伯爵の家宅兼隠居所に使われている聖ヘレナ島[31]がありました。

メデュサ・ラッパァ伯爵夫人は日傘を傾げて、「あのボートに青色のオール漕いで乗ってるの誰？」と聞きました。

「アツアツのお二人以外の何者でなくて？」トルガの伯爵夫人が決め付けます。

「そそる唇に栗みたいな瞳をしたお相手とでしょ？」マドモアゼル・ド・ランベスが宣います。

「あっ！……あっ！……あっ！……あんっ！」女官仲間たちは口ずさみました。

「船に乗ってる人、知り合い？」

お后さま付き女官がこくこくして。「でもぉ、二人連れですよね。青い眼でくぼんだ頬の天使と……」

マドモアゼル・デ・ナジアンジはそっぽを向き、

「白い帆船の漂う湖って好き」

感極まって、遠くにユーセフ親王を見つつ泣き叫びました。

いつもならシエスタの時刻になると逢い引きして、ちあわせーとか言ってるのでしたが、今日はそうじゃないらしく。

王嗣（おうし）たるユーセフ親王が前に進むか後ろに退くか決めかねているのを、父君と母君は食事中の未亡人二人と一緒に打ち眺められていました。

「巡礼女の歌が頭から離れませんの。お綺麗な、お綺麗な曲って飽きが来ないですからねぇ、ほんと、飽きが来ない飽きが来ない……」。未亡人の片割れが長広舌を振るってます。

「タ、タ、タ、タッ！」　娘っ子さながらにわめき散らしつつ、お后さまは情愛深くご子息の腋（わき）の下へ腕を滑り込ませました。

「その眼で……何を見とるのかえ?」

疲倦宮（つかれうみのみや）はにんまり。

「あいつら、エルシーのことばっか言ってきやがるじゃんさ」

「どやつらがじゃ?」

「ワセリンとメスヤギ兄さんだよ」

「ほお」

「恐がっちゃいないさ」

「文句があるなら言うがよい」

「エルシーにゃ、ぜんぜん興味が湧かねえんだよ」

「ユッ、ユーセフや、わっ、わらわの心の臓を痛めるつもりかえ？」　どもるお后さま。

「朕は常々、おぬしが婚儀を拒む権限は持ち合わせておらぬと考えている」。鼻の穴へ長めの髪を数本詰め込みながら王さまが言いました。

「エルシー王女の歩み方は見事と皆から評判じゃぞよ」。居丈高にお后さまは付け加えました。

「はぁ、そうかねえ」

「じゃよ」

「神さんありがとさん」

「馬さばきは他の花嫁候補より上手だぞえ！」

　ユーセフ親王は目を閉じました。

　英国で学生をされていた折、猟犬を連れた散歩の途上、一度エルシー王女とお会いになったことを忘れておいでではなかったのです。男物フェルト帽からはみ出た毫毛（ごうもう）、ズタボロになった乗馬用スカート、血が、初めて仕留めた狐の血が一面に塗りたくられた頬などから受ける忌まわしい印象を拭（ぬぐ）い去（さ）るには、たゆみなき努力が必要でした。

震えに囚われる親王殿下は、

「んにゃあ、恐がっちゃいないさ」とまたぶつぶつ。

ちょっと距離をとって、冷ややかな顔付きをしながら薔薇の花の匂いを嗅ぐために立ち止まるお后さま。

（あ、偽園の庭よ……！　幾たびぞそなたは胸騒ぎと落胆を見守ってきたのじゃ……？　飾られし平らかなる道よ……！　幾たびぞそなたは行き届きし手入れをば受けてきたのじゃ……？）

「来年こそは花壇のフウキギクを根こそぎ取り去ったほうが良いと思うぞよ。まわり道をする者もいなくなるであろ」。ピスエルガのお后さまは告げました。

蜜を追い求めるゴキブリのような感じで、観葉植物の間を突っ切ってくるのはイヴォラ伯爵夫人でした。

「伯爵夫人よ、朕はそなたを気高き者と惟うていたのだが」。国王陛下はたしなめました。

ちょっぴり赤くなる伯爵夫人。

「鳥ちゃんの餌にノボロギクを探していたのですよ、ピヨピーヨのためですよ」

「朕惟うに、そなたの閨房は動物園と化しているであろう」。断ずる陛下。

伯爵夫人はくすくす。

「動物命ですから。手を振るだけでお乳の先に止まっててくれますわ……先日なんて、赤毛のコマドリちゃんが飛んできて数時間滞在してくれましたもの」。愛らしく広言しました。

「廷臣どもはお主を貞女鑑と崇めておるようであるがの」と、緑の苔むした大理石のレダ像を不思議そうに打ち眺めながら断言します。年降りた像の台座では、故大公妃のトイ・テリア、アリノー・トワタリがあきらかになめくさった様子で口をくちゃくちゃ言わせていました。

伯爵夫人は長細いむちりとした指で、太腿に巻かれたロザリオをいじいじしていました。

「王さま陛下の許可を頂いて、聖ヘレナ島へ船出したいと思いますの」

「なぬ？　トダナ伯のあご髭がどうかしたかえ？」

「落去の身にある伯爵を救えば将来的に（今でも為替株価は目まぐるしく変わり続けてますから）……完全無欠の終身免罪符となるんじゃないかってあたくし思量しますのよ。だからね、あたくし、手を尽くして差し上げるべきだって思っているんですわ」。さっと上目遣い（全くの天然で、皮肉の意図はないったらない）になる伯爵夫人。

「聖ヘレナ島へは護衛を連れていくのかえ？」

「朕はトダナ伯爵へ釘を刺しておく。今年は宮中で小夜曲を口ずさむを禁ずると。再び池へ入水したり、迷惑を掛けることもだ」。王さまは無慈悲なご様子。

「ウィリー、トダナめは今朝も早よから起きておった。窓辺におるのを見つけた。釣りか、釣りするふりをしておったぞよ！　白の子ヤギ皮手袋で、おずおず赤のカーネーションを持ってな」。お后さまはバラしました。

「朕、トダナめが陸に上がり来たりしところを捕縛しようとぞ惟う」。不快感をあらわにして王さまは言いました。

「つねにかわゆい若衆（ミニヨン）が傍に控えて舵を握っていたぞよ」

「その若衆のお話、あらかた知っておりますわ。昔、『蒼白イエス』の少年聖歌隊員だったんですよ。だけれど、あまり陛下のお耳に入れない方が……」と伯爵夫人。

「フウキギクを摘んでおいてたも。そちらの方が重大事じゃぞよ」。ゆっくりうろつきながら、夢中宮（ゆめのちゅうぐう）はぶつぶつ。

　太陽が眩しくて木々は緑色で、完璧極まりない一日。椰子（やし）の葉はギラギラ輝いて、銀色鏡張りの床みたいな池の面に、散らばった白い帆を覗かせていました。

「怪体（けたい）であるぞ、なにゆえこのわんこはユーセフを追う？」とアリノー・トワタリを杖の先でいたずらっぽくつんつんしながら言う王様。

「理由は存じておると思うぞよ」。お后さまは答えました。

　親王は殊（こと）の外（ほか）この発言に苛つき、ぶっきらぼうに園から立ち去りました。

Ⅷ

けれど、縮緬（クレープ）の衣が物憂くさらさら鳴るようにして根も葉もない打ち明け話が交わされ、マドモアゼル・デ・ナジアンジの幸せな時期は瓦解（がかい）を遂げたのです。今知ったんですが、ラウラはユーセフ親王の人生一番の相手ではなく、大概のお后さま付き女官たちと似たり寄ったりな経験をしているってことでした。馬鹿笑いが続く中、さらに他にも聞いたんですが、愛しい親王は女公爵（マルケサ）ピッザーラ・プロシュートと関係を持ち、黒んぼ〈何たるお下劣な?〉の踊り子〈四月花〉とささやかな交わりを結び、いちどきに主馬頭（しゅめのかみ）を任ぜらるる瀟洒宮（きよらにすぐのみや）の奥方の蠟（ろう）長けたる歓心を堪能しておられたのです。

　痺れるほど冷え切って手足の感覚をなくしたラウラは身じろぎもせず、しばし経って自室へ引き返しましたが、疲倦宮（つかれうみのみや）がお忍びのキスをしようと廊下をうろちょろしているのに出くわして、一目もくれず、一言も発さず、そばを通り越して扉を閉めたのです。

　ふたたび開けてみると宮中に色が戻ってきていたのは、意識がそちらに向いたからでしょうか。ラウラは一足踏み出して、静かに慎ましく吸い込まれるように、宮殿の浴場（バジリカ）へ向かいました。

　お上品なスカーフ（エシャープ・ド・デセンス）で髪を覆ったイヴォラの伯爵夫人以外、そこには誰もいませんでした。

「神様、逃がしてくださってありがとうございます」。十字架のかたちに掛けられた銀の枝を前に跪いて、ぶつぶつ。「おっそろちいことですわ。けれどユーセフを愛しているゆえですわ……あんっ、よく黒んぼ女なんかと?……フォッ……ここまで取り乱すなんて、老けてしまうんじゃないかしら……でも、主よ私は縋ります……いつ何時であれ、私を悪しき者の網から逃れさせたまえかし、私がユーセフを許したいと望むがごとく、ユーセフを許したまえかし」。名残惜しげに、手ずから燭台の列に火を点しながら犬小屋への道を辿り、アリノー・トワタリを呼びつけて、傷心のまま散歩を始めました。

魔睡の一日とでも言えましょう。庭師たちが熊手をゆっくり動かし砂利道を手入れしている薔薇園を避け、池へと通じる、勾配のある荒れ果てた小道を選びました。アリノー・トワタリが少し先を走っていて、ラウラが近づいてくるまで、ライオンのお産の時、赤ちゃんの頭がちょっと見えているみたいな姿勢で待ち、耳をそば立て、景気付けをしてくれるつもりか、キャンキャン鳴いて前へ跳ねていくのを見ても、そのはしゃぎっぷりにラウラは無関心の体で、何度も立ち止まりながら愁傷とした想いに囚われていました。

悲しいわぁ! 宮中に誰ひとり慰めてくれる人がいないって幻滅。心の髄からシスター・ウルスラと火炎宗の修道院に焦がれました。

のっぽな木のただ中を過ぎれば、ウルスラを想うより強くユーセフを気に掛けたことはないと分かりました……歩きながら二人を引き比べることで、思い悩みを安らげようとします。

だいたい、ユーセフが退屈でもなければ、馬鹿馬鹿しくないこと言った試しってある？　逆に、シスター・ウルスラのお話はいっつも冴えてた。言葉を使って霊験あらたかなる真意を伝えようとするなんてオゲレツに見えるほど気を使っていて、手をキレッキレに動かし、霊光（アウラ）を瞬かせるその姿に久遠（くおん）の彼方を覗けなかったとしても、責任は当事者にあるわ。ちょっと優しく撫でられただけで絶え間ない優しさに包まれたし！　ユーセフの唇が、ウルスラのような魅力を教えてくれることはほとんどなかった。キスしたら、むかつくようなタバコと食肉加工場のかほりがして、力んでうまくやり過ごさないといけなかった……ああ懐かしの火炎宗！　満ち足りた暮らしがそこにはあった。不埒で不実な男たちは扉の周りに息を潜め、純潔を奪い去ろうとする、いや実際にやったのよ、でも、門を守る老ジェーンはぴしゃりと扉を閉めたまま、誰も通さないから。男を信じない尼さんたちは正しかった。有頂天を迎えたシスター・ウルスラは、ある日「結婚は淫らだよね」と断じたけれど、どうかしら――？　……きっとその通りだわ――！　ならゾッとする！

ラウラは池に着きました。

白銀のような色をした空の下、真珠のごとく、鳩ちゃんのごとく広がる湖では、火達磨（ひだるま）の太陽がだらけた水面を燃え立たせ、一瞬ダイヤモンドに変わって、気紛れに燦めきました。妙なる朝の白みのなか、細かには見えないけれど、面紗(めんしゃ)を掛けられた丘を下って、対岸から強いそよ風が喜んで吹いてきました。

ひっくりかえったボート近くの砂利にしゃがんで、ちょっぴりため息吐き、お化粧ポーチから親王が寄越した手紙を幾つか取り出して、型通りに並べ始めました。

(一)『なんか問題あんの、愛(う)いやつめ?』
(二)『優しいリタ、俺にゃ分からねえよ』
(三)『なあ、なんだこりゃ——?』
(四)『好きだ、誓うよ——』
(五)『お前が何も言ってくれないから悪い』

親王が践祚(せんそ)される日、品の良い小冊子形式で出版すれば法外じゃない程度の額をもたらしてくれるだろうし、その収益金は慈善活動に使えばいいわと考えて、ラウラは再びポーチにポチッと押し込みました。

そして、薄めの服じゃあ砂利に長くは坐ってられないと気付いて立ち上がり、岸辺に沿ってアリノー・トワタリと愁傷とした追いかけっこを始めました。

湖からそう離れていない村に建つ、英国湖畔ホテル（オテル・ダングルテール・エ・デュラック）の漆喰塗りの壁には揮毫（きごう）がされており、「車両、午後のお茶、今風で快適な生活！」と告げていました。この建物と、金髪で編まれた漁網が天日干しされている自己主張しない橋桁（はしげた）をフラフラ過ぎれば、遠くかなたにある浜辺（プラージュ）へ近づけてほっと出来るのです。

堤に沿って、とうもろこしとライ麦の絨毯がだだっぴろく敷かれ、稀に橄欖（オリーヴ）の庭が散らばっており、そのまばらな木々の影で牛さんが眠たそうにお目々ぱちくり、尻尾ふりふりして、周りに群がってくる水辺のブヨを追い払っていました。

黒んぼ女、なかでもカンカンの踊り子にこだわりつつ、ラウラは、貝殻や、なぜか宝石に似たような石が散らばっている海浜をうろうろして思いに耽ります。

日差しが強くなり、すぐにすがすがしさを感じたくなったので、草原へと歩み出してしまいました。

たわわに実る銀の橄欖（オリーヴ）の合間に、ちらほらと常緑のカサマツだの細葉ヒノキだのが生え、その中をラウラは、ときおり道ばたの野花を摘みに寄り道しながら逍遥（しょうよう）していきます。堤ではどぎついピンクのシクラメン、楽園の色をしたヤグルマギクに、太い茎を持つピンクの斑（まだら）の浮いた芥子（けし）が咲き誇っていました。

「フォッ！　黒んぼ……」。対岸へ向かって水鳥が飛び立っていくのを目で追いながらぶつぶつ。

丘から霧が降りかかってきて、青く逝（い）く夏に浸りきった木々が現れました。

赫奕（かくやく）と光る高台の向こう、閉ざされた涼やかなる僧坊で、尼さんたちが昼の祈りに精進している時刻でしょう。

「ウルスラ、あなたへ捧げます」。ラウラはため息ついて、摘んだ花束を街へと向けて投げつけました。

水しぶきが大きくあがりました……ほっそりとした二本の足が見え、入浴者かくあるべしという戒（いまし）めを嘲笑いながら……マドモアゼル・デ・ナジアンジは後ろを向いて逃げました。親王のお姿を認めたのです*。

IX

かくして、真夏の熱帯夜、独り寝の暑苦しさのせいで耐えがたいものとなっただろう辛い鬱という試練を経て、マドモアゼル・デ・ナジアンジは宗教を求めたのです。

イヴォラの伯爵夫人の指導により、六名ばかりの元聖職者によって構成された宮中教理部だけが、ラウラを暖かく迎え入れてくれました。ミサに告解、フォーク（ア・ラ・フルシェット）を使った朝食会を次から次へと執り行なうために、京師のかび臭い聖具室で顔の白い侍者たちに囲まれる生活からおび き寄せられてきたあのモンシニョールさまや、かの神父さまたちから会わないかとのお誘いが、うろたえるラウラの許（もと）へ、日夜これでもかと舞い込んできました。

お手紙や、急いだのか走り書きの私信が、つぎつぎとラウラに届けられました。例を挙げれば「ディナーの後、ベッドでココアを飲みたい。ビスケットを持ってきて一緒にお茶しよう……」とか、目を丸くしたページからドンツクドンツクドンドンツクと聞こえてきて、「伯爵夫人からことじゅけ、後で教会で一緒に『駅の模型』を作ろうってさ、きっと寵（ちょう）を得られるよ」「侯爵夫人は明日むち打たれるよ、今日じゃなく」とか。

おぉん、宗教世界って居心地良くて魅力的ですねぇ！　好奇心に溢れてて、多様性を求める向きにはぴったりですよねぇ！

ちょいとばかり不自然ではあったにせよ、同情に似通った思いがイヴォラの伯爵夫人と傷心のラウラの間で生まれ、時を置かずして、疑り深い宮中の御歴々を面白がらせるため、伯爵夫人とその聴聞僧、ノストラダムス神父の姿が社交界でたまに見られるようになるかもしれません。

＊とても忘れられない思い出です。

「神父さん、あたくし、鳥ちゃんの檻友が必要だなって思うのよ」。夕方、供回りを三人連れ、内務省前のカンペキに舗装された道を馬で行きつ戻りつしていたとき、伯爵夫人は言いました。

「同じ種で、同性じゃなきゃダメでしょ、何か問題でも？　今さっき、ツグミの声を聞きながら内心思ったんだけれど、鳥ちゃんって神様の創造物なんですもの」

　咳を抑えながら神父さん、

「考えてみなければならぬでしょうな。鳥の種類は？」

「メスのカナリアよ——声も上げるの、神父さん。さあ、魂について語って！」

「ふむむ……ツグミとカナリアとな、言うべきことはないですなぁ」

　マドモアゼル・デ・ナジアンジはくすくす笑って、

「なんで檻から出してあげないのです？」と、夕陽に照らされ、金箔を塗られた柱のように輝いている宮殿の窓ガラスに目をやりつつ尋ねます。

「鷹さんが啄(ついば)んじゃうからよ」。想像力を逞(たくま)しくし、シェリーの詩のようにめくるめく空を我が物として見上げながら、伯爵夫人は言いました。

「宮中に於(お)いてすら、啄まれることはありますからな」。顔を引(ひ)き攣(つ)らせて、ノストラダムス神父は叫びを漏らしました。

　伯爵夫人は肩甲骨を盛り上がらせて、

「三十年以上も宮中暮らししちゃってるとね、自分が情けなくなりますわよ」

「情けなく？」

「お涙ちょちょ切れるぐらい情けないですわ……」

マドモアゼル・デ・ナジアンジは、分からず屋な丘の輪郭へと思いを馳せました。

「しばらく宮中からは抜け出して、旅に出ようと思ってます」

「近い将来、あなたをお尋ね人としてパンフレットに載せなきゃならなくなるかもね、『放浪癖は危ないよ』っていうタイトルの」

「万里の長城もナポリ湾も！　見られずに死んでしまうなんてゾッとするんです」

「あたくし、どっちの長城も見たことないし見ようとも思わないわ、ラウラちゃん。でも、昔イタリアで二週間ほど過ごしたことはありますけどね」

「お話聞かせてください」

追憶に耽る伯爵夫人、

「ヴェネティアではね、ゴンドラ乗りのハレンチな腰の動かし方であたくし、すんごく体調不良になっちゃって、結果、激しい知恵熱に悩まされたの。体温が上がるわ上がるわ、あはぁ、いいわぁ……病気になるかと思っちゃった。とうとうメイド（ウェールズ生まれの女の子で、あたくしと、まあ同じくらいにはビンカンだったの）にね、『荷物をまとめて……行きまっしょい！』って言ったの。んでね、急いでフィレンツェへ発ったんだけどね、はぁ、でもねえ、残念だけど、フィレンツェも、あたくしがこうであってと望んだものじゃなかったのよおっ！！！　アルノ川を窓から見下ろせる家を借りて外を覗こうとしたら……。へんちくりんな眺めにゃすっかり慣れちゃったわ、ピュアなラウラちゃぁん、あなたのお耳を汚したくはないのだけど、あたくしがやりまくった浮気の数々を半分だけでも並べ立ててみたら、周りがヤバい雰囲気になったからローマに飛んだんだわって言えば事足りるでしょ。サン・ピエトロ大聖堂(32)の影に身を潜めたら、だんだん慌てなくなったものよ」

「そんなのどうでもいいです、私、旅がしたいんです」。微笑みのカケラをキラッとさせてラウラは叫びました。

「ジョルディ・ピクピュス神父さまがまたやってこられたら、意見を聞いときましょう」

「ピクピュス神父が世間から注目されていなければ、適役と言えるのでしょうが！」神父の眼に、同じ職業として対抗意識がメラメラ燃え上がりました。

「ピクピュス神父さま抜きだと、あたくしのお集まりが奴隷労働になっちゃいかねません……」

「チュ」

「かなりおモテになりますからね……ほんとモテますわよ……たぶん……『蒼白イエス』で会合が開かれたとき、クアランタの公爵夫人やマダム・フェルディナンド・サカナチョンガーが、次の告解をピクピュス神父さまのどっちの耳で聞いてもらうか、野良猫みたく争ってるのを見たことありますのよ、女の子たちはみんなジョルディ神父さまのお耳を羨みますからねえ。公爵夫人がサカナチョンガー夫人の背骨のだいぶ下あたり、関節痛を起こしている部分を狙って乱暴に押し倒しちゃって、懺悔室をひっくりかえすまでは戦況は互角だったんですけれどね、ピクピュス神父さま、中に入ってたのに。お二人の様子を見て怖くなったあたくしたち、懺悔室の傍へ行ってなんとか引きずり出しましたら、神父さまはとっても震えておられて、当然ラウラちゃんもお分かりだと思うけど、その日中、どなたさまに向かっても罪があるって告げておられましたのよ」と暴露する伯爵夫人。

「ろくでもない出来事は皆、あやつの身に降りかかって参りまするからな、いちいち思い出すことなぞありませぬし」。ノストラダムス神父は、懐から落としたハンカチを拾うため身を屈めました。ハンカチの三つの角には備忘用の結び目がされてます。

「何ということでしょう……宮廷生活は楽しくないんですわね」とまたぞろ言った伯爵夫人は、自家製レースで編んだマフを見つめながら、額にちょっと青筋を立たせていました。マフの中に何が入ってるかは、いくら考えてみたところで当て推量の域を出ないのですが、少なからぬ数の侍女たちには、お菓子の本や殉教者の骨が包まれているんだって信じられてきました。

「善なる行ないと同胞愛の名の元に、拙僧らはゆめゆめ克己せねばなりませぬぞ！」と叫ぶノストラダムス神父。

演奏名人（ヴィルトゥオーソ）が奏でるように伯爵夫人はマフを摑み、飛んできた淡い色の羽根を持つアブを叩き潰しました。

「人生なんて悲しいものが押し付けられる前は、あたくしって天使だったと思っているのよ……」とぶつぶつ。

ノストラダムス神父はあっちゃーとばかりに額に手を置き、

「その通りかも知れませぬ、まことその通りかも知れませぬ、前世ではもう僅かばかり見栄えよく、もう僅かばかりにん……その考え方に異端めいたところは見られませぬぞ」と神父は答えました。

「おぉん、ならねぇ、あたくしどうして翼を失くしちゃったの⁉ あたくし、何かまずいことでも言ったの？ 神父さま、神父さま、あたくし神さまを苛つかせてしまったの？ 神さまは何であたくしをこんな世界へ？」

「神の嬰児（みどりご）よ、拙僧も存ぜぬことを問うのではありませぬ。されどあなたは神の道具であり、我らが隣人たる某伯爵をみ教えへと神を導くよう、使命を授けられているのやも知れませぬな」と聖務日課書で聖ヘレナ島の方を指し示しながら、神父は答えました。

「ヘボジジイの話はしないで」

出来る限りの手を尽くしても、外交的な術策を使っても、トダナ伯爵は来るのを拒んだのです。

「今日、あなたさまの小舟を追いかけたのですわ、霧がすっかり隠すまで」。ラウラはため息。

「あたくし、ライラック色の航路を開いたのよ」

「トダナ伯爵へは本を届けて頂けましたかの？」

伯爵夫人は肩をすくめ、

「今日の午後のこと忘れないわ、あたくしが流れを下ってくると、あの方、窓辺でワインのデカンタを手に坐っておられるのよ。でもね、あたくしの姿をお認めになるが早いか、ヤギさんメェメェみたいな音を上げて引っ込んでしまわれたの。あたくし、呼び出してやろうって決めたのよ！　その別荘、ベルがなくて、表玄関の、手じゃとても届かない場所に青銅のドアノッカーが二つ取り付けてあったわ。傘の先で揺さぶってガチャガチャ言わせてたら、耳をブーゲンビリアの花で飾った若衆がやってきて、生意気にもニヤニヤしてきて、『蒼白イエス』のペーター・トールンジャーだって分かったの、かなり太ったようだったわ」

「はぁ、にゃんとも（モン・デュ）」。聞かれることを意識しつつ、ため息を吐くノストラダムス神父。

「はぁ、にゃんとも（モン・デュ）……」。マドモアゼル・デ・ナジアンジは、斜陽で豪奢な薄織物のように輝く宮殿の窓ガラスへと目線をさまよわせながら、オウム返ししました。「だから、二度と冒険しようって気になれないのよ」と伯爵夫人。

「ゴルゴダの丘の遺構ではないか！」遠く聳（そび）える白雪山の頂きにある割れ目を、無心に物思わしげに指差すノストラダムス神父。

「太陽が沈みゆく丘の光が慕（した）わしいですわ」。マドモアゼル・デ・ナジアンジは言い放ちました。

「救命院（サルート）の近くにあるでしょう……」

宮中礼拝堂の傍を通る暗い柱廊の下を歩いていた時、きゃぴきゃぴした二人連れの未亡人の口の端から、明日親王殿下は偽園を去り、部隊演習（マヌーヴァ）を見に出かけられ、その後英国へ向かわれる予定との情報を知らされました。

X

その間、英国聖ジェームズ宮殿から来た使節団は、クレモント荘で田舎の空気を吸ってリフレッシュし、屋外生活を満喫していました。大使ご夫婦が夏休暇の間採ったカジュアルな暮らし向きは、当人たちと随行した大使館員の距離間を縮め、すぐさま気の置けない（サン・ジェネ）、よくあるアット・ホームな絆が生まれたのは全くお見事としか言えませんでした。郷に入んなきゃ、なんない時、息子たちを酔い潰す母親なんていないものですけれど、レディ・ナンヤネンの場合、自分に従う大使館員たちをせっせと酔い潰していました。ラムやジンを何度も混ぜ合わせて、カクテルっぽい味わいの飲み物を作り出したのです。それより気付け薬が飲みたかったのは、他でもないダレヤネン卿その人なんですけどね。レディ・ナンヤネンがリッツ・ホテルから名誉棄損や営業妨害で訴えられ、王家を巻き込んでしまう次第となり、ダレヤネン卿には己が関わり知る以上に悩みの種となった模様。ミセス・チュメタインスイ閣下は注意を払いながら、夫ハロルドに、英国大使夫人の大失言について終始話していました。レディ・ナンヤネン、訴状が突き付けられているにもかかわらず、クレモント荘へやってくるご客人連に「リッツの話聞いてます？　先日わたくしたち、宮中へディナーに招かれたのですけど、王さまが話すの聞いちゃったんですわ」などなどと喋り立て、ハロルドの老いた上司を疲れさせていました。まあこんな調子で、息抜きのバカンス生活のさなかにも、緊張の糸がピーンと張り詰められていたわけです。

ある日、流行りの「眼と眼が合ってどってんころりん」とかいう物売り歌をミャオミャオ長ったらしく唄い散らかしている娘アイヴィが邪魔なので、レディ・ナンヤネンは朝来た手紙を懐にたくし込み、外の芝生へ歩み出しました。

枯れた薔薇色の丘を映し、金剛石色の水を湛(たた)えた池にヒノキがそそり立つさまは、あれま実にまめというか、あれま実にほっそりというか。空気中に秋の予感がきざしますよ。砂利道の向こうでは、噴水の水盤に、はしゃぎまくった後のごとく、何枚も落ち葉が散っていました。

海外からの消印が押された、「ガゼルちゃぁん」で始まる棗椰子国のお后から来た書翰の他に、リッツとの係争に雇われた、雄弁でほどよく勝ち気な若手弁護士からの手紙がありました。粉骨砕身、依頼人を守ると安心させており、本人の説明ではホテル・クラリッジズ[33]の御威光が後ろ盾だという話。

「なぜにクラリッジズを巻き込むのかしら……?」　鼈甲細工の落ち葉を靴先でガシガシやりながら、レディ・ナンヤネンはぶつぶつ。「まあどっちにせよ、審理が始まるのが冬で良かったわ、毛皮を着てった方が、わたくし見栄えするもの」と考えていました。

豹の毛皮を知的に着こなして混雑する宮中を隈なく探し、ちらほら見つかる知人たちへすみれの花束を振って挨拶し、杉の下に坐って作品の構想を練っているミセス・チュメタインスイへ眼を止めました。

鋭い歯と、うっすらした色の歯茎を剝き出しにした苦々しい微笑みで迎えるミセス・チュメタインスイでしたが、同時に矢も盾もたまらない殺意の衝動を堪えていました。

「にゃんと……!　また訴状来たんですん?」とにこやかに聞きます。

「いいえ、でも弁護士さんたちが俎上に載せてくださりますすわ」

「いい弁護士さんですん。ダランベール[34]みたく同情心を持ち合わせておられるのですん」

「ホテル・クラリッジズへ、答弁書の提出をお願いしてらっしゃいますのよ」

「クラリッジズって何ですん？」

「ご権威ですわよ」

「ご権威あるホテルなんてあるんですん？　んでもぉ、きっとぉ、化け物ホテルならありそうですん」

「化け物ホテルなんてあるわけないですわ！」

「お客さまを悪ガキ扱いする安ホテル、もちろん（ナテューアリヒ）ご存じですん？」

「リッ……いいえ、存じ上げないってことにしとかなきゃいけないですわね」。笑うレディ・ナンヤネン。

「おへ、だとすると……」

　遠くで菊花を園芸支柱へ結わえ付けようとしている庭師を見ながら、しばし考えるレディ・ナンヤネン。

「料理女の話は飽きたんですわ」

「わたすはメイドに飽き飽きですん！　今朝、フォリオットを辞めさせましたん——出しゃばってる気がしたからですん」

「後釜になる人はやりづらいんじゃない？　ぜんぜんよく知らないんですけどねえ……」。引っ張られて真っ二つにちぎれそうになっている庭師のズボンへと悲愴に眼を泳がせつつ、レディ・ナンヤネンは答えます。

「そこそこ見どころはあるんですすん」

「人生って闇鍋ですわよ！」とうとう、レディ・ナンヤネンは定義しました。

ミセス・チュメタインスイはびっくりして振り返りました。「ソクラテスだって、そこまでの真理は語らなかったですすん」

「闇鍋ですわよ！」　レディ・ナンヤネンはまた口ずさみました。

「その闇鍋をデリツィオサのお口に入れてみたいですすん」

「デリツィオサって誰かしら？」　レディ・ナンヤネンが聞くと、隣で押し殺した笑いが上がりました。

ミセス・チュメタインスイは目を上げて、「ナンヤネンさんがいるってこと忘れてましたん。樅(もみ)の枝に誰か隠れてますすん」

ライオネル・フニャリコ閣下はハンモックから足を投げ出してゆったりしながら、

「『デリツィオサって誰』って聞きたくなる気持ちも分かるぜ！」と叫びました。

「新作のヒロインですすん」。出し抜けに髪をちょいとつまみ、答えるミセス・チュメタインスイ。

「ジュリアにやったみたく、恥ずかしい目に遭わせんなよ」

ミセス・チュメタインスイはクスクス、

「デリツィオサは、メーダ・ヴェール(35)にある質屋の主人マースデン・ジドコットの妻ですん。小説の中で旦那は、ペティコートをお金に代えようとやってきたおねんねさんなお針子アイリス・ドラムデイコー(わたす、自分でもよく分からないんですん、ここまでみごとにお馬鹿ちゃんを描くことが出来たなんてぇ)を口説くんですん……で、デリツィオサは疑い始めて、アイリスと旦那の親しい仲を嘘だと言ったり、ないことにしたりするわけにもいかなくなりましたん――アイリス、もうケント州の農民(あどけなさも残る)と婚約してたんですん――デリツィオサが、農場の共同経営者で義弟のパーシーを頼って出ていった結果、兄弟同士の大喧嘩が起こるんですん、ケント州の崖の上で。赤ちゃんを孕(はら)んでしまって臨月のアイリスとデリツィオサはモロコシ畑に坐って、争う兄弟を見て、午後のお茶の準備にやかんを沸かしているんですん。ほほん、わたす、モロコシ畑をかなり愛らしく描けましたのですん。読めば英国が懐かしくなることと請け合いですん」

「それはほんとですの、チュメタインスイさん?」　レディ・ナンヤネンは叫びます。

「ハロルドは傑作だからオペラ化すべきって言ってますん……二重奏シーンや、デリツィオサの歌う『愛の死(36)』が終幕にはありますん」

「いやいや、俺らのために書かれた現代小説を、作者ヴィクトリア・ニトロワイヤン・フリントン自らが舞台化させちゃうってどうなのさ?」とミスター・フニャリコは不満げです。

「なるほろ、納得は出来ますん、樅の枝にいる変な人さん」。額に落ち掛かったヘアバンドから出ている紐を戻しながらミセス・チュメタインスイ。「嘆かわしいですん、今英国文学のために何かしてる人ってどなたかいるんですん? 現在わたすらの中で、ヘンリー・フィールディング[37]の伝統を受け継いでる人っているんですん? こだわってる人、そもそもいるんですん? やってるのはわたすしかいないと思いますん……あとは忘れちゃいけない、マダム・エイドリアン・クンセイニシン。わたすら二人以外思い付かないですん」

ミスター・フニャリコは皮肉っぽく貧乏揺すりしながら、

「クンセイニシンの本は読むに耐えんよ」と反論しました。

「ぶっちゃけると、わたすも読めないですん。わたす、リリアン・クンセイニシン本人はとってもお気に入りなんですん。世界市民(ヴェルト・ビュルガーリッヒェ)っぽい性格も大好きですん。でも、書く本に関しちゃフニャリコさんと同意見ですん。読めないんですん。エイドリアンを忘れてくれたらいいのに、首ったけになってて、旦那のために書いてるんですん。わたす、ハロルドのために書いたことなどないのですん! でも、世間はそういう眼で見てくるんですん! 天に誓ってわたす、どんだけブチ切れてたとしても、絶対に書いたりなんてしないですん!」

「まあ、だとすりゃ、チュメタインスイさんが正しいんでしょうねぇ」。娘のアイヴィが同じ歌のフレーズを何度も繰り返しているので、ちょっと顔をしかめて答えるレディ・ナンヤネン。

眼と眼が合って
あたしハートはどっきどき!
すってんころりん
ころころころりん
あいちてるぅ!

「昨晩、コンサート・ホールにいる娘の夢を見ましてよ」
「疑問の余地もないですすん、心底歌い手になりたがってるんですすん」
「夫は絶対聴きたがらないと思いますわ」

あの子がみちゃった
あー、みちゃったよー――

（ちょっと似ている声はハロルドのものでした）

あの子のハートはドッキドキ……！
すってんころりん
ころころころりん
あいちてるぅ！

「あ、ダレヤネン卿がこっちに逃げてきますん……」

「腹を立てると、いつもわたくしに当たってきますのよ」。うつろな眼でこちらに近づいてくるダレヤネン卿の様子見をしながら、ぶつぶつ。

ソンブレロを奪い取られてお尻の部分を嚙みちぎられた服は、官吏としての職務に不可欠なものでした。ダレヤネン卿は地方に出向する際、いつも白い綾織りのジャケットとひだひだがいっぱい付いたズボンを着て、頭にはメキシコ風三角帽を被るか、緑のターバンでぴっちり覆うことを好んでいました。「アイルランド人もどきに見えるわね」。ときどきレディ・ナンヤネンは言っています。

「乱痴気騒ぎだ、家は見事に伏魔殿と化したぞ」

「わたくしもそう思うわ。だから、手紙を芝生の上で消化してるところなの」。木から落ちて頭についていた虫をお淑（しと）やかに払い落として、レディ・ナンヤネンは応じました。

「ちゃんと消化しきれているのか、手紙を？」　妻の落ち着いた面持ちから読み取れる心理を腑分けするような目線で見つめて、ダレヤネン卿はぶつぶつ。

「わたくしに出来ないとでも？」

「……」。ダレヤネン卿は落ち着き払っていました。

「獅子（ライオン）狩りをしないかと、棗椰子（デーツ）の国のお后さまからお誘いに与（あずか）ったぞ——横車を押し通すようだが、愛に満ちあふれた態度だった、しかし、エルシー王女の婚儀に関する談合やリッツとの訴訟（プロセス）があるので、しばらくここを動けんぞ」

「おほほ、ローザ」

「なぜにこうも途切れなくうめき声が聞こえてくるのだ？　人相見がかつて吾輩に『訴訟のこぶ』が出来ている、重大な訴訟事件（コーズ・セレヴレ）に見舞われると言ったが——ええい、ままよ、通して見れば終結させるのが吉だ」

「たぶんきっと、ダレヤネンさまの意見が正しいんですん——」

レディ・ナンヤネンはほのかに赤くなって、

「わたくしの訴訟は、人でいっぱいですわよ！」と性懲（しょうこ）りもなく言いました。

「おっほ、ローザ、ローザ……」

ダレヤネン卿は残りの手紙を物色し、一通探しだしました。「もしお前が疑うというのなら、ここにリッツの客からきた内情報告書がある。かつて将軍を務めておられた、ハヤアシ＝カミナリオヤジ卿の手になるものだが、それによれば『客はわしひとりじゃ、なれど集会は文句の付け所もないし、わしが思ったより凝（ソワーニュ）った代物であった。じゃが友よ、言わねばならぬ、別れを告げる時、多分に居心地の悪い思いをしたことを』」

「ほーん、それが証拠になるとでも？　良かったでちゅわねぇ」

「吾輩はもっとも重要な証拠になるだろうと思う！　ハヤアシ卿は認めた――殊勲賞を授かった戦士が居づらかったと認めたのだ。二人の妻に去られた懊悩（おうのう）を隠しきった勇気を持つ者の忍耐力でも堪えられないことがあるとな！」

「最近、あなたのお話聞いていても、本当だと思えなくなってるわ」

「やりとりを続け、もっと詳細な報告書を送るよう催促したい」

ダレヤネン卿は目を逸らし、

「妻にインクで書かせるなぞ、子供に銃を渡すより質（たち）が悪いぞ！」　庭にいるカタツムリへ熱く語っています。

レディ・ナンヤネンは眼をぱちくりして、「人生って闇鍋ですわよ」とまたぶつぶつ。

「とりわけ女にとっては、ですん」。ミセス・チュメタインスイが同意しました。「そうそう、そうでしたわ、戻って召使いへ家事をするよう言い付けにいかなきゃ。でも今はいつも通りに楽しくやれそうもないわ。残念だけれど、朝に料理女と言い争いしたの……」。レディ・ナンヤネンは堂々と立ち上がりました。

XI

当初は思い付きからでしたが、今ではトルガの伯爵夫人が毎年トダナ伯爵に花束を贈ることは、気の利いた慣わしとなっていました。『ヴィーナスの誕生』*みたく貝殻の上に立って、町や宮中の小意気なささやきに浮かされ、針金でうまく留められた蘭の花と悪意と無慈悲な笑いを武器に、快く迎えてくれるだろう伯爵の家へ押しかけていき、トレチェント期、トスカーナ風ギリシャ(38)の異教的なイメージをとことん植え付けてやろうってわけです。

せっかくの機会なので目新しいものをご覧に入れよう思い、伯爵夫人は落去のトダナ伯爵へ、

*ボッティチェリを見なさい。

満杯の花籠や青い洋梨、小ぶりなヒース、学生詩人自ら牛皮をちょっと使って装幀した官能詩集を贈ることにしました。詩集はほんっと可愛らしい本なのですが、それはきっと、飾り模様を付した扉絵に著者の顔が載っていたからかも。けれど後から思えば、どうにも理由が分からない衝動のままに、同行者にマドモアゼル・オルガ・ブリューメンガーストを呼んだのです。

仲秋の午後にお出かけとなったんですが、夏ならここまで好天気には恵まれなかったでしょう。はっきり下心が隠されている*場合を除き、褒められるのが大好きな伯爵夫人は、トダナ伯爵が服装に厳しいと知っていたので、カワセミ色に染められてトルコ石色へ変わりゆく冬用の絹服を装い、腕と首には紫でギリシャの雷門鍵模様のヘナタトゥーをしていました。スミレ色のたぷたぷしたヴェールは背中で二つに分けられて、三角のトルコ石のトーク帽には、影が差したライラック色の羽根飾りが、三方向に分かれて突き立てられていました。

「わたし、暑さで死んじゃうわ。もちろん、犬死にの部類でしょうね。でも、あはれ、お爺ちゃんのトダナ伯は京師を思い出すのが好きなのよ」。ヒースに梨に詩集を大事に扱いながら、息せき切って、マドモアゼル・オルガ・ブリューメンガーストの後を一散に追いかけて岸辺へ向かう伯爵夫人。

立て掛けられたオールに干し網が揺れ、水平線では太陽が没し、ぼろっちい木造桟橋に舫(もや)われた船が数隻、乗られるのを待っています。

「ねえ、なんか今日船頭たち、かなりブサイクに見えるね。帆船を借りて、二人だけで行こっか」

「危なくないの、オルガ？」と伯爵夫人は尋ねましたが、ちょっとでも反論出来る機会は与えられず、平底船カリプソ号の持ち主に乗るよう案内されました。

　聖ヘレナ島は、湖に通じる小川を遡（さかのぼ）ること一キロメートル半かそれ以上離れた位置にあって、外洋へとすぐに出ることができました。だらけたそよ風を帆は孕み、次第に岸は遠ざかっていきます。池の真ん中で、アネハヅルが二人を観察できる位置に立っていました。

「ヴィ、あの男（ひと）は黒髪だけれどさ、あの男（ひと）は黒髪だけれどさ、カンペキな金髪に思えちゃうのはどうしてなんだろ」。ゆらりと握った舵柄（だへい）の上に頬を乗せて、マドモアゼル・オルガ・ブリューメンガーストは、すぐに叫びました。

「誰のことを言ってるの、オルガ？」と僅かに疲労の色が見える澄んだ眼で、友達の、蘭にも似た美しさを堪能しながらぶつぶつ。

「もちろん、アン・ジュール」

「分かってくれると思うけど、柘榴（ざくろ）を持ってきた方がよかったわ、他の服着てきても」

＊この点に関しちゃあ、ピスエルガの褒め言葉もお熱い南国に引けは取らないですね。

「そのバーリー・ウォーリー、でかいね。なんなの?」

「洋梨よ……」

「一つちょうだい」

「キャッチして、はい!」

「ヴィ、あたし結婚するって耐えられない。してるあなたはどう思う?」

「わたしたちの結婚生活なんてね、まったくしょっぱいものよ……」

「話聞くだけじゃ理解は覚束(おぼつか)ないけどね」

「カモメの翼が顔を扇いでくるわ……」

「だからといって撃つなんてやらしいし、間違ってるよ。でもさぁ! あたし、自分が不幸になっても、ヴィには幸せになって欲しいよ」

伯爵夫人は目を背けました。

悲しみのように水鳥が浮かび上がり空へ飛び立ち、刹那に黒い影を、包み込むような池の中で溺れる白い雲へと落とし過ぎ去っていきます。

「葡萄(ぶどう)を持ってくるべきだったたって後悔」とため息の伯爵夫人。

「あたしも、洋梨は重くって胃もたれしそうに思う」

「変わり種の桃なら幾らあっても」。伯爵夫人は詩の本を近くへ持っていき、鬱々としてちょっぴりヒステリックな声で笑いながらぶつぶつ。

大好きな友達へ
ＶＯＬとＳＣＰから
ステパンへ
寄宿舎の下でランプが燃える

目次をざっと眺めていきます。

「どれか読んでみて？」　ツヤツヤした巻き毛へ挿(さ)した赤黒い花を弄(もてあそ)びながら、マドモアゼル・ブリューメンガーストはおねだりしました。

「喜んで！　でもぉ、オルガっ！」　伯爵夫人は歌うように言います。

「どうかした？」

「風が吹いてきた！」

風は止みました。

「漕がなきゃ」

その必要はありません。

いにしえの柳が生えた白く長い防波堤は、島の端にあって目立つ場所でしたが、船を着岸させるには、ある程度覚悟を決めなけりゃだめでしょう。

「遠いわね。どうやって着けばいいか分からない、オルガも、ここまで遠いと思わなかったんじゃない？」

「また風が吹いてくるまで待とう。さあ、またいけるでしょ」

でも、空気は太陽に照らされた帆を膨らませてはくれず、船は、痺れた水面に浮かぶ真珠まがいの青みどろに進路を阻まれることもないのでした。

「静かなのは今だけでしょ……？」伯爵夫人は夢見る目でぶつぶつ。

「雷が……静かだけど」。マドモアゼル・ブリューメンガーストはぶるっと震えて、岸辺をぐるりと見渡しぶつぶつ。

堤ではセンシアの樹が枝を、勢いよく打ち付けられる白い鞭のようにあちこちに積雪を残した、高く聳え立つ山へ向けていました。

「こっちきてよ、風さん、こっちに吹いてきて！」優しく呼びます。

「あんっ、オルガ！　わたしたち、待っていられるのかしら」。長めのため息を吐き、ヴェールと帽子を脱ぎ捨て、あたふたしながら聞く伯爵夫人。

「分からない。でもでもでも、長くは無理！」

「わたしもだめ——今だって」

「辛抱して待たなきゃね」

「叫び出したくなるぐらいキレイ！」

「うん、叫びたくなるくらいキレイ！」十月の太陽に負けないほど輝きを放つ笑いで、マドモアゼル・ブリューメンガーストはぶつぶつ。

「オルガ！」

「なのでハンカチ貸して、ヴィったらぁ！」カリプソ号が揺れます。

「オルガ——？　——？　儚い、愛しい、切なくなるぅ！」


その間、トダナ伯爵は釣り竿を手にして窓辺へ立ち、白鳥をまったり視姦していました。行商人たちが食品を売るのを渋ってくれるおかげで、世を忍ぶトダナ伯爵は、自分で貯蔵庫の補給をやらなくちゃいけません。でも、今日は釣りを始めて十分も経たないのにぃ、見てくださいよぉ！　鮮やかなブチが入ったおモーヴ色のお魚の姿がぁ。これは他とは種類が違うぞい！自然の何とも言えない多様さ、神妙不可思議へと思いを馳せ、かつて大臣も務められたトダナ伯爵は葉巻に火を付けました。鯉(こい)に鱈(たら)、テンチに鰻(うなぎ)、スプラットにエビなどなど……歴とした魚が池にはいっぱいおるというのに。この風変わりな魚は、幾星霜風雪に晒されてきたに違いあるまい……伯爵は過去を思い出しながら、渋い笑みを浮かべました。党派渡りにおいては、また儀礼一般においても、予は長所短所ともに併せ持っておるな、などとたちまち考えに夢中になって、秘書にして祐筆も兼ねる有能なペーター・トールンジャーが近付いて来たことにも気付いていませんでした。

秘書っていうか、お付きの者、いえいえ、パシリの少年と呼ぶべきでしょうか、ペーターはもともと「蒼白イエス」に所属する聖歌隊の一員で、落去したトダナ伯爵の後を追って島にやってきたのです。同時に大聖堂の宝物庫(トレゾア)の収蔵品*がいくつか紛失し、ピスエルガの貴顕紳神(きけんしんしん)は血眼(ちまなこ)になって探していました。聖歌練習を続けていると疲れてしまい、デリケートな胸に響くからという理由で、ペーターは当座しのぎではありますが、田舎暮らしを心から甘んじることにしたのです。

「オヨッ、閣下、オヨヨヨッ、閣下、ゴミカスババアが荷物をいっぱい抱えてやってきやがったっすよ!」興奮のあまり、いつもご主人と話す時にする、かわいこぶった口調を忘れ去って叫びました。

「落ち着け、ペーター、頼むから。訪問者に慌てる必要はない」。伯爵は立ち上がり、鏡に向かって歩いていきました。

「閣下、おいら気付いたんすよ、島暮らしをしてる以上、風土の影響は受けにゃなりませんっすからねえ。閣下も島国根性からは逃げられませんすよっ」

「ひがみ根性じゃろう」

「島国根性っすよっ、閣下！」

「どうでもよい。もしイヴォラ伯爵夫人ならば庭園を案内しろ。まあ、気分転換の名目での」。

大人しいから性別がよく分からないハエを手紙へなすり付けながら、伯爵は答えました。

人生観や魚の餌について思いを馳せつつ、なぜ某Aはやってくるのに、某Bはやってこないのであるかと、午後になるにつれてユーモラスな考えになってきました。

夕方近くなっても、よくいるような鯉すら釣れる気配がなく、疲れた伯爵はとうとう竿を引き揚げました。

トルコ石色の絹布で織られたショールのような池の面が放つ静かな輝きは、六月一青天の日と並び立つように思え、散歩できそうな場所は限られているため（島全体の面積が四千平方メー

＊なくなったのはこんなもの——
上祭服五着。

聖テルマの舌を入れた瑪瑙と金剛石を象嵌した小箱ひとつ。

四・三メートル程度の黒レース、聖母さま所有だったと伝わります。

トルもないのです)、秘蔵っ子のペーターが泳いでいるのを見ても驚きはありませんでした。

舟を浮かべたり、読書や白鳥の餌やりもしていないとき、洒落た数奇者(すきしゃ)でいらっしゃるトダナ伯爵はテラスの端に腰掛け、池に飛び込むペーターを眺めて暇を潰していました。彫刻を思わせる裸体となったペーターが亀裂の入った防波堤の上を歩いていき、腕を前に突き出して跳躍し、走り飛び込みやバサロキックするのを見るってほんと美しい眺めなんで、ときどき、いえいいえ、今この瞬間だってぇ、読んでいた古代ギリシャ詩集から目を上げてしまうのでした。くっきりしたアルトの声で、水中で讃歌(キリエ)や合唱曲(アンセム)を途切れなく口ずさむのを聴けば、老いたトダナ伯爵の目に涙が滲(にじ)むこともありました。白鳥さんたちだって、ぱちゃぱちゃしながら聴いていますよ、エモくてノリノリなんでヘドバンして(伯爵は大昔、ミュージカルやコンサートホールやオペラ・ハウスで芸術的な歌姫にときめいたことを思い出しました)、話せはしないから、ただ、ありがとんと感動を伝えていました……。

「閣下ぁ、ぶりっ子クソババアは来ねえようっすね」。防波堤に伸びるかっこつけた自分の影をうっとり眺めながら、ペーターはいたずらっぽく舌っ足らずに言いました。

「なにゆえ分かる?」

「舟が進めないからっすよ、閣下」。壁に寄ってぺたりとなっている薔薇をユーウツそうに摘みながら、ペーターは答えます。

おっほ、心は進めない
主への喜びで！

庭園の一角に天文台は建っているので、ペーターの声色七変化を堪能しながら、伯爵はそっちへぶらぶら歩き出しました。でも天文台へ行く前に、白鳥さんたちの間を通り過ぎなきゃいけません。

白鳥さんたちは、よーく太陽に焼かれた瓦で葺(ふ)かれた丸屋根の下で回る、太古からある水車に暮らしているのでした。水車の一部は高く聳えるゼラニウムの生垣によって池から遮られており、その血の色にも似た花々の間をくぐって泳ぎ出す白鳥さんたちの、不思議でゴージャスな様子を見ると、伯爵は倦(う)むこともありませんでした。そのうちの何羽かは頭を羽根の中に隠して、もうおねんね中なのです。でも、伯爵は不機嫌な様子でペーターを突きまくっている白鳥さんを指差して、「妬(や)いておるのだな、ペーターの優雅さに」。天文台の扉の鍵を弄り回しながら、伯爵は夢心地です。

天文台には、かなり遠くの頤和偽園(いわぎえん)すらクッキリと映し出すことが出来る唯一無二な望遠装置が備えられているのですが、多くの役に立つ装置がそうであるように、操作には十分な注意が必要なのです。だから、故郷が恋しくなった家政婦（天気の良い日には鏡面を通して生まれた村が見えるのです）が、みだりに作動させてデリケートなレンズを破壊することを恐れ、伯爵は必ず天文台に鍵を掛けていました。

　で、オールを忘れてきた船頭を叱っている伯爵夫人の、苦りきったありきたりな顔付きに焦点（フォーカス）を合わせたり、トダナ伯爵には縁起を担ぎたがる節があるので、船頭と伯爵夫人の顔にあるほくろを数えて、秋期宝くじの番号が当てられるおまじないをしちゃおうとしたりするものなんですが、星降る夜を前にしたら不思議とやる気も起こりません。

　満ちては引いていく汀（みぎわ）のような影に覆われる死に絶えたような谷が、夕の薄闇を湖に映し出していました。うら寂しい青い水の向こうをあちこち泳いでる白鳥さんたちは、めちゃくちゃスミレ色に染まっています。頭巾（ずきん）のようになった黄金の雲が素早く巻き付いていく、聳え立つ丘の頂にだけ太陽さんが見えていました。

　お告げ（アンジェラス）の鐘と被さって吹いてきた風は、月が昇ると共に、痩せ我慢しているイヴォラの伯爵夫人をなだめるかのようでした。「誰かを呪っているのだろう」。トダナ伯爵はため息を吐きながら、望遠鏡で船の帆を追いつつ考えました。

　おお、鼓動が止まるほど痛ましい瞬間だ！　落去して以来、ここまで惹かれたことはなかった。

興味津々なペーターの声が庭園から聞こえました。でも、心打たれた伯爵は相手してやることは出来ません。

残光の緋色の輝きに照らされて動かない舟は、ちょっとだけ、忘れがたいほんの数秒だけ、伯爵の眼に止まりました。

国々ごとにどんな外交手腕を駆使して夜に至るのか、どれだけしずしずと日光が去って行くのか。北国の黄昏は薄暗くって薄暗い、暗いようで明るくって、人を小馬鹿にしていましたけど、ピスエルガでは全然認知度がないみたいで。本気(マジ)になっちゃってどうするのって思うんですが、夜姉さんが昼兄さんを追いかけていくのですよ。長引きもせず、北極圏の黄昏時に感じるおセンチ気分とも無縁！　蛇腹手風琴(コンサーティーナ)奏でたさすらないですねぇ！　情け容赦なく太陽さんの後ろへ夜姉さんが圧し掛(のか)かるのです。なぜに夜姉さん、ここまで焦るんでしょうねぇ？　太陽さんに惚れたから？　交代を待ち切れなくなって？　科学者連中が言う、時間の遅れの相対性理論を鑑(かんが)みれば、答えは簡単に見つかりますよぉ。

夕方の青い空気に全てのものは没してしまい、暗闇が訪れ、風が吹いてきました。

「閣下、閣下ぁ……！　ほぉ、ひぃ、ひぃぃぃぃぃぃぃぃぃぃぃ！！」ペーターはまた声を上げます。

でも、目が釘付けになっていて、今はペーターの相手をしたくない伯爵は答えません。

緑色の提灯を吊した荷船が沖合から進んできて、山側のあちこちでは村の灯りが、けだるくチカチカしていました。

「おい、なぜ早く来んのだ！」ぼおっと声を上げるトダナ伯爵。

「うあん、オルガ！」

「んあっ、ヴィ！」

「……舟の代金、ちゃんと持ってきてるぅ……？」

「……！！？」

「教えてオルガ、わたしの帽子、横向きになってない？」

「…………」

頤和偽園(いわぎえん)の長窓は月光に白く輝き、豪傑然とした羽根飾りの影を引くトルガの伯爵夫人は、いまだにヒースを抱えながら、オルガと手を繋いで伯爵の敷地にまた入っていくのでした。

XII

ある夕方、ミセス・モントゴメリーは『虚栄の市』を通算十五回目の読書中でしたが、そこへ扉をノックする音が。きちんと装幀された緑色の本を開いてから邪魔されたのは一度のみならずで、ほんとうんざりしていました。宮中が冬支度を始め、頤和偽園（いわぎえん）が上へ下への大騒ぎになっていても、ミセス・モントゴメリーは英国人らしく冷静に振る舞っているのです。オラーフ親王と二人だけで残ることまで決めているのは、誰もいなくなった偽園は、来たるイートン校入試の予習をするのにうってつけだからですね。

　でも、外の廊下はトランクや洗濯物籠の使用順争奪戦でくすぶっており、本を読むより、大麦糖スティックでもしゃぶっている方が楽しめそうです。

「神さんに、気にしいに生まれさせられんでよかったっぺ！」とミセス・モントゴメリーは思い、白塗りの羽目板で周囲を巡らした小部屋へ、気怠げに眼球を向けました。

　ミセス・モントゴメリーと一緒にドアから入ってきたんでしょうか、周りのいろんなものに英国根性や淑女らしさが染み込んでいました。

　ドアの上へ取り付けられた腕木にはティーポットが一つと聖年記念のプレートが二枚、孔雀の羽もあり、水泳パンツを穿いて手を骨折した男の子を描いた肖像が立て掛けられていました――センサイな美しさのなせる技ですよねえ。メゾチントで描かれた『マリアさまの棺桶』も――この部屋に宝物、いっぱいありますね。

「宮廷人連中さ出ていってからが本番勝負ばい」と思いつつ中腰で立ち上がり、入ってきたオラーフ親王に一揖するミセス・モントゴメリー。

「おまえの国からの知らせだよ。兄上の婚約者がやってくんだって！　だからぼく、勉強しなくちゃなんないの？」　もったいつけて親王は切り出されました。

「ネクタイは真っ直ぐにしちょってくらさい！　見てみい、靴下がぼろぼろになっちょるじゃなかとよ！　膝がなっからハムみたいやし……。イートン校の一年生になったら、いったいまあ、どうなるばい」

「ぼくは親王だよ、なんで一年生になるの？」

「ラグルズ・ホワイト牧師に聞いてみちょって。お邸へ行ったら説明ばしてくれるさかい」

「一年生なんかなりたくない。なりたくないんだい！」

「せ、せせ」

「みんちゅちゅちゅぎこく糞食らえ！」

「ちぇ、そうくるかとよ」

「そう思わないの」

「お恥ずかしいばい」

「やり返すぞ」

「お好きなこつばやりやんせ。さあ、予習さ始めっぺ！　まずは人称代名詞の変化からいくさ！　ファースト・レッ、レデェ！　発音は重要なんでしっかり頼むばい！」

何度も言い聞かせ、せかして、甘いお菓子たくさんあげるっぺと釣って。


『わたしはファースト・レディ。

なんじはファースト・レディ。

あの男はファースト・レディ。

わたしらはファースト・レディ。

うぬらはファースト・レディ。

やつらはファースト・レディ』

「よくできましたずら、でも間違いもあったべ。『あの男はファースト・レディ』ってところばい、直せるっぺ？　ちょっとしたミスだっぺ……」

でも、あっちゃー、親王殿下は勉強する気分じゃありませんでした。ちょっとして外へ出て行く親王を、見送るしかないミセス・モントゴメリーでした。

エルシー王女がやってきて新体制が確立されることは明白でしょう。ピスエルガに行きたいと思う英国人は増えそうです。これをチャンスとして教えることは諦め、カイローラに英国人向けホテルを開業するべきでしょうね。

「うちのホテルにゃ、部屋はないさかい！　どこも満室ばい！」　暖炉に置かれた銀製の薪台を向いてにっこり。

しつけのなっとらんガキンチョどもの指導から解放されるんやねえと考えながら、前庭に通じるドアに取り付けられた、ガラス製郵便受けへ歩いていきました。この時刻には手紙が届いていたりするのですが、今宵はボンネットを被った野ネズミさんの絵が描かれたポストカード一枚だけで、旧友ミセス・ナエドコから来たものでした。

ミセス・モントゴメリーは読んでみました。「ついに『ヴァルマス』入荷しました。『青髭全史』を頼んでいたのはモントゴメリーさんだったでしょうか？　読みたがっている方はたくさんいますが、お返事下さるまで取り置きしておきます。見たところ、エドワード王の晩年のものや、アッシュルバニパル王のものなどお髭の口絵は何枚か欠落してます。でもそんなことで私をお責めになりませんよね！　みんなで季候の変化を楽しんでいて、私もすこぶる体調はいいのですが、あはれなミセス・オオムギツキはこの冬を越せないかもしれません。この国の綺麗な空気を吸って、健康でいらっしゃることでしょう。あなたのご下知に忠実なるしもべより。アン・ナエドコ

追伸――『男と呼べるのはあの人だけ』製本中です。そろそろ届くんじゃないでしょうか」

「ほげえ、マンちゃん、マンちゃん……？　ほげえ、ヌキタロー・ケツアノ・マンノシン・ウンチン……！」　カードを宮廷医師マンノシン先生の写真の近くに置いて、ミセス・モントゴメリーはぶつぶつ。名前の響きが良いから呼んでみたんです。するとテレパシーが通じたのか、ドアをノックする音がして、先生ご本人が入ってこられました。

　廊下の端に住む、王室付き主計頭（かずえのかみ）の妻の往診に行っていたんですが、妻は結婚して二週間ぽっちしかたっておらず、興味深い症状に陥ったと思い込んでいるようです。「赤ちゃんが生まれる！」と数時間おきに叫んでいました。

「お邪魔でしたかの？　ならば、そう言ってくだされ」。ご婦人連から称え愛される、力強く男臭いお声で聞く先生。

「邪魔なんやろうかねえ？」　目を光らせ、軒蛇腹（のきじゃばら）をテヘッと見つめるミセス・モントゴメリー。

「ふむ、で、お元気ですかの？」　暖炉の近くにある二人掛けソファもどきに腰を下ろして聞くウンチン先生。

「ちょろちょろぼちぼちですばい、先生、ありがとうごぜえますだ」

「ほお、何か問題でもおありなのですか？」

「うち、身体ば、あんま達者なほうじゃないけんねえ、マンノシン先生……」。椅子を引き寄せ、諦めてため息を吐き、背中にクッションを当てながらミセス・モントゴメリーは答えました。

「探してみてくだされ！」

「やれるもんならやっとるばい！」

「探してくだされ」。自分の足と擦りそうになっている紋織りの黒いローブの短いスカートをガン見しながら、ウンチン先生は二度言いました。

「うちの眠りが浅い言わはるなら……」。優しくキレるミセス・モントゴメリー。

「メスカル酒をお試しなされ」

「フリッツ・ミラー先生の処方に従っとるばい」。男臭いうぬぼれにビンタ食らわせたいばいと望みつつ、ミセス・モントゴメリーは述べました。

「ミラーはクソ野郎じゃ」

「まるっと頷けないばい！」　笑いを押し殺して、ムカついたらしいウンチン先生の痛いところを突きます。

「なんじゃと？」

「ほげえ、おそろしか。まず横になりになって、太陽ば当たって、冷たい水でも飲めばよろしかとよ」

「冷たいじゃと。聞いたこともないぞ。死んでしまう」

ミセス・モントゴメリーは気怠く深い息を絞り出しました。

「冷たなるこつが、そんなにお気に障るもんかの?」と聞いたところへ、お小姓さんがアイスバケツに入れたシャンパンの瓶を持って現れました。

「若き王女ぎみにトーストを!」

「ほーん、ほーん、マンノシン先生、悪かお人やねえ」。ちょっとしんみりとして、二人の思いは一緒に英国へ向かいました、靴屋バーカー、百貨店セリフリッジ、ブライトン海岸[39]、日曜午後の動物園。

「歴史ある良き国に乾杯!」ウンチン先生は飲み始めます。

「花嫁はんと、じっ、実家の爺婆に!」ミセス・モントゴメリーも杯を掲げました。

「実家の爺婆に!」ただオウム返しするウンチン先生。

「ワインはボランジェばい! いたずらっこやねえ、ウンチン先生!」ソファの先生が坐っている場所へ身を寄せ、愛想を振りまいてぶつぶつ。

「宮廷人連中が去ってしまい、お二人きりとなれば、ひどく退屈になってしまいますぞ」。相手の豊かに輝く髪を、我が物顔に見下して微笑む先生。

ミセス・モントゴメリーはワインを啜(すす)り、

「列柱ば吹いて、風さびゅうんびゅうん唸りおるのやろうねえ、怖いわぁ」とぶるぶる。

「威勢が良くて勇ましい、ピスエルガ人の旦那が欲しいと思うんじゃなかろうかね?」足をぶらんとミセス・モントゴメリーの方へ寄せつつ言いました。

「夕方さなるとよ、たまに教えて欲しか思うばい」。うっとりとウンチン先生の顔を見つめました。

「ほお、何を教えて欲しいのじゃね?」　ウンチン先生は含み笑いしつつ、ミセス・モントゴメリーのグラスをワインのお代わりで満たしました。

「なんでやろね、ワイン飲むといっつもこんなよか気持ちになるつうんは?」

「多分じゃが、ご近所さんに愛想良く振る舞いたい気になるからじゃなかろうかの」

「まこちやね、愛想撒き散らかせるような気がしてくるばい。『ラブリー』って皆から呼ばれるでごわす。きっとよ、そんでな……」

焦るあまり二人に沈黙が生じました。

「火さ付けるにゃあ、まぁだ暑過ぎるばい。ばってん、暖炉がパチパチ鳴るの聞くさ好きやねん」。窓に向かって歩いていきながらぶつぶつ。

「お友達とご一緒にかな?」　ちょっとよろけつつ、ミセス・モントゴメリーの後を追い部屋を歩きながら聞きました。

「きれいな夜やねえ、月も透いて見えんばかりばい」。長く引き伸ばされたため息を吐きながら、物憂く眺めていました。

「そうじゃろうなあ」。ウンチン先生はぽかんとしたまま頷きました。

「中庭で飼っちょるちっちゃな鳩ちゃんが、夜さなると、石の上さ生きちょるサファイヤみたく沈んでいるのが好きよぉ」。おセンチっぽくユーウツそうに、またため息を吐きました。

「わしらは外科手術でよく見るものじゃからなぁ……」と自信ありげ。

「こんなにめんこくてお気取り屋さんなもん、見たことあるんけ？」出し抜けにチュチュと鳴き出すミセス・モントゴメリー。

「空のグラスに注いでも良いですかな？」

「金粉さ浮かんだ水の上に飛び込みたいばい」。かったるく池の方を指差して、ぶつぶつ。

「一人でかの？」

「かわえー海岸へ、車で乗せてってくれんもんかねぇ」とウンチン先生の手を取っておねだり。

「びいどろ玉かの？」

「ヌキタロー、ヌキタロー、おねがいばい！」と金切り声を上げるミセス・モントゴメリー、どなりとうなりの合いの子みたいな声上げて、黒光りするモノを抜き放つウンチン先生。

「ご、後生（ごしょう）ばい！　ヌッ、ヌキタ――」

ってことで、二人なりに王家のご婚約を祝うんでしょうねえ。

XIII

ほの暗いエジプトのハブーべの店内では、ずしりとくるモロッコ風テーブル(ムシャラビ)を囲んで、歌や宴(フェテ)やその準備ばかりなりなりです。

仕事が多くなりゃあ人手も増えるもんで、ターバンを巻いた男の子たちがバーノス[40]を着て、床に花籠の中身を撒き散らかしていました。

プントのお国のロサ・モスカータっていいにほい
ホラーサーン[41]の棗椰子(デーツ)もいいにほい
おっほいランプの魔神さん、ふらっふら、英国の薔薇を、英国の林檎を、持ってきやがるのでぃ
おっほいエルシー王女のお国いいにほい
マジ英国はいいにほいっすー——

バシールの声はどんどんでかくなって、口を突くまま長ったらしく、甲高く、嘆くみたいに。

「おーい、バシール・ベン・アフメド、ハサミ貸して、アラー好きなら」。キラキラお日々の青年シディが、花を思わせる落ち着いた面持ちで、細い、大麻結晶（キーフ）に塗（まみ）れた手を伸ばしました。「シディ、受け取れよ」。ヴァルナの公爵夫人の代理人バシールは、空の手提げ籠に坐った、オリーヴ色の肌をしたシディに向き直り言います。シディはうっとりとした聞き手に向かって『カイローラ探偵録』を朗読していました。

「レディ・ランチテイショクとレディ・バーサ・ジジュウモドキ（フロロー卿の娘）*に案内され、自室サロンから降りてこられた王女さまは、サクラソウの茎をキンレンカ色の鳥さんの羽根で留めたシックなトーク帽をかぶり、極楽鳥みたくあなたこなたへ飛び回り、将来の義父君義母君を熱い気持ちでハグしてました……」

「ハサミ受け取れよ、アッラー好きなら」

「あてくし、すぐドラムの音を聞いたのです！　お馬さんのじゃらじゃら鳴る額革（ひたいがわ）の上で、ひょこひょこ動く羽毛を見てしまいました。忘れがたい一瞬です。エルシー王女……将来の親王妃として笑いながら通り過ぎ、群衆へお辞儀、感謝の意を表したのです、その目に嬉し涙が

＊エルシー王女のカイローラ到着の記事は「緑色のジャージ」と署名されていますが、これほどの晴れ舞台、「エヴァ・シュナーヴ」による報告だった可能性がなきにしもあらずですね。

浮かんでるのをあてくし見ちゃいました……！」

「おおう、アッラー」

「ピンクっぽい紫色の渡せよー」

「誇り高きお后さまの純潔な王女に満足して、心こもった拍手が起こりました。目立つ格好ですもんねえ、黒んぼの皮と真珠母で飾った漆黒の光に輝くドレスは、たくさん付けたメリット勲章(42)の重みで思わずずり落ちそうでした』」

「てめえのハサミだぞ、おーい、シディ、アッラーが好きなら！」

「喜びにカイローラは満たされた気がしました。凝った衣装で田吾作に扮したレディ連の近衛連隊軍団に導かれ、王族方は群衆の真心こもった歓呼に包まれながら憲法通りに到り、市長さんの娘ポーラ・エグゼルマンちゃんからデフラス（アッモリソウとオトメノヘンルーダを掛け合わせた交配種で、最近流行ってます）の花束を受け取りました。紙吹雪の舞う中、行列が通りを進んでいくと、そこにはなんとも珍光景が広がってました。男の子たちのみならず、お年召したオバサン方までが我先に木登りして、やってきたエルシー王女を見晴らしのいい高さから目に収めようとしていたのです。でも、最高潮に達したのは、リリアンタール街と大聖堂街に辿り着いてからでした！　行進休止が叫ばれ、手短な挨拶をピスエルガの大司教が行ない、国立歌劇場からマダム・マルグリット・アストラ（今の社交期一イケてる声してますよ）が、胸が熱くなるほどみごとに国歌を歌い上げるさまがラジオ放送されてました。その時、子連れの黒猫が道路を駆け抜けていき、あてくし、王女が笑うのを見たんですの」

「てめえのハサミだぞ、おーい、シディ、預言者の名の元に」

「愁歎場（しゅうたんば）が英国喫茶店のちょうど手前で起こってました、居留区の連中が勇ましく押し寄せていたところだったんですが……」。シディは落ち着いて読み続けました。

興味持ったでしょ？　でもねえ、ざんねぇーんでしたー！　バシールの声がうるさくなってきたため、続くリサイタル部分の朗読はカットされちゃいました。「乾杯、涙涙！…………自分へのご褒美、ホニトン・レース……四十歳になるまであてくし生きていたとしても、今日のことは忘れらません……パニック……人が一杯……警察」

んだもんで、外の大通り（ブールバール）はどこもかしこもお祭り気分で大はしゃぎ、『探偵録』を読み込んでいる暇はありませんでした。婚礼を控えてやってきた王女と、ともに連れられてきたというビーグル犬を一目見んものと、ピスエルガ各地から野次馬が押し寄せてきていたのです。このわんちゃん、みんなの心をちょっと薄気味悪いぐらいに捕らえていました。ギルデロイ、ボーシル、オードリーとかいろんな名前が付いてるってことすら、前もって把握されていたのです。オードリーの逸話集や、オードリーのポストカードなんか、王女のものより早く売り切れちゃいました。買い手の中でも特に母ちゃんたちは、言うこと聞かない我が子を、オードリーを使って脅し始めていました。オードリーのツヤツヤした毛並みとがっしりした体格は、日夜、手に負えない、ややこしい年頃の少年少女を応援しているようにすら……。

「エッリ、エッリ、てめえの花束を受け取れ。おーい、ラザリ・デミタリキ！」バシールは、悲しげにアシの穂でハサミムシと戯れていた、琥珀色(こはくいろ)の肌を持つ金髪少年に呼びかけました。

「俺っちの生まれたガルダイア[43]のハルファウイン通りで、ブーサディラ[44]を踊るウル・ナイル族[45]みてえなもんだなぁ、王女さまって」と調子こいて唸っています。

「てめえの仕事続けろよ！　おーい、ラザリ・デミタリキ！　ハサミムシはちゃんと戻しとけよ、お客さんが見るからな！」バシールはお願いしました。

「ここまで暑いし、花いきれもヤバい、てめえら餓鬼どもが騒いでる、汚ねえハサミムシがあちらこちらブーサディラってるし、おいら卒倒しそうだぜ」とハスキー気味の不愉快な声が聞こえたかと思えば、ペーター・トールンジャーでした。

お祝いのためにカイローラに来たわけですが、目的はそれだけじゃなくて、自分なりのやり方で一財産儲けてやろうと企(たくら)んだからでした。バシールとペーターは腐れ縁で、それは、大聖堂で聖歌隊をやっていた頃、肩やお胸にお花をピンで留め、合唱曲(アンセム)の最中にそれをあざとく潰し、リングをはめた指で聖歌隊席から一枚一枚ひらひらと、下にいるモンシニョールの胡麻塩頭へ落とすのを習慣にしていたからです。

「イチアタ、ワ?」バシールは、ぼんやりと部屋の中を見回しました。注文がいっぱいきてるんだぜ、知り合いに手伝いさせても、ろくなことにゃならねえな。くすぶるタバコを耳に挟み、すっかり無気力状態の、上官ちゃまとか呼ばれているレバント生まれのギリシャ人が、トルガの伯爵夫人所有のハマーム風呂で、よく日に焼けた顔のチュニジア人の男の子の話を熱心に聞き、みずからも話しながら、ご主人や名高いお客の背に乗り、肋骨を揉む動きをしていました。でも、この小さなお店に集まった人たちが、皆イスラームのお印を持っているわけじゃないですからね。銅製のガニメデ(46)や、カフェバーに置かれるソーダ水売り機には似つかわしくないほどご大尽となったアメリカ人が、生まれ故郷の夜のお店（バシールはそこで商売してんですよ）で流行りのてんてこてんてこまいまいまいを教えながら、アマツユリに針金を通して不可思議なことをしでかし、一方で、人見知りな若者に外国から来るとカイローラではいろいろ苦労するよと説き聞かせていました。

「ここにやって来る若い衆はなぜ来るか、わけをちゃんと分かっていないいな」とよく磨かれた歯をハサミ代わりに使って、アメリカ人は鋭く一言。「いやなに！　出世の話だわい」と唸りました。

「私みたく、誰とでも交われる人間は少ないいんですが、まだ世間から注目されてませんね」

「ハリー・カミングス、王さまのサラダ仕立て人」と文字の彫られた名刺を差し出す、人見知りな若者は「もう着いたんじゃないでしょうか」と角製の重たい眼鏡を掛けて世間を見通している生っ白い青年に頬をポッと赤らめ、俯きながらぶつぶつ。

「サラダ仕立て人？　仕立てるのは髪じゃないかね！　どっちにしろチップは貰えるだろうがな」。アメリカ人は首をひねってます。

「もう着いたんじゃあないのかい」。モヤー・シッコーって名前の眼鏡青年は言い張りました。ちょっと前に英国食料品会社を設立するためにやってきたのですが、いわゆるコスパの悪いお声をしてました。そのしゃきしゃきした歯切れ良い響きは、口にする、あるいは書かれる一音一句たりともに行き渡っており、どんな発言をしようとする際にも、混じり気なしのお茶や混じり気なしのマーマレードなど、独占販売すると決めている、あらゆる混じり気なしの商品のようにしっかり確かめるんですね。

「アッラーがおめえさんが着くのを望んでりゃね」。ほっとしたラザリ・デミタリキ、うっとりした微笑みで手紙をキャッチしていました。

「てめえの花束を何とかしろ、おーい、ラザリ・デミタリキ！」　バシールはちょいとうめきます。

「もう終わったよ、アブーが届けてくれるさ！」と、壁へ変なしかめっつらを向けているつもりらしい罪悪感囚われ中な血眼お目々の黒んぼさんを指さし、ラザリは答えました。すんごい大きさの麦わら帽を頭に乗せ、雄々しく、農園にいた証として見せびらかしています。

ところが、アブー爺さんはお使いをしてくれようとしません。

「んさぁ、んさぁ！　さんざっぱら一日歩かせされたからのぅ。お外には出られんて！　アブーはつかれきって、もう一歩もあるけん！　サハラの夜だったらのぉ、今夜ぁ、すんぐにでもまた道をひきかえせるんじゃがのぅ……！」とか、もごもご言っています。

ご褒美にアヘンをちょっぴりやるよという約束で、初舞台おめでとの花束をダイアナ劇場*に運ぶことを爺さんが頷いたのは、ちょっと後になりました。

「近いうち、雇うのは女どもだけにしたいところだぜ、娘っ子でもいいけどな」とバシールは言い出し、涅槃（ねはん）の境地に達したらしい上官ちゃまのためになるように二度言いました。

「ってことは、ハマームは残しておくんでしょ？」上官ちゃまはだるそうに返事します。

花でいっぱいの籠を担いで、バシールたちが往来へ出てみると、店のほとんどはシャッターが下りていました。婚礼を祝ってでしょう。

大通り（ブールバール）を縫って、幾千もの野次馬が花火を見ようとレジーナ園へ押し寄せており、みんな、閃光が描き出すビーグル犬の群れが空征（そらゆ）く男鹿を追う様子を、やきもきしながら見届けようと

＊ダイアナ劇場はスペイン歌劇（サルスエラ）やオペレッタ専用の音楽ホールです。まあ評判は怪しいものですけどね。

していて、これ、もし新聞の情報が正しけりゃ、「大自然の驚異が出来（しゅったい）」しようとしているんですね。

バシールは店に取り付けられた、ガラスが嵌まった窓の前で立ち止まって、よれたガンドゥーラの裾を直しながら、人を小馬鹿にした動きで花の入ったお盆をちっちゃい頭へ乗せ、付いてきた連中をおおよそ二組ずつ班に分けて、野次馬の中へもぐりこませました。サラダ仕立て人ハリー・カミングスは、押しが強い食品会社社長（予定）モヤー・シッコーに腕をなでなでされながら、「独りでいたいです」と控えめにこぼしていました。でも、シッコーの方は二人でこっそりイイコトしたいって思っていたので、この返事を嫌がっています。自分のお店が開いたらお酢を買ってくれるよう説き伏せて、包み紙へ「王さまへ捧ぐ」とプリントしておこうと考えているんです。

「許してください、おーい、アッラーさま、みんなを幸せに」。睫毛（まつげ）ごしに、銀のお守りのように上天より垂れている月を見ながら、蒼い夜空を背にして立つバシールは、紫のケシみたいでした。「ダチよ、またな！」　歩きながらぶつぶつ。

みんなが出ていって閉じられたささやかなお店のずしりとくるモロッコ風テーブル（ムシャラビ）の影では、お花が口をパクパクさせ始めていました。鼻を刺す色んなにほいが混じって、気に食わないし虫も好かないもの同士が火花散らしまくって、むっかむか、えっへんおっほん、うれぴーぴー……。ムシャラビに隠れて月に輝く百合を見て、何と言っているのか推し量らなくちゃあなりません。

「針金で傷付いちゃうよぉ？　傷付いちゃうよおぉ？」

「水が欲しいよん。でも、水辺には行けないしなぁ」

「水を入れた器に頭突っ込まれた経験あるぜよ」

「ずっと花籠の中にいた方がいい。窓から放り投げられて、野次馬に情け容赦なく踏みつけられないし」

「根っ子から切り離されるって、マジヤバない？」

「除草しちゃえよ、きききっ……キンポウゲさんよぉ！　蘭さんに何すんだよぉ！」

「水を分けてあげてもいいよ……。変な花じゃないでしょ、臭いのを我慢すればね」

「そこらへんにある雑草じゃないかあいつは、だから話してやるんだが」

ピリピリした雰囲気が張り詰める中、一陣の涼しい風が吹き、通りへと繋がる扉が開かれ、ヴァルナの公爵夫人が滑り込んできました。

花がはち切れんばかりに咲いたグラジオラスの鉢をひっくりかえしながら、カウンター目指して歩いていきます。

黒くって眠気を誘うシトロンを着た公爵夫人は、マジ長くて長い船旅に備えているよう。

プードルを抱えながら、レバント産の革で作った鞄を持ち、中にはちゃんと宝石類をしまっているんです。

マダム・ヌラシテと決別（王さまもお后さまも宮中入りを許さなかったんですよ）して以来、ヴァルナの伯爵夫人の金銭面での悩みは増す一方。商人からツケ溜まってますよだの言われ、金貸しはさっさと返せやゴラァと脅してきて、皆の前で恥掻かされ、さんざん罵られ——映画『社交界の泥棒さん』で主演しないかとオファーが来たのが大変ショックでした——宮中を去るのも時間の問題でしょう、はなから予想しちゃいたことですけれどもねぇ。んで、出ていくことが絶対確実となった今、ここ一年間、経験したことがないくらい爽快な気分になっていました。ハンドバッグにはピスエルガの優雅な小額紙幣がいっぱい入っていたので、後はペンを取って『探偵録』の編集者へ特大ニュースを書き送るだけです。「ヴァルナの公爵夫人、棗椰子(デーツ)の国へ行く」って。

たった十八文字！　でも、カイローラを沸かせるには充分じゃない？

「すぐ発(た)たなかったことは悔やんでるけど」と、窓を飾る薔薇の中から、服に似合いそうなものを手折(たお)って独り言ぶつぶつ。

たくさんのお花に「エルシー」「オードリー」「ロンドンの聖母ちゃん」と名前が付けられて、「プント国からきた薔薇」は「ミセス・ロイド・ジョージ(47)」に変更され——値上げされましたよ。

オドントグロッサムの花籠に詰め込まれたカスミソウは、プント国から運んでくるなんて絶対止めてくれよって言いたげでした。でも、バシールみたく元気な男の子に新しく後ろ盾となってくれる人なんてそう見つかりそうにないなあとまで考えたところで、公爵夫人はリッツ・ホテルの専用私室にいた時、レジーナ園のベンチで総理大臣と一緒に坐るバシールを目撃しちゃって、二人が抜き差しならぬカンケイにあり、東方問題について合意を得ている様子だったことを思い出しました。東方問題ですよぉ！　棗椰子（デーツ）の国じゃあ、みんな履修済みとか言ってたよねぇ！　首邑（しゅゆう）デジィラでは、カッカと金ぴか太陽に照り付けられて頭良くなるんだってさ。熱風（シムーン）が銀ぴかな砂の吹き流されて、遊牧民（ノマド）の話を聞きながら、アホらしい陳腐極まる（クリシェ）世間さまで暮らしつつ……と公爵夫人にっこり。

「あのクソアマ、ヌラなんとかがいなかったら、去年行けてたはずなんだけど」と物思いに耽っていたところを、メイドに邪魔されました。

「奥さま、列車を逃してしまいますよ」

「なワケないでしょ」と答えながら、メイドの後に付いて出ていく公爵夫人、というわけで、またまたお花さんが口をパクパク言わせます。

「花籠の中にいる方がよくない？」

「水がないよん。水辺にも行けないし」

「根っ子がないと生きていくって大変だよね」

XIV

お后さまは擦れた長椅子に目を閉じて、ぐったりと寝そべっておられました。親王殿下が下賤の女と結婚する恐れはなくなったものの、いざ婚約が決まってしまうと、もうちょいましな相手もいたんじゃないかって思えてきてしまいます。花嫁の血筋は誇れるようなもんじゃありませんし、そのひいひいおじいちゃんおばあちゃんたちときたら、一八一七年に……いいえ、内緒にしておくのが優しさですよね。で、残る親族どもは腹黒の凡人、応接間に坐ってるより家の馬小屋でお仕事してた方がお似合いっていうご連中ばかりで、お后さまは来たる花嫁とちゃんとやっていけるか不安になるのでした。

まこと王女は魅力に乏しい、あはれ婿となったユーセフの結婚はかたちだけ、ますます女遊びは激しくなると思えども……。

絹の扇がシュッと鳴って沈黙を破り、お后さまを振り向かせました。

前に控えるはオリヴィア・ドムプティダ女伯爵、心意気も育ちもこの上ないけれど、晴れの場で面の皮の厚さを示せるほどではないようで。いつも謁見の際、目立ってガクブルしてるので、お后さまは心底にんまりしてしまいます。その父フレディ・ドムプティダ伯爵はおちゃめかつ稚気に富んだご老人で、王家のご酔狂によって、英国聖ジェームズ宮殿へ送られるピスエルガ大使に任ぜられていましたが、近頃、十三歳にしかみえない幼妻と結婚したというのにロンドンの貴婦人方へちょっかいを掛けることも多々って感じで、既に使節団の醜聞(スキャンダル)を振りまいていました。

「しーーっ、なのじゃ！　音を立てるなかれ、品がないぞよ」と、頭高くに置いた、気色悪い配色の一角獣にかぶりつくライオンが刺繍(ししゅう)されたクッションから立ち上がって、お后さまは言いました。

連日連夜の宴に弱り切って、リラックスするため、離れの閨房(けいぼう)へ引き籠もったお后さまは、白いケープを片肌脱いで生腕を露(あら)わにした自分が、ちょっぴりミッロのビーナスみたく思えてきていました。

ドムプティダ女伯爵は扇まで震わせ、

「押し倒されて悲鳴上げるようなご時世で……」とため息。

「ゲオ王どのも、誇り高きお后どのも、一日横にならぬように見ゆるの」と夢中宮(ゆめのちゅうぐう)は言い張りました。

「パパは大使に任命されてから、ずっと寝てません」

「そなたの義母とレディ・ダイアナ・ダマスン・シーモアの色恋は、大変な沙汰となっとるようじゃな」とお后さま。

苦笑いを浮かべる女伯爵。毎度のごとく孫と間違えられる義母の話をされると辛くなるのです。「僕の聞く限り、子馬が逃げ出したようなものかと」と、恐る恐る服装に気を遣いながらぶつぶつ。

女伯爵はパルマスミレ色のエプロンと、聖霊騎士団の勲章を付けていました。

「分別をもって動けぬのが、ちとあはれに感じられるぞえ」と答えたお后さまは、傍にあった紙束をちょいちょい弄っています。考古学協会報告書の第一弾で、先ほどソドムとゴモラから発見されたものに関する内容でした。ケダラオメル王遺跡で甕(アンフォラ)が見つかったとの吉報で、そこに描かれた絵を見たところ、当時の男性は横向きに騎乗し、女性は大股開きになり、頭を馬の尻尾へ乗せていたらしく、アッコの谷から掠奪(りゃくだつ)されてきたお上品なお帽子は、素っ裸の男の子たちと花いっぱいの柄で飾られており、もっと広く探索する必要性を感じさせられますね。

「女伯爵、考古学者連の報告を読み進めてくりゃれ。サクシ卿の一粒種の頓死*なぞはどうでもよい、読み飛ばしてたも」。お后さまは命令します。

「サアアダより三キロメートルは下ったアッコの谷でのことだった。グリザイユ画法の見本で、過剰なまでに貴婦人の頭が描き込まれた美麗なる涙壺を発掘した。碑文を見るに、ロトに逆らったお気の毒な妻の肖像の現物であることに間違いはなかろう。肉付きよく、彫像っぽさ（後に塩柱へ変じたるごとく）のある、ショールを被る能面のような顔に美しさは見られない。今日では下町で踊っていたり、ティルベリー、フリスコ、ヴェラクルス[48]など現代都市の造船所内居酒屋や船着場で目にする顔だろう――むくんだ、ジン浸りの顔を見るにつけても、ロトの行動は正しかったのだと思えてくるが、おそらく言い訳としては認められぬであろう……とまれ、陶工の妙技を示す、新奇にして知られざる好例が見つかったことは確かであり、科学界で一大論争が巻き起こるは必至だろう……」

とまで震えながら読んだところで女伯爵はためらい、恥じ入る様子を見せます、トルガの伯爵婦人がご到来、控えめに部屋に入ってきたのです。

新製品の華美な薔薇のつぼみでフリル（ルーシュ）ったスカートを上手く着こなしているようで、いつもよりストッキングを見せびらかしていました。

＊エディ・パンチボウル閣下は死亡してしまいました。ソネットを執筆中、ジャッカルと出会った衝撃が大きすぎたものですから。墓はディス川の傍のアッコの谷にあります。ははん、あはれなるべしですねぇ、お亡くなり方がこんなにもよく分かっていないとはね！

「太陽の昇るごとき輝きだぞえ」とお愛想を叫び立てるお后さま。

「事実ですからね。お邪魔してごめんくださいまし、でも、あはれなガキんちょはお帰りになってしまいますわ」。伯爵夫人は答えます。

「なんとな、修道院長がやって参ると？」

「代わりに、化身のシスター・イレーネを送って寄越（よこ）したようですわ……」

「今日来るのを忘れておったぞよ」

さらばぞよと一々挨拶することに生理的嫌悪を感じるにもかかわらず、公務で毎日いやいやながらやらざるを得ないため、少し経って火炎宗の修道女に付き随（したが）ったマドモアゼル・デ・ナジアンジの入来を告げられたとき、お后さまは着替えも化粧もすっかり終えていました。

かつての女官の姿に安心し、ほろりとして、そろそろくつろいでもよいであろうと決心するお后さま。既にラウラは見習い修道服へ着替え、世俗から遠く隔たった超然たる存在となり、人から避けられたり、ちやほやされたり、圧力を掛けられたりすることはなくなっていました。もう息子と結婚される恐れもなくなったので、お后さまは涙をにじませながらラウラの私物類をちらと見渡し、わらわへ畏敬を示すための捧げ物や火炎宗土産がちょっとでもないかのと、探りを入れていました。宝石入れを隈なく眺めて回って、てんてこてんてこまいまいまいの一種を踊りながら、通り過ぎざまに小間物類を見、その向こうに下手くそな支那の仏像が置いてあったので、修道女が持つものじゃないわいのと考え、結局何もないいんかえと、にっちもさっちもいかなくなって、十字架を探して壁を見上げました。長椅子の上には、ゴーギャン描く『水路で首をくくる黒んぼ女』の黒ずんだ習作が架かり、圧倒的な画力でもって南国の鮮烈風景を描出していました。

「あはれなり公爵夫人」。思わずため息吐いて、考えの連想に耽っていました。

シスター・イレーネは舌っ足らずで慎み深い性格なので、お土産を選んでも全部修道院長に没収されるなんてお后さまには伝えられず、ロザリオを握り、キョロキョロあたりを見回していました。素早く何度もきっちり十字を切ることができたのは、裸の石像を見ちゃった時に練習していたからこそですね。目が鋭く頬がこけて、あとちょっと意地悪そうな顔は——凍えたスミレみたく——貧相極まりないのでした。

「修道院長はまだ瞑想中、勤行なされているのです」とラウラは傍の三脚テーブル(ゲリドン)にお后さまが近付いて来たので、伝えることにしました。

「まことかえ? 羨ましいぞよ」とお后さまは物憂く言い、この場にうってつけだと判断して、神秘主義的傾向を持つヴェルヴェットで綴じた豆本、スーリン神父著*『愛の叫び』を取り出し、

＊『朝な夕なに』の著者です。

断ろうとするラウラに押し付け、短いけれども心のこもったお別れのキスをしました。

「とてもかわゆく見えたぞえ」。修道女たちが行ってしまうと、長椅子に沈みました。

「長い廊下に架けられたチマブーエ[49]の絵みたいですわね……」。冷たい感じでトルガの伯爵夫人はぶつぶつ。お后さまの傍に仕えるマドモアゼル・デ・ナジアンジが宮中から退いた後釜として、ご執心のマドモアゼル・ブリューメンガーストを据え、二人で電話しまくろうというのが伯爵夫人の目下の計画でした。

「とまれ、婚礼が終わるまで、わらわ自ら進んでナジアンジの動向を探ろうと思う」。疲れ切っちゃったお后さまは告げました。

「婚礼の馬車の後ろを追って、私とケイバジョウ卿とが一緒に狭い馬車へ乗れってことですわね」と黒いカーペットの上に置かれたスエードのスリッパを、いばり腐った風に見下しながら、トルガの伯爵夫人。

「ケイバジョウは巨大な牡牛の如き男よな。奴とどんな話をするんかの？」

笑いをこらえるのに必死なドムプティダ女伯爵。

「みんなの意見じゃ、ケイバジョウ卿とドン・ファンの間にはなにもない、なにも起こってないんだって話で……見れもしなけりゃ、出来もしませんよぉん、毎時間ねぇ。助けるなんてできませんし、絶対にやらなきゃいけませんのにねえ！」

「安心してください、ランドー馬車にはレディ・ラウィーニア・リー＝ヘンナヒトもちゃんと乗り合わせてるでしょ！」

お后さまは組んだ両手に頬を乗せて、

「のぉ、ヴィオレット、ピンキーの戦[50]でスコットランドと干戈（かんか）を交え斃（たお）れたあやつの先祖の話を聞かされて、わらわ死にそうになったぞよ」と優しく。

「育ちが良かろうと、島国暮らしの女どもってゾッとしますからね、退屈この上ないんです」

「常識的に考えて評価に値しませんよ。僕、ここへ参ります途中、談話室を通り過ぎたんですが、陛下、見てしまったんですよ、レディ・ランチテイショクがゴブラン布の綴織（つづれおり）の裏を点検するため両手両膝を突いて四つん這いになり、カバーがずれた椅子を覗き込んでいるんですからねぇ！」

「ほっほぉ――――！」

「ガチモンの、マジモンですよぉ。通り過ぎましたよ、スリの現場に出くわしたようにランチテイショクさんを見ながら」

「音を立てずに探せと言われたのだろうて……」

「結局、エドウィン・ランドシーア[51]が好んで描いたビーグル犬や鹿追犬みたく、英国人って心底ごうつくばりなんですよねぇ！」

「英国人の格好いいところを見たいなら、電光石火の早打ちを見ろ、と言われてますね」

「ずばり、クリケットのことを仰っていらっしゃるのでしょう?」

お后さまは訝しげです。ローズ競技場で行なわれたクリケット試合で、大男たちが帽子も取らず木の棒を振っていたのを覚えていたからです。

「婚約期間が長うなることを願っていたんじゃがの」。階下の庭園で、水しぶきを勢いよく上げる噴水を眺めながら、意味深にぶつぶつ。

木綿のジャケットと水色のエプロンを着けた近侍たちが、午後の舞踏会に向けてチューバの木の下へ陶器類や銀食器の入った籠を運び、ディナービュッフェの準備を始めていました。

羽根パタパタしてぇ、小鳥ちゃん
ああん、パタパタしてちょうらい——

コマドリのように甘ったるくなれなれしい声で、青年が歌っていました。

「惨めなものじゃわいの、労働者どもが——! 庭も騒がしくなってきたぞよ」とお后さまが文句を言ったとき、王さまの図体がドアから覗いて見えました。従えてきた一等書記官——一介の平民出身——は、なぜかしら、奇妙にもその立ち居振る舞いに伯爵夫人の旦那を思わせるものがありました。

「来たか、ウィリーよ。わらわ、頭痛のお百度参りぞよ。一体どうしたことぞえ？」

「ゲオ王と誇り高き后のご両人はそなたを探しておるぞ」

「なんと、まことかえ、ウィリー？」

「麗（うるわ）しのエルシーも会いたいと言っておる」

「おかしくはないわいの。されど残念じゃが、たぶんわらわにはエルシーの相手を出来る活力も食欲もないぞよ！」と落ち着いて愛想良く、ちょっぴり嘲笑うようにぶつぶつ。

　トルガの伯爵夫人はほくそ笑んで、

「エルシー王女ったら、今朝、目玉焼きの他にお肉屋さんに肉を注文したんですよ、八時十五分前に」と断じます。

「朕が一系にとりて吉兆であるな」と祖父母を目にするように、伝ドナテッロ作の雪花石膏（アラバスター）製の少年の頭部を見て、まったりする王さま。

「心の随から英国人よのう、ウィリー……！　それはハムエッグぞよ……！」と両手で顔を覆うお后さま。

「宮中にある限りは――」と言って王さまは、男らしく絶対忠誠のポーズで頭を垂れていたドムプティダ女伯爵を立たせました。

女伯爵はあたふたフラフラとしながら、お后さまの手に熱いキスをしようと探していました。

「そやつ何をしとるんじゃ、ウィリー?」

「いちごの葉っぱを乞うてるんでしょ?」と図星を突くトルガの伯爵夫人。

「名誉の話で思い出したのですが……ゲオ王さまはピスエルガ王家に授爵する意向を詳らかにしたとかで」

「あんな訴訟沙汰の後では、レディ・ナンヤネンも落ち着かなそうだぞよ」

「昨日、ミス・ヘルヴェリンちゃんがオペラ・ハウスの新歌姫としてデビュしたんですよ。レディ・ナンヤネンも来てましたね、輝いてました。英国の侵略が始まってるんでしょね!」

「ボックス席から頭をばくいっと伸ばし、横の誰ぞに笑いかけているのを見たぞよ、曰く言い難い光景じゃが……卵を孵しでもしておったのかの」と気ままに長椅子のあちこちをゴロゴロしながら、お后さまはぶつぶつ。

「そちはご客人をもてなすのを忘れているのではないかな?」お后さまの背中にもたれかかり、王さまは叫び気味に諌めます。

「ウィリー、教えてたも、教えてたもぉ! そなたはゲオ王と煙草を喫するかいなや?」とお后さまは王さまの胸についたメダルをなでなで、優しく王さまを引き寄せて言いました。

「妻よ、若かりし頃を思い出す、かぐわしきかほり……」

「ウィリー、少しく話して満足したのかえ？」

「ゲオは狡(ずる)いとは言えぬ、なれど名状しがたき男ではある……」。王さまはぼかしました。

「椿桃(つばいもも)の君、ウィリー、ゲオを誑(たぶら)かすのには生まれ持った知性などいらぬのじゃ！」

「愛しの妻よ、借款がもたらされる前に、ゲオはそなたに政治について見解を求めるやも知れぬ」

お后さまはちょっぴり明るく笑いました。

「政治に対する見解なぞ問われても、わらわ、端(はな)から知らぬぞよ」

「お主のことはとくと信頼しとるさ、俺は。だが、式典に参加することを忘れてはならぬ」

「婚約期間が延びることのみを願っておるぞよ、ウィリー……」

XV

回廊の軒先で鳥さんたちは目を覚ました模様、ガーゴイルが取り付けられた破風(はふ)に掛かる蜘蛛さんのうろこへ、降りた露が瑞々(みずみず)しく光っていました。門番が守る門に据えられたピエタ像の上空、のろのろ動くピンク薔薇の結び目みたいな雲が巨人の花束さながら空を征(ゆ)き、透き通った水平線へ向かっていくんですよぉ。朝焼けの白無垢さには、世の魅惑がぜんぶ詰まっちゃっているんですよねぇ！　木々がリズムよくぶるんぶるん、お花さんたちは口パクパク、早朝の輝きはこの世のものじゃないようで——全ての創造主さまに焦がれちゃいますよねえ。

志願者房の窓枠に両膝を突いて、ラウラ・デ・ナジアンジは静かなひとときを思い出しました。明け方に婚礼を行なおうと企んでいたのに！

十字型の花壇と回廊の屋根が付いた壁に「蒼白イエス」が聳え立ち、上階にある美術品陳列室の窓に光が反射して、赤く輝いていました。

「いとお情け深きイエスさま！　忘れさせてくださいのです。心が痛むのです。今すぐ励ましてくださいい！」

でも、今日という日を忘れることなんてほぼ無理ゲーですよねぇ……。

さっきウキウキする曲の音が園の方から聞こえて来たような気がしましたが、耳を傾ける気分にはまだなれませんね。遠く宮殿ではエルシー王女が動き回ってることでしょう……部屋着(ペニョワール)になってるのかしら？　花嫁衣装がベッドの上で脱ぎっぱになってるわ。でも、そうじゃないんですよね。ぶっちゃければ、親王殿下の愛犬がいつもベッドとして使っている場所だとかいう噂なんです……。

自然と出る、とっても深いため息を吐いて掃除を始め、部屋を整理します。

祈禱台（プリデュー）の上に置いたままにしちゃあ、白頭巾（コルネット）って侘（わ）びしいですねえ！　とってもいかめしくってぇ、被れば老けて見えますよねぇ！

その頭巾を先っちょだけ、ほんの先っちょだけぐんにゃり曲げて、自分の顔に似合う角度に揃えたいと思いついちゃったりしたら、後悔しそうですかねぇ？

「感謝致します全知全能なる主よ。最後まで処女だったマリアさまに幸あれ。大天使ミカエルさまに幸あれ、そして霊父さまにも。私は言行によって、さまざまの罪を犯しました[52]」と箒（ほうき）の先に顎を置き、落ち着いて瞑想に耽りながら歎願します。

真っ白な壁に映る糸杉の蒼い影が珍しい絵画に描かれたように思えて、夢中になってしまうラウラでした。

「心眼を開かせ給えかし」。ゴキゲンでお掃除を終えてお祈りしました。

休日中の回廊なので、とっても静かなものでした。穏やかないびきの音が後ろ、いや閉じられたドアの向こうからでしょうか、はっきりと聞こえて来たので、新米寄宿生ラウラは逃げる準備を始めましたが、屋根が付いた壁の下、寂しそうな老ジェーンの姿を見かけました。

門番の老ジェーンは修道院の井戸端で日向ぼっこしながら、朝食の残りを鳥ちゃんたちに分け与えていました。

「ラウラや、ミサじゃけえ急がんと」と老いさらばえたごつい顔に満面の笑みを浮かべて。

「ここまで見事な朝だもの、眺めていたい。降りなきゃって思ったの」

「晴れそうな日の出は何度も見てるけんど、すぐ嵐が吹いて爆風が襲ってくるからのう。頭ん上で橙に輝く太陽は、わしが修道院に迎え入れられたときと同じさね。おおっ、忘れもせん、誓いをしようと思っていたときに枝割れ雷光が轟いたのじゃから、神に栄えあれ！　んで、大雨がわしの房っ飾りのついたヴェールの上に降ってきおったのじゃ、お慈悲あれぇ！」

「老ジェーン、何を読んでいるの」

「軽い読み物じゃよ、ラウラや、休日じゃもの」

「パスカルね……」

「宴の夜じゃのに、無駄働きさせられてしもうたわい」と回廊の甃の上でてらてら光る痰へ目線を落としつつ言い張りました。どの痰も同じように濁っているのに、あの丸っこいのはモンシニョール・ポットの、きざったらしくて健康的な色の痰はジョルディ・ピクピュス神父の、こっちのは修道院長の、そこのはマザー・マルティネス・デ・ラ・ローザのやつ、などなど見分けがつくのが老ジェーンの自慢でした。

「もちろん、お忍びのお出かけの日よね」

「シスター・ドロテアとブラザー・ベルナール・スールの逢い引きが露見してから、お忍びのお出かけは認められとらん」。サンダルを履いた足指の間から外を覗き見ようとしているトカゲさんを戒律に基づき穏やかに咎めつつ、門番老ジェーンは答えました。

でも、こんなキラキラ輝く朝に教えをうんぬんかんぬんするなんて馬鹿らしいでしょう？ぽかぽか太陽に照らされて、千匹のセミさんがみーんみーんと無邪気そう。鳥さんはお金のことなんか意に介さず、木の間をふわふわと飛び交っています。

「イエスさまぁ、マリアさまぁ、ヨセフさまぁ」と老ジェーンは猫撫で声で言い、尼さんのように毛織り布で顔を覆って、右も左も振り返らず回廊を歩いていき、ぴしゃりと音を立てて扉を閉めました。おや、もう修道院の中は活気づいてきたようですよ。聖母時禱書（せいぼじとうしょ）を熟読しながら、ビレッタ帽を被った神父さんが回廊の庭園をゆっくりぐるぐると回っています。免罪符がいっぱい付された聖墳墓を修復しながら、マザー・マルティネス・デ・ラ・ローザが現れ、杖に全体重を預けて、もたれかかっていました。

同時にマルチンの鐘が鳴り響き、祈っている人皆に知らせました。

お金持ちの未亡人ダクーニャ伯爵夫人が、アンダルシア生まれの美女ドニャ・ドローレス・バアアツとの友情が永遠に続かんものと欲して建てた修道院内の礼拝堂には、いてはいけないよと鐘が鳴り響いたのにもかかわらず、まだ居残っている人が二、三いるようです。

ラウラはあたりを見回し、扉の傍にある聖水盤と、ヴェールを被されたフレスコ画『割礼図』の間にある、いつもの場所にシスター・ウルスラがいないことに気付いて、がっかりしました。

ウルスラから「鞭打ち合いっこしよ」との申し出を受けた際は驚いたものですが、断ったら、挨拶しても塩対応されるようになって胸が痛むのでした。

「信じてた相手に傷付けられ、裏切られたら、神さま以外に誰を頼ればいいのでしょうか」。愛によって作り上げられた、まさに奇跡的な象牙製の十字架を握りながらラウラは息を吐きました。

ミサが終わったので、みんな共同食堂の方へ駆け出していきますよぉ！

シスター・クロティルデの後に付いて、あたふたと鈴なりになった尼さん連の中に、近視ゆえに杖で手探りに進まなけりゃならないシスター・マルティネスが、ホップ＆ステップをしながら駆け込んできました。

「黙るべし」と張り紙された（今じゃ間違いなく無視されている禁令でしたけど）アーチの下を通ってきた一同は、むせ返るお茶やコンソメスープ、果物のかほりに迎えられました。この修道院では食事中、シスターの一人が信仰主義の古典名著を読み上げる習慣になっていて、知的な朗読会と言えるんでしょうけれどぉ、「紅茶かコンソメ？」「バナナ、柘榴（ざくろ）？」とかひそひそ声が喋り散らされるので、お馬鹿さんやおヒスさんは笑いを抑えようと必死になるんですよね。

貴族的だけど食いしん坊そうな面持ちの尼さんが書見台に登り、ビザンツ僧バシリウス・サトゥルヌス師の退屈なる生涯を再び読み上げようとした時、マザー・マルティネス・デ・ラ・

ローザが、ピスエルガじゅうがお祭りなのじゃから、今日は無礼講じゃよ、と告げる役を買って出ました。

「イマドキの女の子たちって、舌に金箔を貼ることに熱中してるよね、でも、心配になるんだけどさ。身体に毒じゃね？　舐める俺にとってさ！」と枯れた尼さんが紅茶にバナナを浸けながら、ラウラの右耳へ内気に囁きます。

共同食堂にもウルスラはいなくて、ラウラは残念で仕方なく、尼さんたちと、今世間で異教徒みたいな格好が流行っているなんて話に打ち興じる気にもなれません。

ブラインドのない剝き出しの窓の向こうで青色に輝く空が燃え、集まった野次馬どもの歓声が上がり、だらけた空気が急にみだらな熱を帯びました。絶好のタイミングに合わせ、通り(ショセ)から超絶技巧でオゲレツな音楽が、やるせない単調な勢い(エラン)で熱っぽく奏でられ、古びた蔓に覆われた高い壁の向こうの大通り(ブールヴァール)に人が溢れ返っています。

「マザー、繻子(しゅす)の鬘飾りにキレイな色した蘭を付けるのはどっちの国のお后さまだったか、すぐにゃ思い出せないよ。でも、どっちか片方は必ずやるでしょ！」　化身のシスター・イレーネは長広舌を振るっていました。

「バラさなきゃならぬよ、バラさなきゃなあ、わし、お后さまの下着を盗み見たくなったんじゃよ……」と細心の注意を払って桃の皮を剝きながらマザー・マルティネス。

「マザー、わいは舞踏会お仕着せとか靴とか、夕方用スリッパのが見たいのだけれどもね！」

「ファビュラスな宝石じゃものね……」

「シスター・ラウラはもち花嫁衣装見たよね？」

でも、ラウラは聞いていないふりすらしていませんでした。

無礼講は引き続き、尼さんたちは窓辺でピクニック中、元華形女優のシスター・イネスは、かつての当たり役ジャンヌ・ド・シメローザ、フルフルさん、サッフォー、お煙草さんを心の底から演じきっていました。

もう耐えられない、とラウラはその場を離れました。

「みんな良い子ちゃんねえ、わたち、一日中お休みで、殿方が来た時だけ活気づくのよねん」

と厚かましく言い張って、シスターたちを呆れかえらせながらも喜びに身悶え(みもだ)えさせていました。

独りで外の空気を吸いたくなり、運動場へ向かいます。暖かい食堂を出て、度肝を抜かれるでかさの杉林の絹筋の影を逍遥(しょうよう)するのはとっても楽しいです。人気のない小道には、太陽に耐えられなくなった、金色の花を咲かせるセンシアの木が薫り高い綿毛を地面に散らばせ、やがてラウラはある種のめまいに襲われました。ウルスラと会いたくてたまらなくなり、房へ戻りました。

シスター・ウルスラは窓台に身を寄せて、初夜を迎えた公爵夫人のようにしゃがみ込んでいました。

「おい、おいったらよぉ、野次馬見えてんじゃん!」

「ウルスラ?」

「そうだけどさ、なんか用?」

「邪魔ならあっちいくね」

「キレてんのかい?」と分かりにくいけど愛らしい目付きで、シスター・ウルスラはくるりと振り返りました。

「ちょっと、ウルスラ」。友達へ向かって咎めるように笑いかけ、ため息吐くラウラ。

切れ長の瞳は片方だけが横に幅広く、細く蒼白い顔に貴顕然とした印象を与えていました。白頭巾で髪の毛は全部隠れていますが、赤銅色か栗毛色といったところでしょう。ツンと通っていて神経質そうな小鼻の下にはちょっぴり、よく見れば分かる程度に口髭が生えており、疑いの余地なくウルスラの性格を示しています。でも、キレイで形の良い手が一番の特徴ですよね。

「ねーねー、ラウラくん、俺らがさ、鉛山の上に登ったりしたら、地震が起こりそうなもんじゃね?」と聞いてきました。

「窓辺にいたよね、私、忘れてたわ」。疲れて、小振りな籐椅子に身を沈めるラウラ。

「ラウラくん、聞けよ……！」

「歓声を聞いてると胸が苦しくなるの」

「大悪魔アスタロト！　めちゃ人がいっぱいな馬車が！」

「ええと、後でまた来るね。私の房なら騒ぎも聞こえないし」

「せっかくだし、ラウラくんに鞭で打って貰おうってさ、思ってるんだぜぇ！」

「ああ、ああ……！」

「お子ちゃまじゃないんだしさ！　大人しく従いな！」　優しく笑うシスター・ウルスラ。

「この歓声、頭がおかしくなる」。苛まれて眼球をぐるりと回し、ラウラは息を吐きました。

　十字架と「主のおみ足にパンジーの花を捧げ奉り度く候」と記された文書。蒼い紙袋に入った新鮮な二個の卵、紐の切れっ端、聖務日課書、枝鞭（えだむち）、大した量ではありませんが、部屋にあるのはそれが全部です。

「こんな文書持ってなかったじゃない、ウルスラ」。大聖堂の胸壁に掲げられた映画会社設立予定の看板に気を取られながら、ラウラは言いました。

　この国の教会は改革の余地が大いにあるわ！　最暗黒の時代を迎えようとしているのだから！　新しく十字軍を組織して……ワインの入った魔法瓶を口にくわえ、石の翼を持つ天使像へ歩み寄り、抱き付いた酔っ払いの爺に怖気を震いながら考えました。

「さ、ラウラくん、俺をさんざん辱めてくれたまえよ」とシスター・ウルスラは甘えてきました。

「いや、絶対にいや――！　――！　――！」

「大したことじゃないぜ。昨日、シスター・アグネスに鉄棒へ吊されて、重たい鍵束でひっぱたかれたのに比べりゃな」

「ああ……」

「朝になってアグネスくん、めんどりさんの卵をくれたぜ。心遣い行き届いてるよな、めちゃ感動した」

息を飲むラウラ。

「痛かったんじゃない？」

「何も感じなかった――魂は遠くに行ってたからな」。通りにわくわくと視線を送りながら、ウルスラは答えました。

今まさに時は満ち、群衆の歓呼ますます騒がしく、宮中の寵臣連や様々な著名人が大聖堂の用意された扉の前に続々到着していました。

「枢機卿の祭服に付いたノミまで羨ましいって思えちゃう」とのぞき見したいゲス心に溺れながら、シスター・ウルスラは断じました。

そんな友達の姿にラウラは激しく幻滅して、放っておいてそうっと出ていくことにしました。

でもね、外の大行列を覗きたいという衝動だけは伝染(うつ)ってきて、庭にある聖墳墓から修道院の壁へ登ることもできなくはないと思いつき、言うことを聞かない本能につき動かされ、逆らえなくなりました。子供時代、ときどきその壁を登り、彼方に広がる街の道路(尼さんたちによって「ウチニャルシェイ」とか呼ばれていた)で起こる出来事を眺めていたのでした。回廊を通り、でかい石造りの果物籠を戴(いただ)いた古い門をくぐり抜け、ツタで覆われた遮蔽壁のレンガを無我夢中に辿って、誰にも見つからず洞窟まで着けて一安心。鬱蒼とした森に囲まれた、かつて、とあるシスターが霊妙なる聖痕を受けたと伝わる場所でした……。猫みたく必死に両脚で洞窟の岩石を登って、他では拝めない見晴らしの良い場所へ向かうため骨を折りました。

万国旗が炎のように翻(ひるがえ)り、黒山の人集(ひとだか)りが出来ていました。「聖母さま」とラウラはため息、たてがみが黒く染まった白馬に跨がる将校が居丈高く馬を後退し、辛抱強く待っていた人々の中へ入り込んだので、抱っこされていた赤ちゃんが恐がって泣きじゃくっていたのです。

「ほんと、最後の審判の日が訪れたようね」とラウラは目をぱちくりして考えました。

物乞いの少年たちは式典演目や幸運の蹄鉄(ていてつ)、サトゥルヌス紋章(これは紳士に限る)――「ゲオ王と誇り高きお后」のポストカードなどなど……を売りながら、とても人が通れないと思えるような場所まで詰め寄せていました。

ユーセフはどこ？　グルグル回りながら飛ぶ鳩ちゃんへ目線を寄せ、繰り返し発射される号砲にビクッとしながら、あそこにいるはずよとラウラは思いました。穹窿の下に！　尖った剣のような舌を忙しなく探し続け……。

　歓声が広がったのはお后さまの到来が告げられたからでしょうか。いえ、違ったんですよねぇ、出て来たのはダイヤモンドを縫い込んだ日傘を差す淑女で、熱狂した群衆から非難囂々を浴びていました。その正体はマダム・ヌラシテ、「恥を知れ！」「殺せ！」と追われ、羨んで息を飲む音を聞きつつ、遅ればせながらの宮中入りを満喫しているのでした。と、ここでしばらく間があり、いろんな英国文化の代表および体現者――レディ・アレクサンダー・E・V・ルーカス、ロバート・ヒチェンズ、クラットン・ブロックなどなど[53]――を乗せた馬車が堂々たる足並みで通っていき、使い古された陳腐なものを神格化した合奏曲にも見えました。「頭に鷺の羽根をつけまくってる人いるよね」。野次馬の一人、若い女性が言いました。誰も否定しませんでした。

　連隊、先導騎手に続いて、とうとうお后さまが入ってきました。

お后さまはコリント様式のクラミスを纏い、乗っているデルフィニウム色の線が入った馬車は、六頭の葦毛馬に引かれていました。

　続いて新婦とゲオ王が向かいの道にお辞儀して……。

歓声。

「ばんざぁい」――

静けさと緊張が。

壁の下から乞食の声が絶え間なく、尾を引くように聞こえて来ます。「愛神さまにすがりましゅ……あはれみの、あはれみの名において」

「あはれみの」ラウラはオウム返ししました。凪にそよぐ、空のように蒼いイトジャシンに向かい。そして、壁の上へ冠のように飾り付けられた砕けたガラスの先へ身を寄せて、将来のことを考えていました、神に仕える――一人ぼっちの日々――死ぬまで。

『パリのダンテ』のワルツ曲が瞑想しようとしていたラウラを遮り、悩ませました。

ラウラとユーセフはこの曲で何度一緒に踊ったことでしょう……時にはツー・ステップで！ なんて名残の品なの……ユーセフ、ユーセフ……大聖堂の上空で、小間切れになった雲は陽を覆い隠していました。子午線の激しいまばゆさに、混み合った通りはあたかも催眠術に掛かったようです。ときどき日傘が傾ぎ、うんざりした兵士が足を貧乏揺すりしています。その時、鐘楼（しょうろう）から無愛想にガーンゴーンと音が響いてきましたよ。

息を飲むラウラ。

来たの？

荒々しい拍手喝采、たくさんのハンカチがふりふりされます。屋上から、バルコニーから、花のムッとするにほいが漂い、新郎新婦が姿を現します！

けれど、ラウラの関心は花婿のみです。

自分でも気付かないうちに壁の上のガラスの尖端に両手をぶつけ、血が流れ始めていました。

「ユーセフ、ユーセフ、ユーセフ……」

一九二一年七月―一九二二年五月

ヴェルサイユ、モントルー、フィレンツェ

■「足に敷かれた花」訳注

(1) どちらも不明ですが、フランス第二共和政でアルフォンス・ド・ラマルティーヌらと中心を担った政治家にルイ＝アントワーヌ・ガルニエ＝パジェがいます。ドラはその縁者でしょうか。

(2) シルヴァナス・ストール（一八四七―一九一五）『青春の危機』より引用。スタールはルター派の牧師で自慰行為の害を説いた人物、カトリックのファーバンクとは相容れるはずもない存在ですが、この引用は馬鹿にするためでしょう。明治三十八年に日本語訳が出ていますが肝心の箇所は割愛されてます。

(3) オペラ『ルイーズ』第三幕より。初めて抱かれた日から、みたいな露骨な内容で、ラウラと親王のプラトニックではない関係を暗示するものでしょう。

(4) 中東の有名な恋物語。東洋文庫から『ライラとマジュヌーン　アラブの恋物語』岡田恵美子訳あり。

(5) 創世記に登場するエラムの王。エラムはイラン高原南西部にあったとされてます。

(6) アラブ音楽やトルコ音楽で使用される打楽器のこと。

(7) モロッコの古くからある履き物。スリッパに近い形状をしています。

(8) 不明。中東風の衣装か。
(9) クレオパトラはプトレマイオス王朝の出身。
(10) カルナックはエジプト、テーベ近郊の地域、プント国はエジプト南東に古代所在したとされる国家。本作品中では現存しているようです。
(11) フェザラ湖はアルジェリアに所在、タラフィルト地方はモロッコよりの地域を指します。
(12) 中東・北アフリカの民族衣装。
(13) イスラム教の聖月の一つ。シャーバン月、ラマダーン月と続く。この時期に断食を行う人もいます。
(14) フランスの著名な自動車会社。
(15) 全く不明な人名群。七章の親王発言を見るにワセリン、メスヤギ兄さんなども含め、宮廷道化師の類いでしょうか?
(16) (一六二一―一七〇七?) フランスの軍人。義弟アンソニー・ハミルトンによって回想録が出版されました。残念ながら邦訳は確認出来ず。
(17) (一六一七―一六八二) 十七世紀スペインを代表する画家。
(18) スペイン北東部に位置するピレネー山脈の中央部に位置する山地のこと。続く印章はマルタ十字。
(19) ケンブリッジ大学の一部、女性のために作られた初の全寮制カレッジ。
(20) ロンドン中心部にある地区。
(21) スペイン首都マドリッド北西にある複合施設的な修道院。
(22) ペル・メルに所在する宮殿。現在も英王室の宮廷が存在。英国大使には「聖ジェームズ宮殿より」と枕詞が付くことで知られています。
(23) どちらもルネサンス期の主要な画家。
(24) カトリックで復活祭前の四十日間を言います。
(25) ギリシャの中央マケドニア地方に存在する県のことか。
(26) オーストリアにある宮殿。ハプスブルク家の離宮として使われていました。
(27) ラテン語訳旧約聖書詩篇四十二篇から。翻訳は下記サイトに基づきました。http://doratomo.jp/~maria_telejia/bachican_home/triient/trent_01.htm
(28) 詩篇百三十篇、通称『深淵より』から。
(29) 詩編百十七及び詩篇八十五から。
(30) 詩編四十二篇から。
(31) ナポレオンが流されたセントヘレナ島のパロディでしょう。
(32) バチカン市南東部にあるローマカトリックの総本山。
(33) ロンドンにある超高級ホテル。リッツ・ホテルとは商売敵だからでしょうか。
(34) フランスの百科全書派の哲学者。友人ディドロによる対話篇『ダランベールの夢』で有名。
(35) ロンドン中心部北西の地域。
(36) オペラ『トリスタンとイゾルデ』の曲。ミセス・チュメタインスイはドイツかぶれなのでしょう。
(37) 十八世紀の小説家。『トム・ジョーンズ』、『ジョゼフ・アンドルーズ』などで有名。
(38) トレチェントは十四世紀イタリアの文化芸術の時代区分、トスカーナはピサの斜塔などがあるイタリアの一区域です。

(39) バーカーは有名な靴のブランド、セルフリッジはアメリカ人によって作られた著名な百貨店。日本で『セルフリッジ　英国百貨店』としてドラマが放映されました。ブライトンはイングランド南東部の港町。

(40) ガンドゥーラと同じく中東・北アフリカの民族衣装。

(41) イラン東部の州の名前。

(42) イギリスの君主により授けられる騎士団勲章。

(43) アルジェリアの県都。

(44) 不明。他文献からも確認できるのでローカルな踊りの一種でしょうか。

(45) ベルベル人とも。北アフリカに古くから住む民族。

(46) ワインの発酵装置。タンクのようなかたちをしています。

(47) 本作執筆時の英国首相デイヴィッド・ロイド・ジョージ（一八六三―一九四五）の妻、マーガレット（一八六四―一九四一）のこと。当時ロイド・ジョージは秘書フランセス・スティーヴンソン（一八八八―一九七二）と恋愛関係にあり、妻との間は冷え切っていた模様。スキャンダルにもなりました。妻の死後二人は結婚します。お手軽に薔薇の花の名前が変えられる話をネタにファーバンクはこのあたりを当て擦っているのでしょう。

(48) イギリス、アメリカ、メキシコの港湾都市。人が多く流入してくる土地柄、多くの映画の題材にもなりました。

(49) （一二四〇？―一三〇二？）本名チェンニ・ディ・ペーポ。イタリアゴシック期の画家。聖母画を多く残しました。

(50) ピンキー・クロッホの戦いとも。王族間の結婚を巡って一五四七年、スコットランドのエスク川付近で行われたスコットランド軍とイングランド軍の戦い。大勝を収めたイングランドですが、スコットランドの同盟国フランスの介入を呼び込み、ややこしいことになってしまいました。
(51) (一八〇二―一八七三) イングランドの画家。犬など動物を多く描いたことで知られています。
(52) カトリックの告白の祈り。ミサの前に行なわれます。日本ではミュージカル『ノートルダムの鐘』のフロロー司祭の歌「地獄の炎」に使われていることで有名。
(53) レディ・アレクサンダーは、ヘンリー・アーヴィングと並び立った名優ジョージ・アレクサンダー(一八五八―一九一八) 卿夫人フローレンス・ジェーン(一八五七?―一九四六) のことでしょうか。E・V・ルーカス(一八六八―一九三八) はユーモア作家・文芸評論家。よく出来た女主人ならベッドサイドにオー・ヘンリーかサキの小説を置いておくべきだという主旨の発言が知られています。ロバート・ヒッチェンズ(一八六四―一九五〇) は英国の作家。「沙漠の花園」、「パラダイン夫人の恋」など有名な映画の原作を執筆しました。クラットン・ブロックはジャーナリストのアーサー・クラットン・ブロック(一八六八―一九二四) のことでしょうか。

見かけ倒しのお姫さま

一　淑女、相方から頼まれるの巻

「広場(プラッツ)で白い市街バスを拾ってね」と姫さまがぼそり。「でも、花市に着いたらさ、群青色のに乗り換えなきゃいけないよ。『とさつじょう(アバトワール)』へ行っちゃうことになるからね。今日じゃなけりゃ、お忍び用のガラスの馬車で向かわせるとこなんだけどな。あはれな姉様が少年聖歌隊の坊やと駆け落ちした際に使ったやつさ。ボクの誕生日だから、お馬さんたちは暗くなるまで休ませるように命じといた。今夜やつらは花火と、あ、たぶんお星さまを見物するために引き出されるわけだよ……ちょっと、ねぇ、男爵夫人(テレザ)。キミは美味しいスイーツ食べないの？　紫のなんか見ててムラムラしてくる。蘭の砂糖漬けだろう。こっちのピンクのやつは野ばらの蕾(つぼみ)かな。革命の嵐吹き荒れる最中だってのにさ、大統領は殊勝なことに、ボクの誕生日を覚えててくれたんだ」

ルドリーブ男爵夫人は断ったけれど、結局頷いてしまいました。それが流儀というものです。

ピアノの前に坐り、姫さまの指揮に従ってリストの狂詩曲を巧みに演奏し、天井を飾る聖母戴冠式の絵へ大袈裟な身振りで目線を向けていました。スイーツを二つ飲み込む間は黙っていましたが、やがて戸惑いながらため息を吐いてみせます。

姫さまはありえないけちんぼです。白のバスなんて、それにダサい青色のなんて！　なんという屈辱、姫さまの性格の悪さが滲み出ていますよね。

何とか代案を出せないものでしょうか。「ランドー馬車を頼めば。人の噂にも立たないですわん……」

姫さまはちょっと肩をすくめて、「ダメだ。キミはバスに乗るべきなんだよ」

強い意志が現れた、オブラートに包まず薬を飲ませるような甘ったるい声でした。

姫さまは優雅だと宮中で評判です——ニコラ・ド・ラルジリエール(1)が絵の如きと。けれども、母上であるお后さまは、娘は間違いなくイネーヨ＝ゾンナガカー・オッテンバー(2)の作品だと仰っています。

「そんな画家、聞いたことないですよ」と女官たちならば言うでしょう。一揖して両目をぱっちりと開けながら。けれども、お利口さんと言われる（何巻にも及ぶ著名な罪人どもを弁護する書や、夕方から姫さまの誕生パーティで披露される予定のエクストラヴァガンザ(3)の台本を書いていたものですから）女官長は一再ならず断言して曰く、姫さまの上品なかんばせは、極彩色の輝きは、後期オッテンバーの画風にのみ見受けられると言うのでした。

お后さまはいつも同意します。「そうっしょ。マヂで好みな絵だもん。超超超ありえないからね。雄渾(ゆうこん)な背景とかほんとラブ。なんか仕切りカーテン輪で括(くく)ってるし、乱層雲の描きっぷりもゲロ甘じゃん」。王朝数百年の歴史に於いて初めての冷笑家こそ、このお后さまなのです。マジに始祖たる存在かもしれません。先のお后さまはその身のこなしを、バビロンの女王セミラミスが如きその冠絶の際を、その治世を、仮面舞踏会(マスカレエド)の刺繍された中世風の綴織の上でしか見せることが出来ませんので。だからこそお后さまは無理解の対象になりやすいのです。諸人こぞって、お后さまをぶったまげの大馬鹿者だと思っているようですね。「黄色の前髪に知性なんてないからねえ」とかね。

姫さまは十七才で——けれど、これはカジノで麻雀(マージャン)に耽っておられる日々を抜きにしての話ですよ。そんな時は前髪に白粉を振って、金剛石のイヤリングを付けて、二十二才だと仰っていました。「ドッキドキするほどなっまいき！」よくその場に居合わせる気立て良しの美人さん方は、姫さまを崇めています。

みんな、姫さまを大大大好きか、心底嫌い抜いている人しかいないのです。その肢体は弥撒(ミサ)典書(てんしょ)に出る聖処女みたく完全に欠いていました——性の実態を。

「のっぽのっぽの学生ボーイ」とお后さまは娘を、隣国のお后さま宛の書簡の中で表現されていました。

ぴっちり着こなすのはすんごく抜けてるっていう認識だったので、姫さまの服のチョイスはだいたい、いつもテキトーでした。だから、とっちらかったパジャマを愛用していました。

今日もこのこましゃくれは、レースがふんだんに施された布地によじれたリボンを結びつけ、「霊感！」などと命名した、袖の付いていない服を着ていました。その細い腕は花の茎に似ていて、爪の尖った指の先へいくにつれて霞んでいき、やがては蒸発するか空気中に消えてしまいそう。

姫さまが一筋縄ではいかない存在ってはっきりしたでしょう。光芒を放つマリオネット人形みたいでした。

男爵夫人は細身でお疲れのご様子、大時代的聖母像とでもいった風情です。鑑定士好みの妙に褪色したお顔に、エル・グレコの聖人画を思い出しちゃう、神々しくてびくびく震えやすいお手々していました。鼻頭は心なしか片側に傾いていて、策略や、人を欺く術に長けていそうです。若かりし頃、男爵夫人は熱愛を繰り返しているとの評判で、三種類の違った言語で書かれたラブレターを、化粧台の上に置かれた銀の箱の中に隠し持っているとか囁かれていました。その人誑しっぷりは世界各国にまでも及び、政治問題からもみやびに逃げ回っていました、生まれつきのとらえどころのなさで。してその神髄は？と問われるなら、きっとがさつさにあるんでしょうね。そりゃあもう、一つの学問と言えるほどでしたよ。がさつさは男爵夫人の純粋芸術（ファインアート）と化していたんですから。髪を手入れせずに散らしたままにしたりして。帽子をあっちゃーと思えるような角度に被ったりして。もっと言っちゃえば、ワンピースにはいつも大量の鉛ガラス製のボタンが変な位置に取り付けられていて、声高にちゃんと留めてよーって叫んでいまして、男爵夫人の周りにズボラな雰囲気を漂わせていたので、うら若き廷臣たちは虜（とりこ）となってしまいます。

　チョー敏感でチョー影響されやすい体質なので、十五分ごとに表情が変わるんです。あらん限りの美貌を引きずり出して、その上に虹が掛かった面持ちにしていました。日が沈んだら色（いろ）褪（あ）せてしまう驚異が男爵夫人の顔にまだちょっとだけ残っていて、月の光のように輝いて、凄まじく綺麗なのでした。残念ながら、男爵夫人は醜（みにく）さの方面でも同じように敏感で影響されやすかったので、頭の単純な人たちを電報通知みたくぶっきらぼうに扱い、毒舌を振るいまくったせいで敵を増やしてしまい、王さまとのお喋りや総理大臣との夕食が終わると、毎度のように美しさが台無しになっちゃうと評判でした。

「女らしさの極みでしょ。気難しく生きるってたのしそー（ジュワ・ド・ヴィーヴィル）！」廷臣連中は言うことでしょう。

「コブラですよ、ご主人（あのひと）は」と、男爵夫人をカンペキに理解しているお付きのメイドは考えていました。

今朝、男爵夫人が姫さまの誕生日を祝うために着た布の服は、おニューで不思議な芸術的な色使いで、鮮やかなピンク色した夾竹桃の花模様が気ままに刺繍されていました。大仰なフリルの付いた短い裾が意味深に、狡猾な蛇のように、ルイ十五世風のハイヒールへと巻き付いています。

ぼろくなったピアノ腰掛けの端に坐せば、男爵夫人もちょっとはましなところが見えてくるものです。ぼんやりとした横顔は、壁に架けられた良さの伝わりづらい傑作群を背にして、なんか儚げ。意識せず重たい黒扇をあおいで、空気を乱しました。アヤメに囲まれたピアノに臈長けた姿態の聖像が取り付けられてあり、金箔を貼られた顔でうっとりと男爵夫人を見つめています。一生のうちに人付き合いの良い人はよくするけど、意味はあまりない思わせぶりみたいですね。

姫さまは楕円型の肖像画に描かれた貴婦人——正史に名高き「ベリル最悪女王」へと眠たく目を向けます。髪に星飾りをちりばめ、フランス製の夜会服を纏い、昼顔の花綵ひいて、パカパカ走る軍馬を従えています。ジャン＝マルク・ナティエ(4)によって描かれたものでした。

「もう二時じゃん。街はみんなシエスタしてる。真夜中よりも秘めごとの起こる時間」と言って、姫さまはちょっぴりふるふるするのです。

「お后さまをお忘れではないでしょう、姫くん」。男爵夫人は嘆きます（夫人は姫さまを「姫くん」と呼べる特権を得ているのです。いつでも好きな時に)。「一時間前、自動車にて出御なされましたのん。鉢合わせしちゃったら、針のムシロにございますわん」

姫さまは振り返りざまに、「ママってすんごく着込んでるからさ。ぶっちゃけ危ないと思うんだけどね、まあ、キミが行き合ったとしても、日傘開いて身を隠せば何とかなるさ」

お后さまは自動車にお熱です。運転席に坐る時は王冠をかぶっている時なのです。これじゃ見間違えようないっすね……外人連にとって女王様は憧れの的でした。特にアメリカ人にとっては。あの人たち、京師に芸術を学びに来ているんですもん。

「正直なところを申しますとねえ、姫くん。ひどい頭痛がしてるんですわん。今朝起きたときに気付いて。これ、嵐がやってくる前兆だと思うんですのぉ」と男爵夫人は扇をほうり投げ、指輪を抜いて、憂鬱なフーガを弾き始めました。

「嵐がやってくる前兆だと思うんですのぉ」。姫さまは男爵夫人の真似をしてふざけると、煙草に火を点け、窓のブラインドをちょっと上げました。強い日差しに姫さまの諸元素が輝きます。「はい。全然面白くないよ、それ。まだピアノ弾き続けたいなら、辛気くさい調子は控え目にしてよね」と、そこに謎めいた付け足し。「ボクに聞かせたいなら、あの聖人が死んだ後にしてくれ」

外、宮殿の窓の下、太陽の光がライムの大人しい枝へとふりそそぎ、その樹幹は青々としたプールの周りで揺れ、中ではイルカが我関せずと泡を吹き、光は花しか生えない変わった形をした花畑とその縁石（合間を縫って雑草が生えるさまは東方産ショールの模様を思わせました）を温め、遠近で枝葉が傾いで、青く濡れたウェレン連山が丘また丘の上に聳え、山筋には高級自動車群が明滅しています。天高く、青白すぎる空は白粉をまぶしたように望めました。ライムの花のかほりが開いた窓より漂い来たり、姫さまのいる年代物の宮廷家具に囲まれた長い廊下のある部屋を満たしますと、支那の茶煙草とほどよく混じり合い、姫さまに吸引の快楽をもたらすのです。

なんて優雅な眺めでしょう！　欺瞞に満ちた空でしょう！　なびく木のカーテンの後ろ側に彎曲した錬鉄製の門があり、歩哨たちが歌舞いた羽根付き帽を被り、陽光照り返す剣を提げてうろつき回ってるなんて誰ぞ思うのかしらん。さらにその向こうには白亜の街があり、無数の尖塔と金のドーム型のオペラハウスあり、劇場あり、広々とした通りあり、カフェがあり、静かな夜にはそこいら一帯からヴァイオリンの音色が聞こえてきて気紛れに震えるさまは、風が着飾ったリボンみたいです。宮殿の窓の下で大人しくしているイルカが我関せずと泡を吐き、葦と百合の狭間で阿呆のように宮殿の窓枠を見つめ、時に蝶さんがひらりひらりと舞うのも、時に鯉さんがぽちゃんと飛ぶのも無視しているうちに、そんな烏滸の沙汰が起こっているとか誰ぞ思うのかしらん。なんて優雅な眺めでしょう！　欺瞞に満ちた空でしょう！　大きなもののその内に小さきものの挟まるは、陶磁の器や皿の中、絹の扇の面の上、描かる景色に似たりとぞ。

「たっ、煙草……こっ、こたえますわん……今何時ぃ？」どもった男爵夫人、勇ましくはない指で心臓を押さえます。

「馬鹿じゃね？　テレザ。そんなビビリだと思ってなかったよ。ほら見ろ、手紙を書いたんだ。取ってよ、別に危険はないんだからさ。『ファウスト』第二部並みにわけが分からない内容だ。いや、もっとわけわかめマシマシと言っていいのかな」。姫さまの辛辣（しんらつ）な調子が冴え渡りますね。

封筒にはライラックや水仙のかほりが染み付いていて、住所は左記の通り——

聖ヨハネ・ホロージャ
モントーニ荘

「モントーニ荘って！」男爵夫人はバロック様式の天井へ眼球をぐるりと回して屈従を示すと、封筒を出来うる限り迅速にガウンの襞（ひだ）へたくし込みました。「当然ながら、姫くん。御前は御前のお喜びになる行ないをなされれば宜しいのでございますわん。わたくしとして申し上げることは何もありませんけれどん、わたくしが御前の立場でありますれば、そんな明らかな夢物語……」
「モントーニ荘は街から三キロ離れてる」と姫さまはありえない形をしたクッションにもたれかかり、頭を深く埋めながら、「門を通って市街バスが走ってる。全面漆喰で塗りたくられた低い塀には芸術センスない告知がいっぱい貼り出されてて、マジ最低って感じ。荘の扉の両端に柘榴の樹が植わってる。なかなか堂々としたなりの。聖人はペットを飼っててね。めちゃカワ太っちょ鳩ちゃん、救難の使いとして空を越え手紙を運んでくれるんだよ。昨日の夜、ボクは二羽の鳩ちゃんがペアのストッキングをぶら下げて宮殿の上を飛んでいくのを見た。聖人の庭では、真冬でもさ、南国の花が盛りを競ってて、熟れた苺が一年中獲れると噂される。バスケットを持っていくのを忘れちゃダメだよ、フルーツ大好き人間ならね」

男爵夫人はクソデカお目々で、フェリシアン・ロップスの弟子によって描かれた磔刑図を眺めます——青ざめた女性が銀色の茶会服を着て十字架の上で四肢を広げ、粉を振った髪にはピンクの薔薇を挿しています。真珠のネックレスがキリキリと喉の周りを締めて女性を十字架に結び付け、血を流す腕は、脚は、入手が難しい絹へと包み込まれています。十字架の元には扇が、手紙が、ハンカチが横たえられており、縛めが真白い花に見えるようになるまで責め苛みます。女性の頭上には濃き灰色の空が炎に切り裂かれ、その痕から雨滴がポタポタ指の間を伝って滴ります——しばしの間、男爵夫人は忘我の体、供犠の女性の恋人へ思いを寄せるのです。

「とっても若いから残酷に振る舞えるんだわん。ほとんど少年と言える年頃だっても驚かないことよん。女の方はお幾(いく)つなんでしょねん。髪粉を振った鬘(かつら)って、サバ読んでるわよん、絶対。隠しごととしてそうな眼！　見かけも好きになれないわん、あと気になるのは……」と長々独り言を続けながら、天使がゆっくり横切って飛んでいくのに十分なぐらい間を空けて、「何着てこうかしらん。恥ずかしがり屋で厚かましくない男性ならいいのだけれどぉ。考えてもみてくださいましよぉ、姫くん！　わたくしにやらしいことする人だったらどう致しましょん！　昨日一緒に見た古色蒼然(こしょくそうぜん)オペラ、リゴレットで娘のジルダがいかほど悲しい運命を辿ったか、忘れておいでじゃないですよねん？」

「静かにしな」。姫さまは声を荒げ、深くゆっくりとギラついたため息――これは、姫さまと男爵夫人の親しい結び着きを示す魂伝えとして知られていました――を吐きました。「ホロージャは聖人だよ。忘れたのかい？　でも、キミが納得出来ないなら、その母親はイタリアの伯爵夫人らしいって言っとこうか」

　男爵夫人は疑いを晴らしたようで、そりゃまあ、曲芸師や蛇腹手風琴(コンサーティーナ)弾き上がりの御仁じゃないと分かっただけでも心落ち着くというものでしょうけど、ちょっぴり興奮までし始めちゃいました。

「で、ですね、あはれなエウラリアのお葬式に小洒落たガウンを着こなして行ったんですけど、もっと天国みたいな、デカメロンの場面を描いたシフォンのやつに、銀の結び紐のクソデカソンブレロ被って行った方がよろしいんでございましょかねん?」と質問が入ります。

「どれ着てこうが構わねえよ。だけどねえ、テレザ、頭に何を乗せてもね、聖人が今夜ボクの誕生パーティーに来てくれる約束を取り付けて戻ってきてよ。どんだけボクが新世紀のサロメになるためにリソースを傾けたと思ってる? ボクじゃ無理なのって念じたのはなぜだか分かる? ボクの運命はまさにサロメと瓜二つ。さあ、互いの置かれたシチュを閲(み)ていけば、やがてはキミにも分かるはず、ボクの望みはサロメスタイルを進化させることにあるんだってね」とのお答えです。

　姫さまは過去を彩ることが大好きです。起こった出来事にほとんど居合わせていた男爵夫人が辛抱強く耐えているのを完全無視して、一時間ぶっ通し喋りまくるでしょう。

「愛しいパパがモントルーで死んだのは七年前。アブサンの瓶を握り締めて死んでいた。ママは悼(いた)むために俗っぽい天使像を建て、パパの兄の王さまのプロポーズを受け、招かれるまま余生を宮廷で泣き暮らすことにしたんだ。ママは未亡人にしちゃあ可愛かった、痩せた赤い頬して、黒い羽毛襟巻着てさぁ! パーマネント留め金のついたピンク真珠のイヤリングが取れちゃうんじゃないかって、異常なほど心配してた。そんなこんなで、ママは情け深く、あはれあはれなパパを完全に忘れた。実に不愉快な旅路だったさ。ママ、薔薇色の未来(笑)を夢見ちゃってたからね。移動中、モントルーの駅長がプレゼントしてくれた花籠からさ、アルムやラン、なくなったらカスミソウで凌（しの）いでたけど、車窓からポンポンと投げ、叫んでさ、あたしはきっと一年以内に暗殺されるうぅって、ま、カロリーネ伯母さんを血祭りに上げたことをゆくりなくも思い出してたんだけどね、ママは——R・I・P（安らかに眠れ）。

『モルフィ公爵夫人という戯曲の名、聞いたことがおありじゃあないですか？』とか家庭教師の先生が謎なこと言い出して、話の脈絡を奪うような口調で、注意もなしに暗唱（あんしょう）し始めた。『金剛石で喉を切り裂いて楽しくなるっての？ 肉桂（にっけい）で窒息したり、真珠で撃たれて死んだりして』ボクはと言えば、長旅の果てに到着し、ランドー馬車の窓を開けて人でいっぱいの往来を走り抜ける妄想に痺（しび）れちゃってたからなぁ、キンポウゲの縮緬（クレープ）造花飾ったキモい縮緬（クレープ）ハット被って、支那人の辮髪（べんぱつ）みたいなおさげで注目の的になって。美しい六月の宵（よい）のうち、落陽の青み赤みが混ざって絶妙にモーヴ色を含んでいた。空の色ははっきりとモーヴ色だったよ、完全に夜が来ればスミレ色に制圧されるんだろうさ。汽車は白いクローバーの生える野原を走ったよ、紫の水を湛（たた）える水路に囲まれながら、夕空の下でグルグル回る十字架似の風車に急き立てられてね。草原から戻った白いモーモーがスミレ色の光のシャワー浴びて、家庭教師の鼻先についてたピンクの化粧粉までスミレ色に染まるほどだったな。京師に近づくにつれてママは恐慌状態へ陥（おちい）り、節操なく笑い出した。

頭に冠を乗っけた王さまと顔合わせしたのが鉄道駅で、それ見てママはあはれ、自制心失って泣き笑いし始めた。『チェスの駒みてえじゃん！　マジイケてる！』とか喘いで。

列車が遅れたんで、王さまイラついてたんだよね。

『愛神に懸けて母君を鎮めてたもれ、懸けるのはチョコレート・ボックスでもよいぞよ、おにゃんこちゃん』王さまはボクに耳打ちして、ママへ振り返り言った。『民草は払暁よりこの方、そちを一目拝まんものと立ち見しておじゃるぞよ、多くの者は行列目当てで金を払ってバルコニイへと参った。そちが苦しんでおらぬと知らば、民草は失望落胆するじゃろうから、涕泣し、平生動揺しきっておじゃるさまを見せてたもれ』

ママは叫んだよ。『あんた、あたしを見て言ってないでしょ。でもさあ、喝采拍手ってマジ？最強じゃんそれ。まあ別にあたしはその人らに失望してませんから。帽子ちゃんと整ってる？ヴェール引きずってない？』で、道を戻って宮殿へ辿り着くと、心籠もった拍手喝采の嵐のただ中へ身を晒したんだ。夜、ディナーになるとママは燦めく百合を縫い込んだ黒くかわゆいカシミア布地を着て、蛇型記章のダイヤのダイアデムを髪の上で翼っぽく広げた。ママが入ってきた時、ボクは窓辺に立って、歩哨がゆっくりうろちょろするのを見ていたよ。とっても静かな夜だったな、あいつら罵り合ってたし。月はマジョリカ焼きの逸品とでも言ったように樹上へ吊されてて、トンボがささっと眼下の庭へ飛んできたのを覚えてるけど、あれは初体験だったよぉ。大好きなパパはカジノ以外どこへも留まらなかったから。カジノタウンの目まぐるしい営みを愛し、締めきられた涼しい部屋の外で太陽が海にルイ酒を注いでいる様子に詩情を見出していた。午後になるとママとボクはカジノへ行き、共有サロンでレースのガウン着て茶をしばくことにしてて、ウィーン楽団の演奏を拝聴してた、ママはその頃既に歌舞いた宮廷にいたってこと。ボク、ときどきママに老けすぎって叱られててさ、八歳よりババアに見える娘ってどうよ、十四過ぎて鈍くさい毛羊担げるようになるまで一緒に連れていけないって言われてた。

　ボクを虚仮（こけ）にしてたんだ、でも、ぶっちゃけ、見知らぬ場所で夜、窓辺に立ってるとちょっぴり恋しく思い出されてきてさ。なんだかげんなりする宮殿だったからね。夕暮れ刻にでかいホテルで出くわせる、トキメキアバンチュールが懐かしいんだよ。ママもご存じの通り、ボクにラブラブキュンしてくれるショタっ子とよく知り合いになれたもんさ。音楽にも馴染んできた頃だったから、カーテンや花の茎に隠れて、夕食へそぞろ降りてくるお客連を見る趣味をやりたくなった。海から鬼哭啾々（きこくしゅうしゅう）と猛り狂った波の音が聞こえたよ。ドアを開き、垣間見える景色はきつく引き伸ばされた絹の一糸のようで、窓の向こうにブラインドみたく広がっていた。

　げんなりな宮殿ぴえん！　静かすぎぃ、ぴえん！　テレザぁ、覚えてるだろ。ボク、連れて来られて初っ端に、一人ぼっちでこわい塔に置いてきぼりになってたんだ。ベリル女王が押し込められて終(つい)の棲処(すみか)となったとこさ。
『全く馬鹿にしてるよ、こんなタコ部屋に来て暮らせだなんてさぁ！』苦々しくボクは叫んだよ、なのにママはレストランで開かれた夕食の席でガツガツしてるばかりだった――『飯パクつく』とか言ってたっけ、食べるのはほんと好きだからなぁ。ボク、後ろでガウンがささっとうごめく音を聞いた。

　オシャンなガウンだったね、じかで見たんだけどさぁ、ここに来た理由が分かったよ。ボクの心を読んだのかママは唇の先に指を当て、扇を天国のある方へ向かって指した後、一言も漏らさずに急いで部屋を出てっちゃった。

　六ヶ月後、王冠の宝玉はぜんぶ整え直され、ママはお后になった。舞踏室の一隅で周到に祝言(しゅうげん)を上げたのさ。帝国様式三脚卓の前で花嫁付き添いもなし、花もなしで。『B(聖書)の主の祈り』が弾かれ、あと断章が――聞く限りだけどジャン・コクトーかモーリス・ロスタン[5]あたりの書いたものかな――二人の頭上で籠もった声で唱えられた。とーぜん、ボクはまともな結婚だなんて思っちゃいないからね。もちろん聖人だって同じ意見じゃないかなぁ。ボクがママに何で大聖堂で立派な式を挙げなかったのって聞いたらさ、質問には答えてくれなかったけど、家庭のためなんだって。

　ボクは言ってやった。『単刀直入に意見してんだよぉ。ボクの目は欺(あざむ)けない。行列の中へ逃げたいんだろ?』
したらさ、ママは激おこぷんぷん丸、絶叫した。『のづら(アンプドン)!』フランス語さ。で、あんたはどうせいつか身分違いのゲスと結婚するでしょって予言されて、だからキモいキモい王子と婚約させたんだって言われたんだけど、そんなのありえんし、ありえんし、ありえんし、あいつと結婚なんてし得るわけがない!」

男爵夫人は笑顔、名女優ラ・タクセイラが如く、唇を横にちょいと弱々しく捻りました……毎日同じとこでガチギレするのねん、この娘。

「蝶は美にて、美似て蝶」。ここは抜け目なく同意するに限りましょう。「お后さまはヘロディアスに似てございますわん、義理の兄と結婚したんですもの、でも、前はお二方を併(あわ)せて考えもしませんでしたけどぉ。なぜかしらん!」

「あはっ、キミもか! そうなったのは聖人がママを非難してからだよ。ママの姿はますますヘロディアスを思い起こさせるものとなって、夕方、毛皮を着てる時なんてなおさらだね。テレザ、ボクがどんなに退屈しているか、刺激を欲してるか、キミにはわかりっこないだろ。いま、刺激体験できるかもしれないちょっとしたチャンスが訪れてきてるんだけど、キミは冷たいから、悪魔さんが送って寄越したささやかな楽しみをふいにしてしまうんだろうなあ。可愛い聖人(おとこ)だよ! アンナ・シュヴァイドラー嬢(フロイライン)に黒ミサでディスられ嘲(あざけ)られたから、宮廷を見限っちゃうとか。アンナはオレが笑ったのは緊張したからで、とか言い訳してるけど、あいつの本性知っちゃってるとねえ！　行っちゃいけなかったんだよ」

「でもです、じいっとお家でいるのもなかなかオツじゃありません？　刺激なんか、魔が差せば欲しくなるって相場が決まってますもん。人生は退屈至極と限りませんわん」と男爵夫人は宥(なだ)めます。

「当たり前じゃん、老けたら大人しくしてたがるもんだろ」。姫さまはもっと意地悪く答えて、イーピゲネイアのように傲然(ごうぜん)と、ガタピシしてボロくなった華美な玉座へ坐し、シュトラウスっぽい雰囲気の濃厚な曲を口ずさみ始めます。

　捨てられた玉座って、宮殿の名物と言っていいものだったんですよ。

すり切れてたり、絹が残念な状態にある玉座は急いで客間棟の空き寝室に持っていかれ、椅子として使われました。大公妃がそこへ泊まると夕食の席へは遅れること必定(ひつじょう)で、化粧台を前にして櫛(くし)をかんむりに見立て、王者の風格を誇示して坐り、時を忘れてしまうため、待っている身のお后さまの心胆もスウプも冷えてしまうのですねえ……すやすや、すやすやり。

　……姫さまもまた同じ穴のムジナで、只今玉座にもたれ、中指をほっぺに押し付けていたら、人妻になってしまったみたく思われてきて、鏡に映るご自身のお姿をじっくり見つめてしまいます。やがて、叫びて曰く。「ああっ、現代の罪ってなんでこうもつまんないんだろう、気怠いっつうか。メガネ掛けて落ち着き払った司祭さんが、でかい革靴で踏んづけていく。ボクを侮辱してくれる預言者がいいなぁ。仕返しのし甲斐があるってもんじゃないか。常々ボク、自分にサロメチックな性癖があるんじゃないかって疑ってて。それは素で王さまに向かって単刀直入な物言いして逆らえるってことで、王さまがどえらいヘロデ役になると。あいつ、お決まりの不審者じみた散歩をして、カーテンをつんつんする癖は直らないし、刺客が待ち伏せしていないんでおじゃるかいと、色んなとこの隅々を歩き回っているんだもん。馬鹿なやつだなぁ。ほんと失望のしっぱなしだよ。年寄りのじっちゃんでボクを甘やかしてくれるけど、性根はクソ雑魚(ざこ)メンタルなんだよ。史書になんて記されるかな？ まあ支障はないと思うけどね、死んだ後はきっとオペラが作られて、ボクもその中に引っ張り込まれてるって寸法だろうさ。運命のイタズラによってボクらは——何度も繰り返してるけど、王、后、姫——奇特な存在となってるわけ、その間近に預言者まで現れ来て、新奇なモノを待ちわびる宮廷連中もいるのに、好機を逃したら、据ゑ膳食わぬはなんとやらってことになっちゃうよ」

男爵夫人は疑わしげです。「据ゑ膳！ 自己欺瞞なされているんじゃないかって、わたくし心配してますわん、姫くん。あの聖人(おとこ)は御前が想っていらっしゃるような輩じゃないでしょん。わたくし尋ねてみたのですよん、お馬鹿極まる人たちですら、聖人はお馬鹿だとの認識だそうでぇ……御前はブカレストから来た若い男性の方をお信じなさいましな、姫くん——王子さまのことですわん。仮にこの件が紙面に出たりした日には……冒険癖が醜聞（スキャンダル）を招き寄せるのですよん。母の愛人、マキシム翁のことが忘れられませんのん。いつも母、言ってましたわん。『あんた、死ぬまで用心深くなれないわねん』って。先日ですけど、レビュウ誌に載ったときの御前の許婚（いいなずけ）さん、覚えてますでしょん、黄色い軍服に妬いちゃえましたわん。一度奮起されたら、すこぶる頑張るタイプですよん」

「奴のこと話すんじゃねえよ、嫌いなんだ。奴と結婚するぐらいなら死んでやる！」　芝居がかった調子で断じられる姫さま。

　幼少のみぎりより、姫さまはそういう物言いに慣れ親しんでこられました。子供向けの古典劇会（マチネ）で話されることが多かったのですけど、劇のヒロインはといえば、恥辱のうちに閉じ込められた衣装箪笥（いしょうだんす）の中や地下牢の鍵穴から、外にいる見えない相手に向かって喋ります。まあ大抵、夫君が禁じた行ないをやっていることに気付き激怒して、突然現れないかってガクブルの母親相手であることが多いんですけどね。このお芝居がオペラだったら、さぞや壮観な長いデュエット・シーンとなることでしょう。

「死んでやる！」　姫さまは繰り返します。

「無人島（デザート）で王子さまと二人ぼっちで暮らせば、って考えなさいまし」。男爵夫人は問答めいた間を置いた後、わびしく言いました。

「あはん、らめぇ、テレザぁ。なんてひどいこと言うのぉ！」

「ひどいって。あのねえ、姫くん。これが殿方と相知る唯一の方法なんですよん。考えてみてくださいな、修道院に生を享（う）けたうら若き才女が似た状況下でどう行動するのか？　島での一日目は男と話したくもないでしょねん。功績がある女性ならばなおさらですし、オアシスに退いて本を読みますよねん。二日目、娘は男を眼の端で追ってますが、まだ本人は気付いてません。男は娘に何度も話しかけようとし、砂塵（デザート）が君の顔色を、既婚のお姉さん――遠方におり、容姿は妹より優れていましたわん――より限りなく綺麗に見せているよって口説きましたが、娘はうんざりして頑（かたく）なな笑みを浮かべたまま、夕潮に流す予定の手紙を書きに行ってしまいましたのん。でも、三日目の宵に、デザートを食べ終え、空には星が瞬く中、胸騒ぎを覚えた娘は男の求めを好ましく思うことでしょん。なぜ、なぜなのかしらん？　答えは簡単でして、この島には一人しか男がいないですからぁ。顔が醜いほど蠱惑（こわく）されますわん！　蠱惑の力は愛よりずっと心を捕らえてしまうものなのですよん。金持ち男は無人島でこそまことに映える、とはわたくしの自説ですわん。とりわけそれが王子様だったら！　さあ、今こそ姫くん、他の全てのものたちへは目を閉ざし、ただ一人の男だけを思い描いてくださいましな、心易（こころやす）くものにできる相手がいるって、なんて幸運なことでしょうねんっ、ちょっと甘えるだけで愛は成就（じょうじゅ）するのですわん！」と男爵夫人は賢（さか）しらげに化粧粉の玉を取り出して、小トリアノン宮華（はな）やかりし頃に勝るとも劣らない優雅さで用いました。

姫さまは叫びます。「テレザったら、ほんとすごーい。まぁ、人生経験豊富だからな。ボクなんか、生白（なまじろ）い、生（なま）っ白（ち）ろい男じゃない限り心から愛せそうもないなぁ……スミレを咲き散らかした髪、瞳は青、五月の空のように突き抜けて青、あと、自慢できるぐらいでっかいでっかい彼氏じゃなきゃぁ、あん」と分かりづらいところで話を途切れさせた後、「こんな男愛したことある？　テレザ？」

「何度も」。ムボウな答えです。姫さまはもっと知りたいと言いたげだったので、男爵夫人は立ち上がらざるを得ませんでした。おセンチな会話したら、後々悔いること頻り（しき）です。

マントルピースから「ブウ――ンンン――ンンンン」と早い音が、関心なさそうなセーブル焼きの羊飼い娘から聞こえて参りました。あざといだんまりに、コテコテの時計の響きが続いたというわけです。

「合点承知、姫くん。御前がお望みならば叶えてあげはしますけど、準備が小一時間ばかり必要となりましょん。赤っ恥を掻いたりしないように願いますわん。お守り（アミュレット）を取ってきますのん。サモトラケのニケ像のイヤリングがあれば、心に傷を負いづらいでしょん、今付けてるのは長いやつなのですわん」

「いってらっさいだにゃん！」姫さまはハイになり、猫撫で声でご機嫌良く言いました。「宝石のついた腰紐、ヘアネットの上へ手際よく結んだら？」

お目々をパチパチさせ退出していく男爵夫人。「ヘアネットォ！　はわぁ！　宝石付き腰紐なんて結ばないですわん！　わたくしをダメになさるんですのねん、姫くん」

「テレザかわいそ」。思案しながら姫さまは、ぽーっと翡翠の爪で赤薔薇色のハープの弦をかき鳴らし、「香ばしいほどの偽善者だからなぁ。でもさぁ、そんなとこも含めてボクのお気に入りなんだよ」

一時間後、戻ってきた男爵夫人はモリモリに盛った服で、モリモリに盛り下がっていました。三種類の濃度で色取りされ、銀色の刺繍がなされた天使みたいな灰色のガウンは即興的に結び目が作られ、房飾り（ふさかざ）りが垂れていて、ところどころに天国の水彩画が隠されていると言ってもいい塩梅（あんばい）。色を塗られたボタンの群はちっこくてあっちこっちにありまして、どこでもない方を向いていて、留められていませんでした。サモトラケのニケ像は黄の蝶みたく男爵夫人の耳元で羽ばたいており、細い石の首飾りにくっきりと綴（つづ）られた呪文が、見張りを欠かさない瞳のようにひっそりと覗いていて、一度警告されれば、石しか分からない方法でさっと発動しそうでした。男爵夫人は蒼褪（あおざ）め、蘭の花と羽毛で組み立てられたクソデカな帽子を被り、かつてないほどお疲れのご様子、重過ぎのため片側に芸術的にしなだれかかるありさまでした。男爵夫人はグレコっぽいしなやかな手をごわごわした白い子ヤギ皮製の手袋にしまうと、壊れやすい籐細工のバスケットを持ってきて、ピンクの凝ったゼラニウム柄の日傘を腋の下に挟みました。

「かわゆいじゃん！」姫さまは男爵夫人の両のほっぺにキスをしながら言いました。「あん、それにぃ、ほっそい帽子ぃ！　キミでも灰色の服着たらイラついてるっぽくなるんだね。いつ出掛けても問題ないよ！　黒も服次第で素早く見えるから大丈夫。それとテレザ、すぐそのバスケットでクソデカ西瓜（すいか）取ってきて、パレスチナで収穫される品種のやつ！　あと出来れば大しゅきな明るめ緑の薔薇も！　今まで帽子の飾りで付いてるやつしか見たことないんだけど、キャベツっぽいよね、あ、市場（バザール）の張り紙でも見たか」

　男爵夫人はイヤンな務めを苦受するようです。魂伝えだけがささやかな抵抗でした。主人の命令をイラつきながらも静かに受け止め、頭も上げず、王室専用の靴を穿いた相手の足を見つめるばかり。とうとう退出していった後、姫さまはほっとしたあまり、ワルツを蛸踊（たこおど）りしたほどです。ぐるぐる回りながら部屋のあちらこちらを過ぎゆき、傑作絵画（本草学に通じたとされる庭師が架けたもの）を過ぎ、聖母像を過ぎ、仏頂面のお后さまたちの肖像画を過ぎ、ソファの上で軽さの極みのバチスト布にくるまってにやにや、しこしこして『驚きまずし』だとか『海のあらし』だとか、テカテカ光るニスを塗った板に描かれ、上に金粉を注いだクソデカな花束の絵だとかを過ぎていきました。姫さまはじきに有頂天状態に疲れ切ってしまい、ヘアピンをかき集めてつまんない帝国様式椅子に坐り、つまんない伯母さんからつまんない誕生日につまんない愛を込めて送られた、つまんない本を読みました。つまんない本のタイトルは『シバの女王の家庭生活』。

「社交界デビュしてから今までちっとも楽しくなかった。また教室に戻って、高齢独身女性コクロード先生から学びたいよ、当時はウザい女だって思ってたけど」と独り言。

けれど、濃厚できついかほりが空気中に色っぽく漂っていまして、ちゃんとしないと、という気持ちは弱まっていき、この善き決意は反故となってしまいました。いったい何のかほりなのかなぁ？　姫さまはくんくんしました。ライムの花？　違う。アカシアの蕾？　うーん。月下香かもなぁ。さっと片膝立てた姫さまの脳内では、ヤバみある猜疑心が渦巻いていました。その花はお后さまがもっとも嫌忌し給うたものであり、王さまがもっとも布置を拒み給うたものでありました。姫さまご自身も殊の外嫌い抜き、用いることを禁じさせたのですが、なぜでしょう？　たぶん、おそらくは……にほい？

はい、マジなところ、それは陋劣極まりない類いの臭気でありまして、姫さまは「くちゃったココット」と形容しておられました。ポケットのハンカチにそのかほりを染み込ませたご婦人は名声をなくすほどの。

のろのろ、うろうろ歩きつつ、姫さまは問題をとくと整理します。謎が出来そうです。陰謀が明らかとなります。

　テレザがやった？　ないない。「知りすぎるほど知ってるよ、ママの恐ろしさの真骨頂を。あえてやるわけがない」。ぶつぶつぶつぶつ。

　されど紛(まが)うことはないのです。部屋には異臭が充満しているのですから。「くちゃったココット」の！　歌舞いた歌舞いたリボンを結んだ小瓶の中にあるカジノや、ドアにマダム・カルメンを描いた、常軌を逸して綺麗なキオスクで嗅げる類いの。

　マダム・カルメンって大した見かけの御仁でして、一日中そこに設置されており、ネックレスとイヤリングは糊(のり)で貼り付けられ、いつも楽しそうな妄想を繰り広げながら微笑んでいまして、白粉を塗りたくった顔は小麦粉で窒息したみたい。でも、なんで男爵夫人は罪の種を仕込んだのでしょう？　只今、不合理の螺旋(らせん)を経巡りながら姫さまは思い返しました。昨夜行った劇場の受付でテレザ、帰らせてくださいましぃって乞うてたっけ。

「夜、テラスをぶらつくのがしゅきなのですわん。街の白亜の家々や、輝く水やアーチ状の樹木は、マジ女王様然と見えるし」。にやっと笑って許可を取り、立ち去りました。

「芸術的おみなでおじゃる」。男爵夫人がボックス席から離れたとき、王さまは大声で言っていました。

　戻ってきたとき、その様子は変でした——仕込みが完了したのでしょう。

姫さまは窓まで歩いて行き、全開にします。下から姫さまを注視するイルカは、なんて苛だたしく見えることでしょうか、我関せずと泡を吹く、あんぐり開いた口は、やらかしちゃった人のものみたいです。樹影の許では男たちが広々としたテントを設営しており、舞踏会用の軽食を運んできていました。お盆に積まれた輝く砂糖菓子とシャンパンの瓶は、日中だとのらりくらりとひっくり返っているように見えましたし(星が出てくれば、人々にどんちゃん騒ぎを引き起させる瓶なんですけどね!)、林立するグラスは、売りに出すために育てられている花のようにぎゅうぎゅう詰めになって、色んな珍種チューリップがキラキラしているオランダの庭園っぽいです。芝生の上にはデンとした皿や板の山が散乱していて、みんなで整えた花畑よりも一層ゴージャスに見えました。

「瀬戸物の見本市じゃん。大使どもがじきに来るよ。お客が入ってくるまで噴水作動させないで」とはお后さまの評。

ああっ、何て種類の陶磁器でしょうかねぇ。見下ろしてみれば、まるでまるで仮装舞踏会の参列者みたいじゃあありませんか。「ドレスデン祭り」という名のファイアンス焼きはお国柄ゆえの欠陥ありですし、他にクラウン・ダービー、素焼き、ウルビーノやデルフト製、日本や支那で作られた物など、数多の急須や平底鍋がありましたけど、ひっくりかえして裏の商標を確認しないことには、どこ産か分かりません。それとお揃いに、花飾りを付けた万国旗や薔薇

（白いのはミス・ウセムラと、濃い赤のはミセス・トンガリトーと品目が付いています）を挿した食べ物籠もあり、すべて遠路を越えてきた物どもです。姿を見せるだけで、まつろわざる京童（きょうわらべ）どもを脅かす鬼瓦の塔や、不吉な国分寺を持つ、ウェレン連山に広がる王さまの荘園からね。

バルコニーで風に吹かれて、姫さまはぼうっとしていました。ちゃきちゃきと働いている美々しい召使いたちは奴隷みたいで、なにかしら東洋の豪傑を思わせます。「落陽が台無しになったらどうしよう」。心配そうに空を見上げる姫さま。話しかけた鳥さんは、さっとサテンのキルトを掠（かす）め、飛んでいっちゃいました。

おぉん、お慈悲あれぇ！　姫さまは呪いに掛けられたように樹上へ目線を舞わせました。空の青みから聖人の贈り物が、居心地の良いコテージ・ガーデンへと雷のように落ちてくるでしょう。初期フランドル派の絵画のみが、その驚きを正写できるでしょう。大ブリューゲル(6)はその情景を喜んで描くことでしょう。柵越しに見えるお堅そうなタチアオイの列に、窓辺で病んでる女。餓鬼どもは地ベタをコロコロ転がり、親父は忙しげに穴を掘り、裏庭ではお下劣にナンパが行なわれ、低いわらぶき屋根の上で、もぞもぞ悶える鳥さんがいきなり現れました。

なんて素敵な一幅画でしょう。絶景かなでありましょう。万歳三唱しましょうねぇ！　それが全部台無しになっちゃうかと思うと。姫さまはため息一つ、途方に暮れて目を天国へ向けました。けれど、姫さまはお金を掛けて育てられていたので、我慢出来ず叫んじゃいました。上階からイタズラする以外全て経験済みのお祖母ちゃまが、姫さまをガン見しています。どでかいモブキャップを被ってて、ヤバげなガーゴイルみたいでした。これって凶兆なんでしょうか。昼餐の折、王さまはしばしば母君を国家破壊者と呼んでおられました。

「姫ちゃんや、あの鳥、なんてデカいんじゃろ。気付いとったかえ、戦ば起こるんでねえかと不安じゃわい」。お祖母ちゃまはグチっぽい声で下へ呼ばわります。

愛想ゼロの返事をして、姫さまは長い廊下の部屋へ戻りましたが、「くちゃったココット」のにほいで落ち着かなくなります。馬鹿っ馬鹿しいほどぐずつくにほいで、名が体を表すごとく長く漂っており、離れて窓の方へ逃げだそうと決意を固めさせるまでしばし掛かりました。猜疑心は燃え滾り、姫さまはかなりの時間を宙ぶらりん状態で過ごさなければなりませんでした。

当然ですよね。姫さまの推測ではこうです。男爵夫人は聖人を惑わそうとするでしょう。妄想の中で、既にテレザは聖人に膝枕をされており、熱き血潮脈打つ腕をその首に回していました。耐えられないよぉ！　何か叩き潰せるものがないかじっくり探してしまいます。フルール・ド・リスの描かれたローブを纏ったマリー・レクザンスカが[7]、暖炉から姫さまをジト目で見ています。指をぴくっと硬直させ、瞳孔を広げ、鏡の前で姫さまは己を念入りに検分しました。男を破滅させるレベルの綺麗さ！　顔が良いー！　でもなぁ、分かってる。つまんない家族とお馬鹿な宮廷人連中は、サロメとボクが似ているって気付かないんだからぁん！

＊　＊　＊

十分後、宮殿は大騒ぎ。姫さまがサバの女王のポカポカお風呂を沸かすように命じ、それに先駆けて王さまとお喋りを望んだからです。

二　悪魔さん、ちょっかいを出すの巻

シナノキに覆われた広場には市街バスが止まっていましたが、姫さまが仰るよりかは白くない模様。スカートの端をちょこんとつかんで引き寄せ、一番奥の隅へと坐る男爵夫人、公衆の目線を宮廷新聞のページを広げて防ぎます。

シナノキの花で蜂が唸っていますねえ、宮廷新聞の後ろに隠れるなんて惨めですねえ。数分経って、男爵夫人は細いゴチック体文字の新聞に穴を開けて窓を作り、中から覗きました。

広場にはほとんど人がいないようです。午後の雰囲気って曰く言い難いものがありますよね。

騎乗の王さま像は酷烈な表情を浮かべ、ほら、見るでおじゃると剣を掲げ、時間帯の影響もあるのか、くつろいでいるよう。青銅製の軍馬さんは月の光に照らされていれば威風堂々と、青白い空の下をパカパカ進めば優しげに見えるのでした。

シナノキの陰では餓鬼どもが大人しく国技のコマ回しで遊んでおり、その近くで絵の行商人が、お盆を前に眠りこけておりました。

鳥は空高く飛び、蝶はふらふらと舞い、縁石に囲い込まれた中にびっしり並んだ花たちは萎(しお)れています。実に狭そうですねぇ。降りてベンチに坐るのはいささかリスクありますよ。あんな細いドアを二度も通ったりしたら、この帽子……いやん！　静かにここに坐って、楽しめることを楽しむが吉なのですわん！　なんてがっしりした車掌さんでしょん！……見て飽きないものはたくさんありますわん。

堂々たる大聖堂の西口（前のお后さまの戴冠式の日、男爵夫人がガウンを引き裂いてしまった場所でした）では、うっとりとした貴婦人がガイドブックを手に、感服した面持ちでファサードに立っています。若いからとバケツ持たせられた庭師が忙しい中貴婦人を見つめ、自分の足に水を掛けてしまいそう。その美事(みごと)な体格のすぐ後ろに引かれたバスの線路のレールに沿って、怪しげな帽子を被った画家が、坐ったまま絵の行商人を描いてます。

水晶の十字架を渡して、モデルをしているのか眠っているのか、行商人に聞いてみたくなりました。「知れやしませんからねん」。愁傷（しゅうしょう）と考えた男爵夫人が瞼（まぶた）の震動をかすかに感じたか感じないうちに、市街バスによって酷い速さで連れ去られました。

花市で降ります。

ほんと素晴らしいところで、水がちょろちょろ吹き出される噴水はヴェロッキオ親方の初期の仕事からデザインされたもの、周りではおばけみたいな傘の下、物売り女たちがにほい立つ商品を前に集まってサボって眠ったり、浮気相手とイチャイチャしたりしながら、外国人の画家相手に一時間一文でモデルになったりしています。史書を紐解けば分かるように、中世ではこの素晴らしい場所で、花とはかけ離れたブツが売られていたんですよ。

「お得意の仕立屋さんが近所に住んでるわねん。マジ薔薇色のティンセル欲しいわん……数キロもあるスパンコールちりばめた網も。仕立屋さん、今とってもオシャンな紗（うすぎぬ）を持ってるらしいじゃない、小粋な羽根飾りも。だけどぉ、いやん。わたくし時間ないしぃ！」と呟く男爵夫人。けれども結局は物欲に逆らえず、田舎の百合の花束を買ってしまいました——聖人に贈るのにぴったりだと理由を付けて。

服の肌心地が良くって、そこに田舎の百合も飾っちゃえば午後の不思議なキブンに浸れ、何となく落ち着いてきて感激しっぱなしになるのです。でも、思い通りにはいかないもので、スイスイ、スーダララッラと進めません。ハイヒールの踵（かかと）は片っぽだけが高くって不揃いですからね。いえ、別にそうじゃないんです。単にやりたかっただけで。店のショーウィンドーに一瞬映るその姿は、カルロ・ドルチ[8]の受胎告知の天使を思い起こさせます。

でも、路上で感激に耽る余裕はありませんので、片眼鏡を取り上げて覗き、青い市街バスを探します。

ありました。目立つ青色ですねえ。「マジだったわねぇ、姫くん！　バス、下品すぎぃ」とか独り言。女官長のディナー・ガウンに全く同じ色が暗めに塗られていたからですね。

「もう、中に二人いる。混んでるわん」とは言いながらも乗り込みます。

バスの隅に坐った司祭が時禱書を読んでいましたが、男爵夫人ご贔屓の魅力あって素敵なモンシニョール・パアとは違って、懺悔者たちに苛烈な処分を示すかの如く厳めしい顔付きをしています。男爵夫人が服をばさばさと激しく揺すりながら席を二度替えても、時禱書から目を離しませんでした。もう一方の先客は青のツナギ（労働者が伝統的に破く場所にパッチ当てて、抽象画っぽくなっていました）着たイケメンでぇ……ふんわりした金髪、火打ち石みたいに燃え上がる瞳をしています。「かわいい。体臭も香しいしぃ」と思った男爵夫人。相手さんの舐めるような凝視から目を外し、ガウンを縁取る銀のレースをいじいじする長旅へ出ました。

今テーベに着き、チュニスへと向かう準備を始めたところで、男は男爵夫人の他愛ない手遊びに割り込み、「帽子に挿してる花の名前は何つうの？」と聞きました。

シフォンの造花ですわよなんて、この手の輩に伝えるのは論外なので、男爵夫人はちょっぴり他人行儀に応じました。「仰る意味分かりませんわん。時間をお聞きなのん？　まだ三十分と経ってませんわよん」。怒るんじゃないかしらんとわくわく、男を見つめました。精神衛生上、うすらバカ蔑(さげす)むのは、ね。

「かわゆい瞳だわん。めっちゃたくましいしぃ……でもぉ、今きちがいに流し眼くれてやる余裕ないわん！」で、皆殺しの目線でもちまして金髪の若者を一瞥(いちべつ)し、市街バスの内部から上階へよじ登りました。

　なんて素敵なんでしょうかねぇ、上階は。頭上では夏霞(なつがすみ)に覆われた胡桃(くるみ)が力なく枝垂(しだ)れています。遠近(おちこち)で太っちょ真珠みたいな街の鳩ちゃんが湿気(しけ)た落ち葉を踏みつけて、太ってるんだよぉ、とばかりに通りすがりの人たちへ向かい気ままに鳴いては、羽とつまらぬモノを落としています。

　鳩ちゃんたちへの国家の保護は十分ではなかったので、外国人観光客からの施しがなけりゃ、ずっと前に絶滅していたでしょう。写真撮影されることで食っていました。絵はがきやお土産物のモデルになったり、うろちょろ頭のてっぺんから足の先まで使って精一杯頑張ると、誰もがたっぷりととうもろこしを投げて寄越すんです――でも、鳩ちゃんたちは投げる人の国籍には興味なし、投げ方の上手下手にも興味なし。夕暮れ時、見て見てとばかりに殻を広げるハマグリちゃんより冷淡でした。鳩ちゃんたちはありふれた存在なので、このお仕事に激しく飽き飽きでしたが、活計のためブルジョアどもに強いられるかたちで、楽しませたり翼を広げて見せたりしなけりゃいけない運命(さだめ)でした。かわゆいですのう！ 鳩ちゃんたちはヴェネティアの名を聞いたこともないんですよ？

鳥さんみたいになってクリーム色とピンク色をした胡桃の花に埋もれるなんて、お馬鹿な夢を見てるみたいだわんって男爵夫人は感じました。そこに突然、予期せぬ事態が起こったんですよね。

熱風に吹き誘われて、花市の方からリズミカルな音波と水仙やスミレのかほりが立ってきて、上空では低めに架かった巨大な浮雲が今にも落ちてきそうです。男爵夫人は日傘を広げて周りを見回し、ぼーっとお后さまと会えるんじゃないかしらんと思いました。

日頃よりお后さまは、走行中にパンクしてもあたし独りで直せるって、と言い張っておられてまして、王冠を被り、地べタに坐っていらっしゃるお姿を見かけることは珍しくありませんでした。奇行の理由はとても複雑です。たぶん、お后さまは、豚のごとく興奮する己が姿に純粋な楽しみを見出しておられたのでしょう。けれど、もっと俗な動機、臣民(しんみん)の啓発が真の目的だったとかもありえそうな線です。お后さまはあることないこと言われまくっていますけど、誇り高いなんて呼んだ者は一人もございません。これがあたしの誇りだけど、とでも言ったところなのでしょう……。

でも、お后さまの姿はどこにも見えません。いや、マジで有名人は誰も来そうになかったんすけど。信心深い方々が数名、しょぼんと頭を垂れ、大聖堂の方へ歩みを進めていました。尼さんたちに付き添われた女学校連中が通っていき、空では幻想的な魔族さんたちが（見えないんですけどね）十字飛行していって（夏空ってさ……まぁ飽き飽きするよね。熱心なお祈りだってさ、ストーンと地球に落ちちゃって、疲れ切って起き上がれないーってなるよ）、「姿見通り」の角で、恥じらいもなく他の商品を買っちゃえる新しく出来た美容店を見下ろし、ドアの上へ王室御紋を描いた旗を打ち付けていました。

「ほんと、こんなお使いは夜にやるべきだったんだわん」と男爵夫人が心の中で思いながら靡く紋章を見やっている間に、純乎たる馬蹄の音や、重い車輪がいきなり回転、ゴーロゴロっ たらゴーロゴロ、だらけた時間を突き破り（親愛なる読者の皆さん、大枚を叩かなけりゃ出せないぐらい、マジものごっつい騒音だったんですよ。典雅な屋敷を構えていたり、沢山の召使いを抱えて、おべっか使いの友人連に囲まれ、言えないヒミツを持った家庭だってことが分かるような。当然、今はそのどれも目の前にはないんですけどね）、女官長が乗った色つき大型馬車がカタカタカタカタと揺れて進んできました。演劇の最終リハーサルを見に出掛けようとしていたんですが、遅刻は明らかだったんで、せめて登場人物全員が抱き合って死ぬ場面には間に合いたいと思っているのです。

男爵夫人にとってはラッキーにも、どえらい女官長は巨大な麦わら帽子で横顔を隠していて、頭を巡らせずに脇道を見ることはできず、片側へと完璧に傾いていて、ジェリコの薔薇ともみじに覆われていました。丸めた手からぴったり垂直になるようにして、落陽色のラブリー極まる色合いの、絹を張られた小さな日傘を不注意な感じで持っていました。髪粉を振った鬘を被り、薔薇色のお仕着せ纏った黒んぼお小姓さんが二人、ヤバいすばしっこさでガタガタ動く馬車の泥よけ板へ縋り付き、個性的極まりない服をびしょ濡れにして、これがぼくらのお仕事だぞいとばかりにぎっこんばったんしながら、後ろで波打つ女官長のだぶだぶしたヴェールの網織細工が車輪へと巻き込まれるのを防いでいました。

男爵夫人を追い越していこうとしたとき、女官長は日傘を取り落としてしまい、かなーりあざとい動きでハッと手を伸ばしました。掌を自分の側へ向ける動きは、演劇を学んだ人なら誰でも分かるでしょうけれど、心の中ではヤバいことやってるなあと悩みつつもハレンチなナンパしてくる、目には見えないオゲレツな人を断っているみたいでした。次回作の劇での演技を考えるのに熱中しているんですね。

「ありえない女ですわねん。何を考えてるかわかりゃしない。でも、常々サイコパスだって思ってたわん」と男爵夫人。

花や野菜の詰まったクソデカいバスケットを、激しい勢いでぶん回しながらよたよた歩いてくるおかしな人たちが遅れてくるせいで、何度も発車をしくじった市街バスが、ようやっと線路を進み出し、男爵夫人は揺れと、天真爛漫に遊んでよぉと吹き付けてくるそよ風さんに耐えました。「これが人生、これが人生よぉん！」激しく揺れる度にぶつぶつ言っていました。でも、孤立無援のうちにあっても機会を逃しはせず、バッグから化粧道具を取り出して、メイクを整えました。「超イケメンだろうから。ブサメンだとしたって、外面をちゃんとするのは悪くないわん」

車掌の若い男は、男爵夫人に汚れた切符を売ってしまったお返しとして、財布を出すのを手伝ってくれました――なんて愛らしいんでしょう――日に焼けた細い手をしており、背中には綺麗な長い金髪が掛かって、挑みかかるような目付きをしていました。

「とっても素直なのぉん」とは男爵夫人の表現です。

「『佝僂門』(9)へ行くんですか？」

「いえいえ、『障壁』へですわん」。やり取りの間、車掌は切符をベルで挟み、男爵夫人はたくさん質問できずじまいでした。誰があの、めちゃデカくてブサい家に住んでるのん（男爵夫人ご自身です）？……ぶっちゃけた話、お后さまって好き？……市街バスにずっと乗っているって、退屈なんじゃない？……何で青色に塗ってるのん？……ヘリオトロープ色や淡い琥珀色のが絶対乗客を惹き付けるでしょん？……えっ、色違いはないのん？……ないって不思議ぃ！……下車して車掌さんに別れを告げた時、とっても名残惜しくなった男爵夫人でした。

姫くん、古い時刻表見てたのねえ、ほんとがっくし、ピンクのバスに乗り換えないといけないじゃない。退屈だわん――もう何分かは待つことになるでしょうね。

でもぉん、また田舎に帰れるって素敵じゃない！！

「日暮れの堤に腰掛けたぁい！ ヒナギク摘んで、こんな重い重い帽子なんかさぁ、百合の生えた池へ投げ落としたるわん！ 通りすがりの人たちは、誰か不幸せな女性が被っていたんでしょうねぇって哀れんでくださるぅ！」

今まさにその瞬間、さっきの午後、姫さまに文句言われてプリプリ、プライドずたずた、ナーバスな気分になった悪魔さんが漆黒の鴉に化け、お忍びで宮殿へと急行していました。男爵夫人を目にすると、ちょっと驚きながらその頭上をくるくると旋回し、とっくり思案しました。興味深く思っていた女ではないか。長く目線を外しませんでした。気怠げな生き方、そしてスタイルがお気に入りなのだ。モンシニョール・パアとの会話は大いに楽しませてもらったものだよ……悪魔さん、男爵夫人を終身寝室付女官（永世上席侯爵夫人兼帯）に喜んで推薦したことでしょう、もちろん地獄の宮廷で。

「なんだかあの女、あの女なんだか、憔悴しているようだな」と呟いた悪魔さん、でも、男爵夫人がつるりんちょ女の類いだということは重々承知しているみたいですねぇ。え、なにそれって？　あははっ！　しばしと言うには頻繁に、極上リボンで悪魔さんの指をつるりと擦(す)り抜(ぬ)けたからですよ。多くの優れた方々は土壇場でさっと動き、魔の手から逃れてしまうものですからね。今度こそ失敗しそうにない機会が到来しました。悪魔さんは男爵夫人の頭上でグルグルグルグルと何度も周(まわ)り、胸から羽根を引き抜くと、やがて……。

　下ではあちこち歩き回りつつ、男爵夫人がピンク色の市街バスを待ちかね、うなり出していました。ここまで遅刻するって醜聞モノだわん。けしからんわぁ！　退屈すぎぃ！

もう太陽は丘の端に沈んで、空は仏桑花(ぶっそうげ)が如き真紅の光線に満ちていました。日の沈んだ場所には淡い黄金の輝きが残り、ターナー作水彩画にのみ見られる、妙な日曜風景を現出させています。男爵夫人はすぐチェプストウ[10]を思い出しました。

　ささっと自動車の音が後ろでして、振り返ると——お后さまが来たんじゃないかしらん！　日暮れ刻(どき)に国道ぶらぶらしてるのを見つけられたら、多弁を弄(ろう)して理由(わけ)を話さなきゃいけませんけど、男爵夫人なら独特の表現を使って一再ならず断言して曰く、「わたくしがちょっと説明したら、みんな信じてくれなくなるんですわん！」　あたりを見回します。運良く隠れられたなら、ぺちゃくちゃお喋りする必要はなくなりますわん。武勇伝になりますわよぉ、姫くんも喜ぶでしょん。脚色を加えて、痛快無比なお話にしましょうかしらん。

「夕焼けは輝きぃ、月は昇りぃ、それでねん。姫くん、わたくしぃ」

もう男爵夫人は話を盛り始めており、六台の車が走り過ぎていくのを見て、それぞれに乗っている人たちが興味をそそりそうな話をしました。「思いもしないでしょねん、ここに、ここにこの瞬間、困っちゃくれがいるってこと！　后ちゃん、それわたくしですのよん……！」

一刻も無駄には出来ません。幸い、遠くまで行かなくて済みました。すぐ後ろにある大きな樅(もみ)の木に隠れれば安全でしょう。そこで待ち構えていた方が近そうです――「いやいや、置行堀(おいてけぼり)じゃあるまいしぃ？」とガクガクブルブルする男爵夫人。

持ち物をかき集めて、走行してくる自動車へ向かって闇雲(やみくも)に駆け出させたのは、男爵夫人が持つ、皆絶賛の女らしさゆえですね。

「これ、すんげえピンチな状況っしょ？　風に帽子吹きさらわれて。追われてるって想像すりゃ爽快よねん。でもおぉぉん、別の道行かなきゃいけないかしらん？」と走りながら喘いで。

疑う余地もありません。自動車のそばを通り過ぎるなんて、すんごく罪悪感を覚えることですよね。なんとかするために、じっと立って呆然とし、交通事故唯一の生き残りのふりをしましょう。すぐさま男爵夫人はポーズをとりました。骨が折れたぁ、ってなヒサンな格好で片眼鏡を手に持ち、生垣へ目を凝らします。

「テレザ！」砂ぼこりの薄靄(うすもや)を通して、時に男爵が殺すと誓った若い男の明るい面影が、喜色を伴った驚きをもって微笑みかけました。

男爵は度々復讐を誓ったのですが、その対象に葉巻を進呈したり、オペラのボックス席を貸してあげたりしていたんです。真意はうかがい知れませんでした。

「テレザ！」

「マックス。ああん、きゃわいいわん。怪我はないわん、でも、すごく震えが止まらなくてぇ……」。

男爵夫人は呻きました。

マックスは寂しげに車に誘います。「かわいそうだ、めまいがしてるんだよ」

身のこなしはとっても魅力的で、逆らうのは失礼だわんって男爵夫人は思いました。マックスと一緒に行けるって気分良かったし、正直自己中ではありますが、やりたいことを優先するなら脱落するより他仕方はありません。でもぉ、手紙が……任務が……しょぼーん。

「けどねぇ」。強奪された女みたいに、自分の意に叶う叶わざるを別にして連れ去られていっていると気付いて、男爵夫人は言いました。「退屈なお使いの途中なのん。置き手紙するだけなんだけどねん。あなたと他の場所へは行けないわん」。言いながらも、金剛石がきらめき、お后さまが土ぼこりを巻き上げて驀進してきたことに気付きました。光輝く宝石で飾り、薄いミモザを咲かせた髪、かっと見開いた眼のお后さまはカメオ出演みたく通り過ぎていったのです。

「心配ない、手紙を渡しなよ。運転手が届けに行く。俺らは楽しいひとときを過ごそう……小一時間ばかりさ」

躊躇(ためら)った男爵夫人、推しの聖人さまへ尋ねてみました（長いことお蔵入りになっていたところを発見した、聖オーロラ・ヴォヴィエさまへ）。「おぉん、聖オーロラさまぁ！　不謹慎なわたくしめをお見守りくださいまし、色んな誹謗中傷(ひぼうちゅうしょう)からお救いくださいまし！　アーメン」。で、そう言明した後、到着が遅れた服について急ぎ二、三言漏らしました。「今夜届きましたわん、聖人さまぁ」。などなど。続いて力なく押し黙り、帽子を整え直します。「あなたさまの下男もぉ、わたくしのみたいにちゃんと取り置いといてくれるんですかぁん？　田舎の夜はガチでムラムラしてくるわん！」とぼそり。

何時まで遊ぶか、どこへ行くか、しばし相談が行なわれました。

「気にしてないのよ。ロマンチック谷に逃避行できるよう頑張らなきゃいけないわん。宮廷人は結構あそこへピクニックに行くものん。チッコイ砦(とりで)に逃避行できるよう、頑張らなきゃいけないわん。きっと士官連中は京師へ向かう時間帯よん。優雅な話よねん！　逃避行できるように頑張らなきゃいけないわん。でも、マジね、気にしてないのよん。どこ行ったってわたくし、等(ひと)しく心地良いんだからん」

マックスが示す先は砂漠、路地、血洗村へ通じるかもしれない海岸……。

たちまちすんごくロマンチックな気分になる男爵夫人でした。

「ウェレン街道には年経た幽霊宿があってねん。応接室に空飛ぶ綴織が飾ってあって、玄関の広間にはフェルメールの絵があって、そこから通じる庭先には沢山のタチアオイや果物類が生えてて、小川が流れてて……一時間そこで過ごしましょん。宮殿での祝宴は月が昇るのに合わせて開かれるからん。わたくしが遅れても誰も何も言わないわん。招待状はたくさん送られたんで、宴会は大混雑必至だものん。去年はやばかったわん」

白い腕を後ろの京師へと向けるガリガリピエロさんみたいな道しるべの前まで来て、二人は引き返しました。

風が下手に吹く中、生垣に咲いた薔薇は濃紺色の空の下、身じろぎもせず架かっていて、来られなかった花絵師が描く静物画のモデルとなっている様子です。肥沃なるウェレン連山に沿って、草原が絹布みたいに広がっています。そこに淡い縞が走り、見ればハナタネツケバナでした。波線を描くはヒナギクです。遠近ではにほいに弱ってくちゃりとなったクローバーが点々と広がっていて、かなり脆げな、斑の入った蘭の花が一つや二つあり、上にいけば夕霞に覆われて丘が聳え立ち、空との境目が炭をなすり落としたみたいな色となっています。

マックスが運転手の男の方を向いている間、どうやって姫くんのために空のバスケットをフルーツで満たそうかしらんと男爵夫人は思案していました。さくらんぼやメロンなら間違いなく宿にもあるでしょうけれどん。「お馬鹿ちゃんだから、気付きはしないでしょん。でも、緑の薔薇はどうしよぉん！」ほくそ笑む男爵夫人。

まず運転手を観察して、知性に欠ける顔付きしてるわねんと喜びます。コミック・オペラに出てくる村の鈍くさい床屋に似てるわん。お茶目なプリマ・ドンナが灯りの点った窓辺でお喋りして、おきゃんにボックス席見つめている最中、木靴穿いて踊っていそうねぇ。

男爵夫人はパンジー色した品の良い手紙の束を運転手に渡しました。「これ、お手数お掛けするけど。なくしたり地面に落としたりしないでよん。返事がなくても、聖人が×××を受け入れるかどうかを姫さまに懇々と電話連絡してくれれば、わたくしルドリーブ男爵夫人は満足だって伝えて、だいたいそんなとこだから。他の召使いと言い争ったりしないで、あんたはあんたの義務を果たし、丘まで行って月が昇るのを見てよねん」

二人はムボウなスピードで走り出します。「なんちゃるハレンチな速さだぎゃ、みっともにゃあお熱さだぎゃあ」。そう考える運転手の顔は幸色で満ちあふれていて、すぐさま手近の居酒屋を探して呑みに行っちゃいました。漆黒の鴉は車を追い、カーカー鳴きました。「なくせ！ なくせ！」

急いていく夕暮れの中、男爵夫人は救いようがなく見えます。手を入れたらスッキリしそうな未完の傑作。羽てんこ盛りの帽子が頭からずり落ち、カールした重めの栗毛は雑っぽく巻かれていたので、海千山千なお付きメイドの神がかった技巧を知らない人なら誰もが絶対、かならず「からくれなゐに水くゝるとは」って言いそうです。おぉん、魔的なだらしなさですよねぇ！　おぉん、色褪せぬ魅力！　「いきなり遺産相続した尼みてえだな。こんな修道服誰が見たろう？」とマックス。で、男爵夫人の白い手に握られた空のバスケットが、その心臓にすとんと当たりました。男爵夫人は蛾のような軽やかさでマックスの袖にもたれかかります。屈折した光に照らされた、素晴らしい木々が流れ過ぎていきますよぉ、丘の青い鎖が果てしなく向こうから近づいてきますよぉ、平和ですねぇ！

「聖人さま方が丘を目指して飛んでった理由がよく分かってきたのだけれどぉ。いつか、わたくしも同じように飛びたいわぁん、聖オーロラさまがしたみたいにぃ！」

男爵夫人の思考は、オーロラ・ド・ヴォヴィエさまの冒険溢れる史伝へ戻りました。オーロラさまは三十九歳を迎えるまで名高い高級娼婦でしたが、天の配剤によって乗っていた籠がひっくりかえっちゃいまして、手足に幾つも傷を負い、不埒な生活は終わりを迎えました。回復した後、オーロラさまはまっとうになろうと誓いを立て、パレスチナ巡礼の旅に出掛けました。フォルボネーの尼たちに興味を持った土地で薔薇の花を集めてくれと、懇意なイストレの僧たちによく知られた泉の水で瓶を満たしてくれと依頼されていましたので。オーロラさまはお店を立ち上げようと、とっくり考えました……オーロラさまは気怠い夏のある宵、信仰心に篤い(あつ)メイドと連れ立って時禱書を携え出帆しました……オーロラさまは海へ出て一週間も経たないうちに海賊に捕らえられ、言語を絶した恐怖を堪え忍んだ挙げ句、男へ身を窶してボロい板に乗り、脱出成功しました。オーロラさまは無慈悲な海に揉まれました。オーロラさまはとうとう人もおらぬ岸辺に投げ出され、そこで五年間の質素な生活を送りました。オーロラさまがとうとう懐かしのフランスに帰ったときには素敵な白髪で、前よりずっと魅力的になっていました。オーロラさまは人気者になり、オサレな集いに出席し、トゥーレーヌのお城へ周遊に行く途次、ハロウィンの夜にロシュのお城で美々しく遷化されましたとさ。

男爵夫人はモンシニョール・パア作の伝記に記載されております愛らしい聖人さまのことをひっきりなしに考え、己の身上と引き比べてすんごいご利益を得ていました。

「だってね、きっと事故も起こるでしょん？　マックスの車の運転、しゅごぉく荒っぽいもの」と言い訳がましくぶつぶつ。

座席に背をもたせかけると顔は灰色染みてきますし、この世の罪と哀しみが集まってきて、緑色のお目々は疲れてきますし。

暖かい風が吹き過ぎていきました。花のかほりが草原からにほひ立ちました。深い草むらに膝まで浸かった牛さんがビクッとしています——ノアの箱舟にいたみたい——搾乳缶を待ち兼ね、ぷんぷんして供犠めいた目線を上げます。天空には一番星が輝いていました。孤高ですよねえ。また鴉さんがそれに続き、ぶつぶつと。「なくせ！　なくせ！」澄んだピスタチオ色の空の下で日本的な印象を与えます。森はずれで白山羊さんが茂みに逃げ込みました。「止まってえ！　止まってえ！　パンの大神を見たのん！」　男爵夫人は叫びました。道をカーブすると、ピンクのタチアオイが門の前でお休みの幽霊宿が見えました。中はすごく暗かったです。フェルメール（品の良いスザンヌざんす）の絵は光彩を欠いてます。マックスは綴織の掛けられた応接間でシャンパンを注文し、主人がワインの列を探している間、二人で庭園を散歩します。

男爵夫人は庭をますます華やがせました。イチイの木が地衣類の生した変な彫像、褐色の梟さんなどでいっぱいでした。どこか、まやかしめいた風情がありました。細い小川に薄い霧が垂れ込めています。

男爵夫人は心配になってきました。こんだけリスク犯してるっていうのに、マックスが退屈になっちゃってるってどういうわけぇ。

こんな夕焼けでしょん、抜け目なく都合のいい女を演じないといけないんだわん、マックス、なんか景気付けを欲しがってるみたいだし。震えているように見せかけ、男の手を取ります。「光に照らされて気味が悪いのん！　姿が見えにくくなっちゃって、薔薇の花、黒くなってりゅ！」

神話の中みたいに、ねじりんまがりんした哲学の小道を逍遙する二人です。

樹下は煙ってまして、とても静かです。そんな中をガウンの絹がすりすり鳴らして、物言わぬクサネムちゃんのお邪魔すれば、わたくしだけ自然のみ恵みを頂けてるぅって気分にもなるものです。

夕暮れの中で建つ彫像はガチで感動的、結び合う男女が永遠の愛を誓っていました。お熱いねぇ、ヒューヒュー。忌憚なく申しますと、生きている二人が彫像よりずっと冷めているのってどうよ、おかしくね、でしょう。暗くなりましたねぇ！　脚が深く紫の奈落の底に沈みますよぉ。奈落の底の紫は遠近で燐光し、ちかちかします。幸せな気分は汚れも残しませんでした……ゼリーはなんて言うかしらん――男爵夫人はあからさまにマックスの肩へもたれかかるのはやめて、もっと身体を抱き寄せてもらおうとしました。期待外れな細道でした。快適な夏屋敷に急ぐ（男爵夫人は望んでいたんですが）代わりに、ちょっと行く前に後悔し始めたんです。一瞬の後、二人はまた宿の前に戻ってきていました。応接間の窓では光が燦めいています。夕暮を迎えて、あたりの彫像さんたちは疲れも知らなそう……。

「絶好のチャンスを楽しむべきなのん？」　男爵夫人は狐疑逡巡し、二人は中に入りました。

薄暗い部屋中に蠟燭の光が輝いていました。今の時間帯じゃなく他に誰かいたとしたら、応接間にかかった魔法は解けていたでしょう、綴織はどっかに行っていたので。でも、煮立てられたワインの芳醇な光には感謝するべきでしょうけど。

結局、その時はアバンチュールを楽しみたくなかったんでしょう。後になれば、ソファの上でピロートークしてピアノの音に耳を傾け、素敵なムードに戻っていました。男爵夫人が恐がっている主人が今にもやってきて、悩みの種となりそうです。ずっと居残られるなんて我慢ならねえわん。

テーブルを前に坐り、堪えかねて指をとんとん叩き付けます。

「あはれねん、ゴヤは扇に描かなかったものん[11]」と絶望しきってぼそり。

＊　＊　＊

遠く宮殿では、王さまの勅（みことのり）――デザートの時、何でもお主の望むものを願うでおじゃるって言われたみたい――を得た姫さまがお風呂から上がり、ブレスレットと真珠の首輪しか付けずに、鏡の前で毒蜘蛛（タランテラ）ダンスしていました。

三　慇懃ヴァルプルギス

女官長はブチ切れていました。野外（アル・フレスコ）エクストラヴァガンザに出演予定だったオペラハウス付プリマ・バレリーナが踊りを拒否したからです。理由の主旨は「そんなに踊れません」
「頑固な娘ぇ！　素人風情が！」　どえらい女官長は怒り狂いました。バレリーナへ毒づきましたが、徒労に終わったのです。

こんな都合の悪いことってありゃしない。幻戯的なアルブレヒト・デューラーさん風挫折に女官長は凝視され、心胆寒からしめられていました。バレエはナシぃ……バレエの挙行はダメっぽいですね。

あぁん！　王さまがどんだけダンスが好きかぁ、知らない者はいないですよぉ、格別、宴のあとのものはぁ……身寄りなきみじめ娘が大根足でぐらつかずに立っておると思えば、でおじゃる。劇の上演は十一時五十九分まで延ばせられません。雌黄色した革張りの玉座二つが、甘美極まる舞台の前にぽつんと立っています。

天国だけがこの恥辱を晴らしてくれるでしょう、女官長は眼球を上に向けると、熱血園芸家風祈りを雨へ、速やかなるハリケーンへと捧げました。「繁きどしゃ降りをもたらし給え、キリスト様！　ノアの大洪水よ再び！」と歎願奉ったものの。

はい、残念、天候はニコニコポンでありました。上天、ビビってしまうほど静かな夜、銀箔より澄んだ空気。女官長の周りの樹々は、枝の付いた燭台に星が刺されたみたく。

もう序曲が奏でられていました。女官長、絶望。瞼を閉じれば、月の光に照らされて踊り狂うスケルトンさんたち。墓の骨を叩きながら跳梁跋扈、うーん、ゾッとするから書けませんよぉ。って、別に驚くことじゃないんですけどね、女官長すっかりイっちゃっていましたので。周章狼狽の体で夕食時にルクレティウスの引用を間違えるわ、扇をスウプに落とすわ、噂になったもんですって。

「カールスバッドで余暇を一月過ごして、緊張をほぐさなきゃ。俺、年中無休なんですけどね」。嘆く声が聞こえます。

白手袋をはめた女官長は庭園へ通じる草生した階段（王さまは使われた大理石に飽き飽きしてました）の中程に立ち、ヤバいくらい慇懃な会話をフランス大使と交わしながら衆目の的になっていました。

「オリーヴにコニャック垂らして混ぜ混ぜしてぇ。素で変わってるでしょ、でもぉ、あてくしのオキニ料理なんですぅ！」と話しています。

マルメゾン宮殿の薔薇か、ってな具合に紅潮して、銀の織物と金剛石で目立つ女官長、長裾の広げられたスカートが階段を覆ってキラキラ光りつつ、詩の中に存在する瀑布が絶妙に流れを止めています。頭ではお高めのティアラの要塞よりダチョウさんの毛が、城塞より髪の上で羽ばたいていました。ピッカピカっすねえ。冠り物の上にいると分かった蛾さんたちが、柔らかい翅を用いて女官長のガウンへぶら下がった水晶をぺちぺち。思わず叫んだ時、胸や喉首を冷たく撫で回すものに気付きました。

「おべっか使い！　マジ、カリスマある。魅惑のご開帳？　助けてぇ、あてくし気絶しそう！」唇を鳴らさずに息だけ吐いていました。大使が勇ましく女官長へと覆い被さり、蛾さんを一匹一匹剝ぎ取りました。

「自由について話しておられるのでしょうなぁ、全世界を前にして」。事情を分かっていない方々がぶつぶつ。

　明らかに女官長はルーベンス作で、がっしりした体格、桜色の肌、ちょびっと鉛筆で引かれた口髭、フランス料理への飽くなき食欲が行き過ぎるあまり、ヤーコブ・ヨルダーンス作[12]へと変貌しつつある、ルーベンス作かつ眠り隊の一員となっていました。色んな申し出に対して、親切な態度でもそうでなくても、のべつ幕なしに返事する女官長でした。「その優しさに感謝ですぅ、でもん！　あてくしが台本を書きましたの。ベストを尽くしたってお認めくださいましな」。はなのさかり（エパヌイ）の廷臣の妻から善意のお願い、「ムーア人ダンスしませんか？」に対して避けるように「ありがとねん、あてくし、ドタバタ音頭してる状態だからぁ」

「怒ってるねえ！」　聞こえるほど近くに立っていた方々がぶつぶつ。

　慇懃な性格で歌舞いた色を好んだとの評判で、諸人にまつわる噓八百をいつもそれとなく吹き込む術に長け、ピンに向かってすら「感謝感激雨あられ」と絶叫していた、天使にも似た前女官長と比べれば、今のは人気がありませんでした。

　薔薇園を見下ろすテラスの上に舞台は設(しつら)えられ、並み居る召使いの私語はなんだかオペラっぽく、そのお仕着せは、ガキ用の絵の具箱で黒と白の間に見つかるような色合いでした。自意識過剰な連中ですねえ。そわそわ、ごしょごしょ。大聖堂の外でプリマ・ドンナを待っている合唱団みたいですよ。あはれにもお手々は誰か指差したくてウズウズしていました。その上に聳える宮殿は、長々しい紫繻子(むらさきじゅす)みたいに青みへと縫い付けられています。一吹(ひとふき)した風が張られた帆みたいに全空間へと広がる、って思えちゃうかも。遠近感を失い、無駄に集密した星々がお待ちかねの下げ幕を連想させます。召使いの後ろでビクッとして、眼をきらんとさせた姫さまのお馬さんたち。花火の間に騒ぎを引き起こしてしまったものですから非難囂々。「二週間は笑い者になるでしょうなぁ」と哀しみに満ちた侍従長、部下共々、諸事奔走(ほんそう)する始末になるんで、全く喜んでない模様。「さぁさ、モデルにでもなりなさいまし」とお馬さんを叱りつけます。瑪瑙(めのう)の素晴らしい指輪をした白い柔(やわ)な手をぶらぶらさせます。樹々を抜けて青銅のお馬さんがぴょこぴょこ夜を駆け、かわゆいお后さまの騎馬像は、吹きさらされた着衣とロゼッタ・ストーンで盛装しています。扇とクソデカな鍵を持っています。鍵は幻戯的過ぎて、世界の各地から来た連中が見て、王さまに木曜の二時から四時まで庭園を開放してよぉって言っていました。侃々諤々(かんかんがくがく)を経た後で、この鍵はお后さまの心しか開かないんだよってことで皆納得しました。

薔薇園の薔薇は大したものですが、園がこれじゃあ完全矛盾してるみたい、薔薇の茂みの一つ一つには支那提灯が吊されてました。そこに入ってきた女官たちは白百合みたいで、この上なく楽しそうで、盛大に笑い散らかしていました。けれども誰一人として、王さまを模したふざけたかっこの小人像を笑おうとはしませんでした。幼い男の子が生（なま）っ白（ち）ろい疲れた顔で胸像群と薔薇の間をそぞろ歩き、ヴァイオリンをギリギリまで身体から遠くへ放すという荒技で弾いてました。その銀色に輝く地点へは何も声が聞こえてこず、男の子はいつしか蒸発して黙りきるまで、巧みに音を小さくしていくでしょう。

植え込みを透かして出来たまだらな光の中で、お抱え水晶占い師が無数のスミレ色の影に巻き付かれ、星の光を透かして不運を予知していました。

夢想の絶頂で「けったいや」と観相することが（かなりうまくいっていました）占い師の他の追随を許さない秘技でした。

「編みレースで縁取りした桃色シャルムーズ付けたら、ワイに誰も寄りつこうとしいひん。月の石欲しい、ヴェール着たい、阿呆陀羅（あほんだら）にワイ、スカート切られたんや。仕事着往来で使えんなんて、やっかいやさかいねえ」とかたまに嘆いていています。

今宵はアメジスト付けたネックレスして、もふもふの白鷺羽を髪に付け、おモーヴ色した繻子の仮面被って、顔は見せていませんでした。女官たちはブルブルしながら、占ってもらう順番を争っています。「答え濁してる。いつ起こるの？って聞けば誤魔化すし」とおおよそ評価は定まっています。

　ライムの樹の輪郭が震え、我関せずと泡を吐く石のイルカは、月に叢雲（むらくも）差せば巨大な白薔薇の蕾と見えました。蒸し暑い夜だったのでお喋りは華やぎ、多くの人は微妙に色が付いたスイーツにむしゃぶりつき、百薬の長を啜（すす）っており、何も言わずエクストラヴァガンザが始まるのを待っていましたが、有閑（ゆうかん）夫人連、すなわち女官たちの母親や側に侍（はべ）る小姓さんたちは身を寄せ合い、口元を扇で隠しながら、モンシニョール連と彫像群に関する醜聞を冷やかに駄弁（だべ）っていました。

　姫さまの「出来るだけジジババは来させないでね」との要望に対し——「呼ばなきゃでしょ、姫くん」とお后さま。

　遠近（おちこち）の樹には夜鳴鶯（ナイチンゲール）の籠が掛かっていたんですが、鳥中のプロと言ってもいい存在へと調教されていましたからねぇ。躾（しつ）けられた声音、巻き舌で囀（さえず）り、ぶるりんと身を震わせていました。野生の夜鳴鶯なら、おセンチに表現して、こんな美事に鳴き終えることなんぞできませんから、尊敬の念を抱いて黙っておくものです。

　金襴（きんらん）の緞帳（どんちょう）から聞こえる陶磁器が割れる音、押し殺した悲鳴がエクストラヴァガンザ始まり始まりの合図です。

瞼の下に雪花石膏（アラバスター）製の燃え立つ花が浮かんできた女官長は、どうせなら足元の大地がひっくり返っちゃえばいいのにぃって思いました。目立つ動きで庭園へと滑り降りていきます。

王さまとお后さまは距離を保って高御座に坐り、王さまは鳥目になっており、お后さまは、社交界デビュ娘と母親たちの陸続とした列が箱船から出るみたいに、照明された大テント内より前へ前へと這い進んでくるのを、愛くるしい威厳（全てをかったるく感じていたんで、素で）をもって眺めていました。うっかり者のデビュ娘が膝を床にぺたんとつけている間、母親連はお辞儀をし、華麗に媚（こ）びへつらっていました。お后さまは、あたし、分ごとに美しくなっていってるぅって思っていまして、まあ、崇め奉られたらいい気分になるってもんですからね。王さまと退屈なご母堂さまとの生活はスミレ色とは言いかねるんですが、催し事が終わればゴキゲンな気分になっているんです。

お二人の足元に姫さまは雅（みやび）に寄りかかっていて、人目を誘う、パニエで広げられたルイ十五世風スカートを、後代のコサージュ——針金で留められた梔子（くちなし）の花束（人妻のようにすり切れていました）や真珠で飾り付けられていたため、比ぶものとてなく見えました。ご自慢の夜会服の一つです。もの皆、姫さまを立たせ、お姿を間近で拝したく願いました。髪の毛はピサの斜塔のように、宝石を象嵌（ぞうがん）した短刀と燻（くすぶ）る火でもって一方向に固められていました。時折、チャールズ・コンダー[13]描く薔薇赤の扇を斜に持って夜空に向けます。柔い扇の骨越しに星雲の光輝を見つめるなんて好ましかったものですから。姫さまは夢見がちなのです。

　お后さまは心配そうな顔をしています。

「ね、テオドア、気になってるんだけどさ。あんだけの量で、よく客が食う分に足りるよねって。お芝居が終わるまで軽食出したくないな。始まる前に食べ尽くされちゃいそうで。いっつも金遣い気にしたりケチったりしなきゃいけないってやだけど、最近軍部増強したでしょ、制服をレモン色と銀色からニチニチソウ色とスミレ色に変えたし、やれることはやらないとね。でも、覚えといて、あたし、最後はあんたと相合い傘で歩きたいし」と話が止まんないお后さま。

　王さまはお后さまのしゃべくりには無関心な体です。けれど、ちょっとばかしムカついているようにも見えましたが。

「明日から節約、節約ぅ！　宮廷のディナーではうさぎを食べることにしよ。その方がみんな喜ぶし」。お后さまは続けます。

「愚かでおじゃる」と唸る、象嵌された宝石の冠を被った王さまは、うんざりしたヴァイキングさんに見えますよ。「献立(こんだて)に拘る(こだわ)なぞ、ブルジョアのやることでおじゃるよ。然り(しか)と言えども、節約を思いついとるなら調理なんぞはしないようにしなければならぬ、后どの、朕は禁じておるのじゃ」とこわごわ月のクレーターを見上げ、おかしな口調で「うしゃぎ」と、暗殺計画で用いられる毒の名前のように呟きました。

お后さまは勇士連隊を束ねる大佐でもあったんですが、めちゃ恐がりでした。泣き笑いを均(ひと)しい器用さでやって、どちらにも均しく楽しみを見出しておられました。選んでいいなら泣く方にしたでしょう。そっちの方が洗練されてるんだもん。

「あたし、ガチでベスト尽くしてるし」。プーフさせた髪が重いんで、深く玉座にもたれかかり、「で、尽くすことに疲れたんで。疲れたったら疲れたんで。実入りちょっぴりで暮らしていけって無理っしょ。税金だってまともに取り立ててないけど、このこと口に出しちゃいけない決まりがあるし。あたしたち友達でしょ、あんたはマジに世帯じみちゃいけないし、やれることをやらないといけないでしょ？　さもなきゃ……言ってやるけど、いつか真珠を質に入れなきゃならなくなるから！」　で、瞳孔を広げ、のっぽのっぽの宮殿の窓を気怠く見つめます、窓は冬にはデカく、戦時には退屈になるもんです。

お后さまは公衆の面前で騒ぎを起こすのが大好きでした。目的を叶えるためなら、です。

永久不変の似姿を作りたいと欲していたわけですよ、象徴となるためにね。

正史に於いて、可憐にも悪鬼なるだとか、数奇なるだとか、みじめなり独裁后と述べられることを望んでいました。現世で無理解な扱いを受けるリスクがあっても、後世から一掬(いっきく)の紅涙(こうるい)を注がれることを求めたんです。情熱を捧げ、その魅惑を世々に残さんとする野望は尽きませんねぇ。無痛だったとしたら、処刑されることすら望んだでしょう。

「おおっと、カンカンおどりだにゃん！」扇を降ろし、心臓の上に飾られた花束をいじいじし始める姫さまです。「とうさま、教えて。針金はこの梔子を褐色に染めるの？」

「違うぞよ、おにゃんこちゃん」と返す王さまは、穏やかに姫さまにしなだれかかります。

「なんかヤバそう……」と察したお后さま、寒烈と言い放ちます。「いつも言ってるよね、娘は『マリー』以外の名で呼ばないでって。他の名で呼ぼうものなら尼さんにしちゃうよ！」

「カルメル会でしょ、ママ、たぶん。後はクララ童貞会かな、教えてよ。知りたいんだよぉ！」動じる色なく、姫さまは問い返します。

お后さまなぞ眼中になしと王さまが一瞥して、会話はお終いになりました。王さまはガラスの義眼を嵌めており、両目のうち、どっちがそうか、どっちそうでないか判別が難しいのです。「片方しか眼がないから、どっちで見られてるか分かんない」。お后さまはたまにこぼしていました。「メデューサが睨むのに似てるし。居心地マジで悪い。はぁ、耐えられる程度の怒りならなぁ。でもね、ツキがなさすぎて……」と、巧みなしくじり心理法の中に浮かんでいきます。

宮廷人男子は大半、お后さまのことを「お招きしたこと謝らないと」と、王さまには「宝の持ち腐れ」と考えていました。

「王さまは老けていかれますからなぁ。お変わりないお后さまはお気の毒ですわなぁ。史上にのみ生きてゆかれるのですな、言うべきことはないっすねえ」って言っています。

お后さまはとっても愛されキャラで、王さまの最初の連れ合いの親族や、中でも旧体制の恩恵を被っていた未亡人たちは、独特なドレスのスタイルについて絶えず囁き交わしていました。

噂によれば、お后さまは、羽毛と真珠に薔薇を飾った帽子を被って眠るとか。

「お后さまのスタイルって、にゃんだかあけっぴろげなんだにゃん。あんにゃ女たちを馬鹿にしまくり、ぷりま・どんにゃを口を極めて罵るでしょうにゃ。あはれなのはテオ王さまだにゃ」。ある種の貴婦人連は猫撫で声でため息を吐くでしょう。

今夜、お后さまが着た、円柱みたく白いヴェルヴェットのディナー・ガウンは螺旋状になった薄い銀のひらひらで包まれ、髪の上まで巻き付いていました。両手以外は神様によって、ちゃんと作られている模様。お后さまの手は決闘士みたいにデカく、敏感なト・コ・ロでした。指輪を嵌めまくっても、手袋で締めても使い物になりません。常日よりマフを持ち歩かなければなりませんでした。足は……想像するより他ないです。噂によれば、足のサイズを測る靴職人が天守閣には控えているとか。

おや、お芝居が始まったみたいですねぇ、私語が順繰りに収まっていきますよ。

誰も彼もがお后さまのひそみに倣っていました。ひそみを真似るのは難しくありません、初心者向きだったんですよ——かったるい関心を示せばいいだけで。

批評家連が薔薇の木周辺の地面に坐り込んでいました。着いてすぐ金剛石のスカーフ留めを女官長から貰っていたんで、何を言うべきか、ちゃんと心得ていたんです。「劇中に於いては、四人の人間が一時に気絶する。果たして節約という言葉の意味を作者は知っているのだろうか。短い電報」

既に遅刻しているというのに、テレザはまだやってきません。姫さまが目線を宮殿へ向けると、テレザのいる窓辺で灯火が燃え滾っていることが分かり、続いて、その面影がブラインドをよぎっていきました。

「きっとルージュの口紅を色濃く塗って、瞼の下に円を描いてるんだろうさ。祭りの夜は厚化粧ってるからなぁ」

屋根裏部屋の窓から身を乗り出して、夕方と同じくガーゴイルみたいなお祖母ちゃま。顎の下で燃える蠟燭のせいか、ヘラルド・ドウ(14)描く至上の絵に見えてきまして、ローマ花火、吹き出し花火、輪転花火へ向かってハンカチをふりふりして楽しんでいました。その横にはオウムさんと信仰心に篤いメイドがいました。オウムさんの反応はと言えば「ゴミカス」か「おぉん、マジイケてる!」ぐらいで、これが下の庭園までストレートに聞こえて、批評家が点数を読み上げたのではと、俳優たちを戸惑わせていました。

ステージでは美しい女優さんが、真珠色の繻子のネグリジェとオレンジの蕾色のブラジャーを着て、熱烈な電報を独占していました。名優だったので、難無くフレスコ画や綴織から絵を学びました。縫い取られた人物のポーズをものにしていたんです。

「しゅごぉい」と皆。「至高至極でおじゃる。なまらめんこい水妖精なるかな」。王さまは満足げです。

ほどよく笑って、宮廷中が振り返りました。女官長は自分の書いたお芝居を楽しんでいました。

「ウィットに富んでるぅ！　風刺も効いてるし。やっほぉい！　カーテンの後ろに隠れた情夫たちを見てぇ！」　若い大使館員にもたれ、沢山の金剛石と一緒にしなだれかかる女官長。

樹下では天自ずからなす藍色に包まれた、ツィターのみで構成された楽団がセレナーデを奏で始めると同時に、草叢に飾られた支那提灯の合間から男爵夫人が滑り出してきました。その登場は衆目を引き、オウムさんは押し黙り、皆は席に坐り直しました。首を曲げた女性たちは意地悪白鳥みたいでした。男爵夫人は、廷臣みんなが振り返って己を見ていることに気付いてしまい、茫然自失の体に陥りました。

まあ、こんな試練、予想されていたんですけどね。出くわした時の準備もしていました。風前の蠟燭と化す箱入り娘で薄っぺらな人間ですから。称えた後で、聖オーロラさまより強くなりたいわんと願いました。他人行儀に振る舞う力をイヌホウズキが魂の糖衣に与える作用を心得ていました。風が吹いても、内にこもる電気の力を鎮めることは出来ず、宮殿に戻ってきた男爵夫人は顔に薔薇のエキスを吹き付け、アビラのテレザさま[15]による『完徳の道』の一章を読んでいました。この状況下に於いて、男爵夫人の発掘したオーロラさまはぴりっとした存在でありました。けれど、貴きテレザさまも、男爵夫人を平静へ戻すことにしくじりはしませんでした。

その言の葉に込められた青白い炎を読み通した後では、海の波に身体が洗われたように思え、慌てた感情は跡形もなく、むしろ逞しくすらなるほど、男爵夫人の頬は妙なる貝殻と同じ蠟色に染まっていました。

即座に探ってやろうと曲げられる長い首に、均しい首飾りの石の燦めきに脅えた結果、魂の乱行が始まって、激しい感情が、コテで上手く塗り固めたように穏やかな顔面へと飛び出してきました。一瞬、仮面を失った男爵夫人は、前のめりになった罪悪感が波紋を生んでは消えていくのを覚えて、すぐに若い男のことを思い、その唇を、眼を、行き先を装いました。

苛ついてるんですよ。平常心を保つため、ヴィットーレ・カルパッチョ[16]描く聖ウルスラ、表情が少しも覗（うかが）えないクレープ・デ・シンのヴェールをした、スフィンクスを思わせる女性を想起しました。「誰が、スフィンクスはなぞなぞ出すって言ったのん?」と不思議に思いましたが、この不思議さを抽象思考の域値まで引き上げて保存しておきました。

ツグミの卵殻みたいな、青か緑のどちらでもないガウンを着て、ぺらっとした銀の葡萄葉を輪っかにして髪を纏めていました。

リボンの集まりみたく細いすらっとした指で白いチューリップいっぱいの花束を持ち、クソデカなかもめの羽根の扇を腰の上でふりふりしていました。プリマ・ドンナばりの意識しない巧さをもってしずしずと歩き、人の詰め寄せた家の前にある森林をぶらり、無数の悪辣な遠眼鏡を通して品定めされ、盗み見られていました。

「また熱愛されるんですかいな」と囁く侍従長。「無理っしょ！　昨日、恋愛には疲れたのんって言ったばかりですよねぇ」と喚く宮廷医師。「恋愛に疲れたですって？」宮廷看護師は積極的に嗅ぎ回ります。「彫像ばっかり追いかけてますからね。森でパンの大神の大理石像と結婚したんですってば。昨日教えてくれましたよ」と女官。

「おっそろちいメイクだわぁん」。王さまの寵臣がぶつぶつ。

「猛毒ベラドンナみたいなお目めぇしてるぅ！」　お后さまの寵臣が述べます。

「老けてくねえ」。他の者は囁き交わします。

「宵、青、お庭、マジサイコー！」とお后さまもにっこり。

姫さまは脇の方に行っちゃいました。帰ってきたテレザへたくさん連絡しているのに、目の前に来て話をしてもらえていないのです。男爵夫人は、革命時、王家が脱出専用に定めた裏口から宮殿の中へと忍び入りました。直で自室に戻り、ベルを鳴らしてメイドを呼び、引き籠もります。

同じ頃、姫さまはお髪（ぐし）をお手入れ中で、寝室の窓辺に坐り、外を通り過ぎる真珠の首飾りした蝙蝠（こうもり）さんに怯えつつ、おん自らを慰めておいでのタイミングでした。時間つぶしで退屈したりしないんだぞぉ。

雲の切れ間より挑み掛かるように覗く仏塔の、開いた門から吹き出す泡が梅に変わっていく、花海へ乗り出した戎克（ジャンク）船団を刺繡した襦裙（じゅくん）に姫さまはお色直していました。この襦裙は水兵の従兄弟からの誕生日プレゼントでした。瞳に異郷の港の魅惑を宿した若者です。

夜空は蝙蝠さんと紫の蝶さんで占められ、みんな鰯雲（いわしぐも）の中でぶるぶる震えていました。少なからず驚きはしたものの、窓の下で絹のペティコートがちらちらふるふるしている様を目にして、姫さまは女子らしい好奇心をお抱きになりました。「モクシュンギクたちが破滅へとひた走ってるのかなぁ。その心の痛み辛みはどえらいものじゃなきゃあいけないだろうさ」。不審な挙動で身を乗り出します。王さまと同じ血筋を感じさせる好奇心によって、ですよね。

庭園の樹々は暗いエメラルド色になり、風が花弁を汚したように見えました。

足音がプルプル、ぴたり。鮮やかな影（帽子を超絶角度で被って）が彫像の後ろに潜んでいます。

「あはれなやつだにゃん」。熾天使（セラフィム）の笑みでぶつぶつ。「信じて。ボク、動かないからさ」。腕を組み、悲愴げに宮廷詩歌を高吟（こうぎん）しました。

恋とはムカムカするもんじゃ
激しく呆れてしまってのぅ
もっと良いものこの世にゃある
わしはそっちに焦がれとる
俗なカンジョーにゃあビクともせん
恋とはムカムカするもんじゃ

マジなところ、ダサい連中受けするものじゃありませんでしたけど、姫さまの歌声は滅多に聞けません。声色から、六つのチビちゃんだと判断されてしまうかも。姫さまは立ち止まって『珍話集』の初版本をつまみ、闇夜にほうり投げました。

影に動きがありました。

「テレザ？」　びっくりした姫さまは呼びます。

果たして男爵夫人だった影はぶるりながら空を見上げ、さぁさステージの始まりです。あれれ、見た感じ、番兵小屋に消えちゃいましたねぇ。

　十五分後、上品に姫さまの部屋のドアがノックされました。

「開けゴマ！」ジョッキで何かを混ぜ混ぜしていた姫さまが言いましたが、入ってきたのはメイドだけで、男爵夫人による花文字――輪で括られ逆立ちした花々、掠れ気味の茎の先のぶっさいくな蕾――の手紙を渡されました。姫さまは封筒を破き、読み始めます。「堪忍してぇ、姫くん、気まぐれ聖人だったのん。でも、来るって、絶対来るはずぅ！」

　籠いっぱいの青い果実が、手紙とセットになっていました。

「ほんとにテレザなの？　疲れてないといいなぁ」。姫さまは尋ねました。

「水は熱いのん、冷たいのん、どっちぃって聞いてました。めちゃ動揺してるようでした」。メイドは答え、長ったらしい口上を述べ立てます。

「わたくし、バリクソ遅れましたのん？」急ぎやってきた男爵夫人がぶつぶつ。「植え込みで黒魔術実演してるお方がいるって聞いたんで、わたくし、今ねん、できる限りのことやってきましたわん。エンドアの魔女の術式って評判だけど、マジなのかしらん。で、姫きゅう（マ・シェリ）ーん、その人どこへ行ったのん？」緑色の目を大きく見開き、息を吐くふりをし、こわごわ影を探しました。

　姫さまは宮廷人の特徴であるややこしい性癖には慣れています。男爵夫人の言い草を無視して、静かに、けれどきっぱり言いました。「テレザのこと、退屈になんか思ったりしない。でも、こっち来てすっかり話してよ、聖人についてさ」

あまりの直球な問いに、男爵夫人、目に見えてたじたじ。

「こっち来てすっかり話してよ、聖人についてさ」。家政婦が同僚に、夕方のお出かけの後言うように。ぜんぜん驚くことじゃないんですよねぇ。姫さまの血筋はややこしく混み合っていますから。

「姫くん、何を言う必要があるのん？　メイドが靴に穴を開けるまで、あっちこっち往復して、わたくしと暗号通信しましてよん。伝えました通り、なんとも表現しがたい方でぇ、あっ、でも、風呂に浸かったドナテッロの銅像に似てるかもねん！」　俗っぽ過ぎる声でぶつぶつ。

姫さま、興味津々。

「香ばしい発言をママに向かってするように煽らなくちゃ。今夜、ママ、ヘロディアスに似すぎぃ！　義父（おとう）さまのガラスの義眼も輝いてるし！　ヤバいこと起こるよ、ガチ確定」と甘ったるく。

「必要ナッシング！」　ぼそりと言った男爵夫人は、頭痛の叢（くさむら）より、心臓の形したか細い一葉を抜きます。泥沼に立っている自分を想像し、水平状態を取り戻すべく、ピコ・デ・ミランドラが祈りの中で述べていたことを思い出しました。窓にその著書を置き、フィレンツェの遠景を道連れにガラスを覗き込みました。ヴェッキオ宮殿、サンタ・マリア・デル・フィオーレ大聖堂のクーポラ、サンタ・マリア・ノヴェッラ教会の尖塔、全部、窓敷居で育つ長い白百合の茎の隙間に見えたんです。男爵夫人が絵図を照射させたから、時間は三度音程になるでしょうね。

「現代の風景が全部広がってるぅ。こっからマジで見れちゃうんだわん」。自画自賛のため、振り返りもせず、後退してぶつぶつ。

「性格キツそうな眼してた?」　お后さま感激必至な羊ちゃんボイスで問う姫さま。病んでる女みたく、ハープの弦を一本だけ巧みに鳴らし続ける感じで。

「うっつくすぃぃぃぃい(イレ・ボン)! やっさすぃぃぃぃぃい(イレ・ドゥ)!」とがなり、ジュール・マスネの楽曲(17)に逃避します。「でもぉ……見てちょ、王さま陛下に監視されてる! ねえ姫くん、夜鳴鶯(ナイチンゲール)の唄(うた)ってマジ悲しくない?」　皆に聞こえるよう大声で。

舞台では、祭壇みたいに布の掛けられた、蠟燭がちかちか灯(とも)る自分の化粧台へ、野ばらの花束の中央から一直線に跳ねて吹いてきたらしい、眠気を誘うそよ風に包まれて優しくよじ登った綺麗な女優さんが、たちまちのうちにきゃぴきゃぴした未亡人に扮して、繻子で縁取りされた箱へと物をムボウに投げ入れ、ヴェネティアに向かう準備を始め、その地で情夫と落ち合う段取りとなっていました。

お芝居の絶頂(クライマックス)には到(いた)っていたんですけれど、男爵夫人の間奏曲はもっぱら夜鳴鶯のことでして、大声で「しっしっしっ」とか「入口にいけよ(ア・ラ・ポート)」と、モブのお小姓さんから歓迎されていました。

薔薇の木周辺では、金剛石のスカーフ留めを付けた批評家連がコツコツ執筆を続けています。「自然が機械的仕法によって露を結ばせるように、芸術もまた涙を流させる」とは一人の評。姫さまはテレザと腕を組み、世間知らずな質問を差し挟み、事実を知りたいんだよと頼みつつ、ひょこひょこ歩いていきました。でも、男爵夫人はその手には乗りません。

日本庭園が望める下座敷へ二人で坐ります。

とってもかわゆい庭園でした。

土中では生え育たない花なんですが、支那の鉢植えの中でひしめき合いながら禁欲生活を送っておりまして、金文字と薔薇紋様を描いた陶器の甃（いしだたみ）によって舗装された通行用の小道で、対称的に区分けされていました。ミニチュアの池の中央では、きつい衣を纏い、もっときっつい沓（くつ）を穿かれた観音さまが統べられます島の海岸周りを、浄土の百合がちらほらと覆っていました。

立っておられる閉ざされたお寺の門が小さすぎて、観音さまは入ること能（あた）わず、無情な池の水を、細めた眼でちらと見下ろされるのでした。お寺は雪で覆われた、書き割りじみた山の麓（ふもと）に快闊（かいかつ）と鎮座しています。

提灯がチカチカする庭園では、妙にたっかく噴水は吹き上がり、妙にたっかい花々は鉢で孤独をかこち、縮れた花を咲かせ、妙に甘いにほいを漂わせていました。

都会の花々、ぴっかり！

薄気味悪(わ)っるい幽霊さんの軍勢が、音も立てず、陶器の道をぱたぱた飛び回っています。

「ギンッギンにくるお花たちですわん！　かったるい夜ですわねん。あんな不貞不貞(ふてぶて)しいお月さま見るの、少女時代以来ですわん」。男爵夫人は煽ぎながらぶつぶつ。

一方、姫さまは、手紙の載ったクッションを、頭より高いと思われる位置へと掲げたチビお小姓さんが、軽快な動きでこっちにやってくるのをドキドキしながら見守っていました。

ベノッツォ・ゴッツォリ[18]描くみたいな装飾品付けて、ムカつきながらも多額のチップを頂き、廊下に立ってふくれっ面をしたお小姓さん。当たり前ではありますけど、眉をしかめる結果になってしまいました。

「チビくん、さんきゅ」と言って姫さまは手紙を受け取ります。お小姓さんが答えを待っている間、男爵夫人はすごく思いやり深い手つきで飾り紐を結び直してあげました。

「まさか、悪い知らせじゃないわよねん」。背筋を正して、優しく質問します。

「姫くん、男って、みんな見栄からわたくしを捨てたのよねん。責任はぜんぶあいつらにあるんだからん。わたくし、男性遍歴繰り返して、やっと連中に分析的な仇名(あだな)つけてやったのん、『愛情乞食』ってねん」

男爵夫人は姫さまの手を取り、同情でペッタンしてあげました。

「姫くん、あはれねん。実に無様。結局、エルネスト・メッソニエ[19]の画中に出てるみたいな香ばしい男たちだったわん」

その瞬間、王さまの伝令官たちが息の続かん限りトランペットを野蛮に吹き鳴らし通し、遅刻したご客人の到来を知らせました。

臆病な男爵夫人にとっちゃ、この入場は艱難辛苦を与えられたように見えたことでしょうねえ。心臓に手を当てた男爵夫人、「お助けちょうだいよぉ！　これぇ、聖人が来たのよん！　姫きゅんちゃん、身体押さえてて！　わたくし気絶しそうん！」と絶叫します。

「いやいや、テレザ、実際に何か起こるまでは意識保っといて」と姫さまは頼み、お客へ会いにすっ飛んでいきました。

姫さまが行ってしまった後、男爵夫人は「まぁ、いいわん。気絶するのは夕食後まで置いておきまっしょい、よくよく行くような場所へねん」と腕を日時計に絡みつかせ、月の光に身を休め、親しげに独り言をぶっちゃけて鬘被ったお芝居を開き、文字盤へ唖の聞き役に徹する誉れを与えました。

「不思議な感じねん」とエッチな喜びを感じながら、扇を開いて思案、「気絶して、そんでリアルなご飯を食べると。一日中吐いてた嘘をもう止めていいってなるのねん、気持ちがだんだん沈んでいくわん。午後からどんだけ自分責めたと思ってるのん……こにゃんこめぇ！　罌粟(けし)の花咲き散らかした髪の聖人から、きっと真相究明することでしょん、『スピノザ！』って叫ぶようになる前に……大間抜けが！　きっと描きたいって思うような男じゃないわよねん、太陽が照りつける高原にある洞窟の中に住んでて、ヨカナーンっぽく腰を皮で巻いてるんだわん！　姫くんの陰謀を前にしてなすすべなしよ、きっと。姫くん、おべっか使うでしょ。泣きじゃくるでしょ。聖人を時計引っ摑んでるみたいな気分にさせてぇ、摑まれるよりも早く女声最低音(コントラアルト)の声になって、姫くん跳ねるでしょん」

と、『女犯罪者への手引き』の何節かが頭の中に飛び込んできました。

「手持ちの蜘蛛の巣の糸にたっぷりスパンコールをまぶし、きらりんきらりん誘ってみて、ランプに照らされた道みたく広げましょう。仕舞いには、注意して記念碑をヴェールで覆わなければなりませぬ。殺害対象を楽しませましょう。遠くまで行くんなら、すぐに振り返って押しましょう！」

しーっ！　何なんでしょうねえ。すきものなそよ風に乗って、ハッキリ声が聞こえてきたんですが……。

「男爵夫人はキミの庭にメロメロだよ、天国から来た花ありがと」

驚いた聖人のお馬鹿面が空気中に再現され、もみじが最初の一葉を落としました。

男爵夫人ぶるりんちょ。これ、単に緊張し過ぎただけなんですけどね。

「わたくしの心は焚き火、わたくしの足は真鍮。サラマンダーだけがわたくしと同じ思いしてる。夕食一回、シャンパン一杯。きっと回春できるわん。いい男に抱かれて、長く気持ちよくイクのん」と独りごちつつ考えました。

笑いはしましたが、なんかきちゃない笑みでした。愛らしくため息漏らしつつ、片眼鏡を通して、月の円盤を閲しにさまよいます。頭でっかちな樹のてっぺんで幽体離脱したみたい。

「ガチンコねえ、モンシニョール・パアのスミレ色の司祭平服見たんだったわん」と歩き出しながらぶつぶつ。

姫さまはその間、首と腕にラシエル粉を振って、天然の階段の中程で聖人に追い付きました。驚きはしたものの、喜んでもいました。ボタン穴に梔子を挿して、黒ずんだ金色の髪は、はっきり波打って見えたのですから。

「頭よさそう」。姫さまはそう考え、聖人の元へ走っていきました。

待ち合わせ場所としては生憎でした。お目付役連が階段に列をなして油を売っており、朝焼けを根気強く待っていましたので。

「馳せ参じてくれたのだにゃん！」パニエを震わせながら、けれども身体を揺るがせはせず、姫さまはぶつぶつ。「ボクの手紙読んだでしょ！」手を聖人にキスされながら、うっとりと聞きました。「来てくれて嬉しいよ。ボクの誕生日だもん。社交界生活ってほんと苛つくよね？」と聖人の瞳を覗き、カマトトぶって、のろけた目線を投げかけました。

最初はこう話そうって前もって準備していたんですけどね。でもねぇ（あはん、なぜにぃ）、ことはうまく運ばなかったというわけ……居並んでガン見続けるお目付役連中は戸惑い中。「どこで拾ってきた男なんざんしょ？　ってか誰？」疲れた未亡人が尋ねました。

カンペ見ながら話すなんて論外だったんで、姫さまは急いで続けます。「ビュッフェに連れてってくれない？　ボク、絶対キミが軽食摂りたがってるって思うし、ボクもアイス食べたいし。来るって分かってたから、ヤツメウナギに電報しといたよ。キミをソノ気にさせてくれるだろうさ。ヤツメウナギって何かって？　うんと、マジ、ちょびっとだけ知ってるよ。いなごの一種で間違いない。さっ、一緒に行ってみよー」とチラ見しながら聞きました。

お芝居、終了。皆の衆が作者を取り囲み、成功を言祝いでいます。女官長は二つの薔薇の木の狭間で、上っ面だけはぴえんと浮かべた暗黒微笑で、世間様にお見せできるものよりもっと奥深い深淵へと誘おうとしていました。

「夕食と祈りの合間に執筆したんですの」と皆に語り掛けます。笑いを萎ませていき、悲しげに遠く宮殿を見やります、病院でもあるかのように。

「死を描かれるときはどんな感じに？」と、枢密顧問官の妻マダム・ゴホンバナシが機を見計らって聞きます（危険分子と見なされております四大新聞社の編集部員でしたので）。

どえらい女官長はマダムを見つめました。

「イヤンな人たちも羊ちゃんになって死ぬんでしょうねえ」。わずかに身体を旋回させ、バストの角度を見せることで不満を示しながら、軽快に答えるのです。

英国大使夫人のレディ・メリッサ・ミズナイネが、ゆっくりよろついて、その場を歩き去っていきました。

「聞いてくださいよお。誰か見てませんかしら？　オリヴァー・スコット卿を探してるんです」。ぼーっとして尋ねまくっています。

近くで王さまが主演俳優たちの演技の芸術性を評価して、ジグムント二世勲章[20]を授けていました。乗馬服着て羽毛の襟巻き付けた、めちゃかわな女優さんが満足げにシャンパン啜り、生き生きと動いて首相と話していました。「馬は轡（くつわ）付けない方が良いと思うんすよ、それか、暴れるままにさせとくか。前ツアー行ったんすけど、ショック受けて、四足の獣にはちょっと疑い持ってるんすよね。砂漠で『椿姫』演（や）った時のことっすよ。あの人の父親にインタビューしたっしょ、お芝居も盛り上がってきたとこで、観客の後ろに忍び寄るライオンの姿にうちが気付いたの覚えてるっすよね。考えてもみてくださいっす！　モチ何も言わなかったっすけどね。うち、座付き作家が言う通りに動くっすから」

「ライオンは跳ねるのか?」首相は尋ねました。

「モチ跳ねたっすよ。モロ素で」と女優さん。

どえらい首相は相手の語り口にメロメロとなっちゃって、夫の虚弱体質をよく知る妻に見つけられ、悪影響を受けないよう引きずって連れて行かれるまで口をあんぐり開け、木に寄りかかっていました。

すると、大爆笑の声や拍手の音が四阿(あずまや)から庭園へと漂い流れて来ました。王さまの寵臣は強烈な凡人で、相当厚かましく見える年増っぽい(シュル・ルトゥール)女性でしたけど、ギターでコミック・ソングを弾き語っていました。前代なら断頭台の露と消えたか毒殺されていたことでしょうね。それほどみんなに嫌われまくっていました。

王族方や鳩ちゃんに似た宮中の美人さん方のお綺麗さにも刻一刻と飽きが来てしまう中、寵臣の平凡さは温度差があって、そこがまた剣呑(けんのん)なんですよねえ。常日頃から、「変態」「気味悪」「えんがちょ」とかの儀礼称号が寵臣に対して用いられてきましたが、多くの連中は表現するに足る象徴を見つけることに脳味噌を絞り、単に「ダサい」とだけ述べていました。舞踏会用のスリッパで崖からぶら下がっている姿が目に浮かびそう。「あちしがやんの?」と、たまんなく甘ったるい声で。さみしげな頰、用心深そうな眼、あくどそうな口元、お后さま好みのおぼこ娘のおとめさびとは真逆ですよねぇ。

ます。

「宮廷随一の奇特な女でおじゃる。スペイン生まれでもある」と王さまは言い習わしておられます。

ド派手な宴会芸披露してちょ、って催促された寵臣は、イルカっ鼻の未亡人連に囲まれて金色のスカートをゆらゆらさせてピルエットしたり、夜中の眠気覚ましとして、お喋りのお相手をさせられていました。「大使館員連を推しって呼んでたよねぇ」と未亡人連、どえらいスピード出して楽しく扇ぎながら、打ち震えてぶつぶつ。

現在、お后さまは、寵臣を遠くから落ち着いた笑みを浮かべて見つめておられまして、植え込みの光と影のまだらの中にいる水晶占い師へとふらふら歩いていき、その没落の日時を尋ねられていました。

一方、軽食用テントでは、姫さまが聖人の身体をまさぐっていました。「ヤツメウナギって美味しいんだぞぉ」と、しかめっ面。「蜜かけちゃおう、イナゴよりイケイケだろう?」白い粉へと手を差し伸べます。「はぁん、もっとボクにシャンパンちょうらい!」

二人は、ジャン・リムジンとスザンヌ・ド・コート(21)によってディオスクロイの生涯の一幕が描かれたリモージュ琺瑯(ほうろう)の水差しで、シャンパンを呑み交わしました。

シャンパンは完全に酸化していましたが、ガタガタ走る車の中で素っ裸になった華奢な姿が、ワインの燦めきを透かして見えました。

庭園からヴェールに覆われた海岸に打ち寄せ砕ける、形状不明な波のような弦のさざめきが聞こえ、しばしの間、混み入った静けさの後で無限に引き離された調べを奏でたため、予想通りヴァイオリンがちょこっと壊れてしまい、眠たいワルツに変わりました。

男爵夫人はテントの中を覗き見て、入口を飾っていた簾を両手いっぱいのスイカズラみたく払いのけました。姫さまを探しているんです。

一瞬、敷居の上で腰を浮かせ、まさかの時に出くわした鏡に映っている己の姿態をほれぼれ見つめました。

後ろでは鏡面に映るかたちで、ランプ黒の空のきれぎれが、木に引っ掛かった教育を受けずじまいのとばりの後ろに集まっており、その向こうでは、ダンスのリズムでフラフラと、浅浮き彫りの像みたいな長い白のガウン着た女官たちが、花の高い茎の間に出たり入ったりを繰り返していました。

急いで簾から手を離した男爵夫人は、後ろにぐるりと広がる風景にめまいを覚えました。超青白くなっています。姫さまの手紙が届けられていなかったとニュースが入ってきたためです。

運転手はワインを飲んで上機嫌、各宿に手紙を置いていきながら、ほどよい頃合いに届けろと馬丁の男の子たちに言い付けたようですが、『メゾン・グルーズ』の創作物を積んだバンが巡回途中に聖人の玄関口を通るので、男の子たちは手紙を託すことにしました。

大蔵大臣の奥方エルサザール伯爵夫人のお城(シュロス)まで来たところで、縁飾りの切れ端を取ってこいと脅しを受け、バンは泣く泣く京師へと引き返しましたが、踏んだり蹴ったりな目に遭ったドライバーは姫さまの手紙なんてすっかり忘れていました。未開封の手紙が胸のうちで焦げ付き、男爵夫人は困っちゃいました。

自らの過ちをさらけ出し、姫くんに報告することが一番よねん。他に方法ある?

既に姫さまは、聖人と信心深くいちゃこらし始めているようです。

「どんな人なの? ってテレザに聞いたらさ、通った高い鼻、頑固な顎、光の当て方次第じゃドナテッロの銅像みたいだって」。男爵夫人は姫さまの話を聞き取りました。

「まったくもう、どうすりゃいいのん!　晩ご飯食べ終える以外、何もすることなさげ。喉に引っ掛かるでしょうけどねえ、げんなりすること確定よん。他の女子と連れ立って行きましょん」。引きずっていたスカートを摘まみ上げ、「腰抜け!」と自分を叱ります。

前例がないほど酷くだらしなさが感じられるテントを背にして、立ち去りました。

王さまの腕にもたれた英国大使夫人があっちこっち見回りながら懇談を重ねているところへ、一直線に向かう男爵夫人。大使夫人が大使館に出没するねずみについてフランス語でぼやきますと、王さまは金枝玉葉(きんしぎょくよう)の歴史によって練成したねずみ取りについて語っていました。男爵夫人の言いたいことなど無視され、会話に合わせるよう強いられました。草叢に落ちる不釣り合いな影は、古代エチオピア絵画『獅子狩り(ライオン)より戻りし奴(やっこ)』を想起させ、妙な気怠さを纏った一陣の風に乗った音楽が、枝々や木イチゴのある森の無数の空き地よりこちらに向かってきまして、眠れる花の頭周りへ絡みつき、交響楽団を奏でているような影像の指を吹き過ぎました。息詰まること黒ヴェルヴェットの如きヴァイオリンの音が、長い間、みんなに席を立つことを躊躇わせました。

指揮棒は、指揮者の手が満杯の星に見えるまで、上げられては下ろされるエロい動きを繰り返しました。ワルツが気持ちいい不協和音を響かせて、突如止まります。

踊り子たちがコスパの良い「劇場ごはん」が振る舞われるテントの中へ雪崩(なだ)れ込んでいきました。前例を鑑みるに、鏡の前で生涯に亘(わた)る争いが始まったのですね。

ガヤが聞こえて来ます。「にゃにゃにゃにゃにゃああん。痛いからお尻動かしていいん?」

「無礼ねえ」

「副官の妻じゃないなんて……!」

「世間さまのお荷物!」

「このイゾルデってカクテル、すんごいラブラブな気分になる」

「扇で引っ掻くつもりじゃないだろうねえ」

「ああん、伯爵夫人、お静かにぃ、馬モツの」

「わしらの妻がの……何もないって思いますのう」

姫さまは聖人に向き直り、「ボクら宮廷連中との暮らしは、香ばしいほどキミを空虚な気分にさせてしまうかもなぁ」と言いました。

「ぜんぜん、俺はかなり楽しんでますよ」

びっくりの姫さま。聖人がこんな平凡なこと言うなんてありえる？　信じられない。

「キミは優れたカレシだから、きっとボクらのこと良く考えすぎてるんだよ。朝のサーチライトの中でボクらを見たら、きっと激しい言葉で問責するはずさ、昼飯時にも来てみてよ……いいや、今だって、しっかり探しさえすれば、ボクらが賄賂（わいろ）や頽廃（たいはい）にまみれてるって分かるはずだよ」と聖人の腕を触りながらぼそり。

銀の旋風となってジャラつく鎖の中、一番辛口な批評家二人の腕にしっかりと寄りかかって、女官長はビュッフェを摂りにやってきました。紅潮し勝ち誇って。どうも、次回作のプロットについて話し始めたようです。「最終幕でヒロインは罪を告白するの。そんで旅立って、ぐらぐらしてる木橋を渡る途中で、川へと落ちて溺れ死ぬの」。批評家たちが拝聴していました。「ほっとするラストですわん」。男爵夫人はため息とともに、夜の青みに眼を巡らします。やれることはもう何もありません。姫さまは男爵夫人の過失を見つけ出すでしょう。「あの聖人、きっと頑固な楽天家ですわん」と考えながら、色褪せる哲学に思いを馳せつつ席に坐りました。

魅力横溢（おういつ）する、ワイルドでハワイアンな曲が耳へ愛想よく流れてきました。

「男爵夫人、踊らないのですかな?」　サファイヤの指輪した、ちょび髭の老紳士が落ち着いた感じで聞きました。

「わたくし?　あはん、オリヴァー卿じゃないのん」。驚きの男爵夫人。

「それとも、見物の方が宜しいですかな?」

男爵夫人はこくりとし、宮殿の後ろにささっと滑り降りていく流星群を目で追っていました。

「あれ、大熊座へ行くんだわん」。眼を細めて、星を観察して言いました。

「いえ、大熊座はあちらには……」

「なんでよ、大熊いないのん?」　王家の御恩と御寵(おんちょう)から同時速度で見捨てられていくように感じながら、男爵夫人はぼそり。

まあ、これから男爵夫人はガチで不遇な季節を迎えることになるでしょうけどね。「家を出て海外に行きたいわん」と考え、指輪に向かって眠たげで悲しげな笑みを浮かべ——ロンドン、パリ、マドリード、遠いならどこでも良いわん!

「オリバー卿、教えてくださいよん。ギリシャに行かれたことっておありなのん?」と問います。

「何度か行ってますよ。レズビアンと再婚(アン・セコンド・ノス)もしました」。乾いた調子で返すオリヴァー卿。

「レスボス島の住人?って意味ですわよねん!」　男爵夫人は、すごく青白い猫の舌(ラング・ド・シャ)のモスリン・ローブを着て横切った社交界デビュ娘をベタ褒めし、大はしゃぎ。

「旧姓はデミトリキなんです」

「デミっ？　なんですって？」　男爵夫人はえも言われぬ囀り（さえず）を漏らしました、まばらな空の光をまばたきして見つめながら。

「デミトリキ」

「聞いてちょ」

「何をですか？」

「ただ、時告げ声を」。男爵夫人は朝の夢の中で顔を上げ、指を差しながら答えました。

「時告げ？」

「おんどりさん」。男爵夫人は音を高め、丁寧に繰り返しました。「おんど……」

＊　＊　＊

「コケコッ、コオオオ！」

「コッコッ、コッコ」

「コケコッコ……」

■「見かけ倒しのお姫さま」訳注

（1）一六五六－一七四六。フランスの画家。

（2）原文ではミンクス（お転婆）。実在しない架空の画家。つまり、お后さまは女官長の無知を嘲ってるわけですね。

（3）十九世紀イギリスで流行した演劇の一形態。

（4）一六八五－一七六六。フランスの画家。もちろんベリル女王（セーラームーンに同名のキャラが出て来ますが、相関性は不明）の絵など描いてないでしょう。

（5）一八九一－一九六八。『シラノ・ド・ベルジュラック』で有名なエドモン・ロスタンの倅です。コクトーともどもファーバンクと同世代のゲイ作家。

（6）ピーテル・ブリューゲルのこと。未詳－一五六九。日本で有名な人物・画家の注はつけていませんが、息子も同名のため大と小で区別して呼ばれていますので念のため。

（7）一七〇三－一七六八。ルイ十五世の王妃。

（8）一六一六―一六八六。イタリア・フィレンツェで活躍した画家。ちなみにファーバンクの『足に敷かれた花』の原著表紙はラウラ・デ・ナジアンジ像はドルチの『リマのローザ』のトレースです。

（9）原文ではクリップルズ・ゲート。ロンドンにクリップルゲートがありますが、それとは別物らしい。格好良く訳してみました。

（10）ターナーはチェプストウ城を描きました。

（11）ソファの上といい、ゴヤの『裸のマハ』を暗示してるんでしょう。つまり男爵夫人はこの時全裸です。

（12）一五九三―一六七八。フランドル出身の画家。

（13）一八六八―一九〇九。イギリスに生まれでオーストラリアに移住した画家。扇に絵を描くことも得意としました。

（14）一六一三―一六七五。オランダの画家。蝋燭の灯りに顔を照らされた人物の絵を何枚か残しています。

（15）一五一五―一五八二。スペイン生まれの実在した聖人さま、著作家です。

（16）十六世紀―十七世紀に活躍したイタリアの画家。聖ウルスラの連作を物しました。

（17）オペラ『エロディアアード』より。フローベールがヘロディアスをモデルに書いた短編のオペラ化であり、サロメが主人公です。

（18）一四二〇―一四九七。フィレンツェの画家。

（19）一八一五―一八九一。フランスの画家。あらくれ男たちを描きました。

（20）一五二〇―一五七二。実在したポーランドの国王。再婚問題でカトリックとプロテスタントの争いを招きました。なぜテオドア王さまが勲章の名前に使っているかは謎。

(21) リモージュ琺瑯の画家の一人、十六–十七世紀に活躍しました。ジャン・リムジンは不明で、ファーバンクの創作した人物でしょうか。

■解説

アーサー・アンズリー・ロナルド・ファーバンク（一八八六―一九二六）は日本であまり知られていない、耽美的（たんびてき）な作風を持つ小説家として語られてきました。

この二つは必ずしも間違いではありません。しかし異なった側面が存在します。

まず前者について。ファーバンクが日本で初めて紹介されたのは戦前です。詩人の西脇順三郎や春山行夫、近藤東らが中心となって紹介し、現代英国の有名作家として知らしめたのです。

続いて堀辰雄、伊藤整、瀧口修造、田村泰次郎、塚本邦雄らの著作集に名前を見出すことが出来ますし、戦後では福田陸太郎、由良君美、篠田一士、丸谷才一、生田耕作、柳瀬尚紀らもファーバンクについて記し、中でも由良と柳瀬は短編を訳出しています。また近年では富士川義之氏、矢島直子氏、垂野創一郎氏、川本直氏も言及されているなど、一部ではよく知られた存在でした。

岩崎良三は『理性とロマン主義』に収録された「ロナルド・ファバンクの生涯」でファーバンクの人生を紹介しています。邦訳された文献も少なからずの量が存在していますし、一定以上の関心を持たれていたと言っていいですね。

では、なぜ今まで主要作の邦訳が行なわれなかったかというところで後者に繋がってくるのですが、それはファーバンクの小説が難解というところに極まるでしょう。

英語で検索すると「とても読みづらい」などと評したものがすぐに見つかりますし、ネイティヴも認める難しさを持った作家だということが分かります。

オスカー・ワイルドの影響を受けたと語られることもありますが、ファーバンクはワイルドの平明さとはかけ離れた晦渋さを持っています。

読者を相手にしていないかのように主筋とは関係なく登場する人名や物の名前、オチに繋がるのかと思えば全く繋がらない描写、活躍しない主人公、誰が発話しているか分かりづらいセリフ、仄めかしを含む独特な表現と、時に小説としては完成度が低いと判断されてしまうかもしれないぐらい、ファーバンクは独りよがりなのです。

しかし、にも関わらずファーバンクを追慕する者は後を絶ちません。同時代のE・M・フォースター、アーサー・ウェイリーを始め、イヴリン・ウォー、オルダス・ハックスリー、アイヴィ・コンプトン＝バーネット、ヘンリー・グリーン、アンソニー・パウエル、ジョスリン・ブルック、W・H・オーデン、マイケル・ムアコック、アラン・ホリングハースト、そしてファーバンクの研究者でもあったブリジッド・ブローフィなど、ファーバンクを賞賛、影響を広言する英国の小説家・文筆家は多いですし、紹介者でもあったカール・ヴァン・ヴェクテン、アーネスト・ヘミングウェイ、ガートルード・スタイン、スーザン・ソンタグ、エドマンド・ウィルソン、フランク・オハラ、エドワード・ゴーリー、ジェームズ・パーディ、ジェームズ・マコート、ハリー・マシューズなどアメリカにも多くのファン、追随者を生みました。また、本人たちは影響を広言していないようですが、デントン・ウェルチの表現、ウィリアム・S・バロウズのカットアップや、青白い炎に揺曳(ようえい)するピスエルガの影を通してウラジミール・ナボコフとの類縁性を感じる向きもいるようです。後世に於いて、一掬の紅涙を注がれることを求めたのでしょうか。

さて、それでは本書に収録した二作品について短く語らせて頂きます。

「足に敷かれた花」(“The Flower Beneath the Foot” 以下、「花」)はファーバンクの代表作です。評論で取り上げられることも多く、『理想の図書館』(パピルス、一九九〇年)でイギリス文学のベスト五十作品に数えられています。

後の聖人ラウラが恋人ユーセフ親王に裏切られ出家するまでを描いており、まとまりがありますが、作者はそれを中心に据えてはおらず、リッツ・ホテルを安ホテルとディスり、ノミがわいたとデマを流して訴訟されるレディ・ナンヤネン、没落したヴァルナの公爵夫人のコネを使って宮中デビューを図るマダム・ヌラシテ、ヴィタ・サックヴィル＝ウェストがモデルともされるミセス・チュメタインスイなどといった中年女性たちのドタバタを面白がって書いています。

聖人伝を模していますが描かれるのは当時の現代風俗であり、そのあたりのアナクロニズムを楽しむのも悪くないかもしれません。

藤巻修二による最終章の抄訳「足に踏まれた花」が『現代英文学評論』(厚生閣書店、一九三〇)に収められています。藤巻は西脇のペンネームとも言われますが、同じ雑誌に寄稿などしているので、裏付けが必要でしょう。また、神奈川県立文学館の近藤東文庫には、川口敏男による訳稿が眠っています。

「見かけ倒しのお姫さま」("The Artificial Princess" 以下、「姫」)は「人工皇女」の名で知られる作品です。生田耕作による個人出版レーベル奢霸都館(さばとかん)が企画した「アール・デコ文学双書」の一冊としてリストアップされていましたが、刊行されずに終わりました。

ファーバンクは一九一〇年からこの作品を書き始め、『サロメ、あるいはあはれあいつは』と仮題を付けていたようです。ワイルドの『サロメ』とジョン・フォードの戯曲『あはれあいつは娼婦』のパロディですが、あまりにも直球で面白みが感じられないため変えたのでしょう。結局生前出版されることはなく、没後の一九三四年にコルリッジ・ケナード卿の序文を付して刊行されました。表現の一部に一九一五年作『虚ろな栄え』と共通するものが見られるので、同年頃の完成かとも言われていますが、作中で言及されるコクトーやロスタンが文名を上げるのはもうちょっと後なので、随時加筆していた可能性も残ります。

少年を思わせる姫と女らしさの極みの男爵夫人、という明暗対比で勢いよく始まるストーリーですが、次第に目的を見失って、バラバラに解(ほぐ)れていくような終わり方をしてしまいます。この作品で楽しむべきはお話ではなく、二人の支離滅裂なお喋りなのかもしれません。奇しくも先日『魔宴』の翻訳が出たモーリス・サックスによってフランス語に移し変えられた作品でもあります。

西脇順三郎による抄訳「模造の姫君」が雑誌『セルパン』一九三五年三月号に掲載されています。

さて、そろそろファーバンクの特質が分かってきたのではないでしょうか。耽美的で幻想的な一面もあるにはあるものの、まだまだ重厚な小説の受けがよかった二十世紀前半において薄っぺらい登場人物たちを活躍させ、軽薄な文体を用いて、ちょっぴりグロテスクでコミカルなコメディを描いた作家だということが。

規格外の存在ということもあり、訳文も独特なものにしようと努めました。原作の色褪せぬ魅力に比べれば、邦訳はどうしても賞味期限がある、とはよく言われることです。ならば男爵夫人の推し聖人オーロラ・ヴォヴィエさまのようにイマドキの言葉を使い、時経て綺麗な白髪となる訳を目指しましょう。

古めかしい言葉とスラングを併せて使うと何とも言えない軽薄な味わいが生まれるのです。訳者の意図が上手くいっているかは読んで判断して頂くしかないでしょう。ファーバンクの陳腐さを誇張する表現技法、「キャンプ」さやノイズがかったような独特な表現は移し変えることが出来たのではないでしょうか。

ファーバンクはイタリックやカッコ書きを多用しますが、和文にした時に効果的とは思えず反映しませんでした。かなり思いきった意訳や補足を行なった箇所は多いです。全責任は訳者にあります。なにとぞご寛恕頂ければと思います。

本書はさまざまな方のお力添えあって成り立っています。とくに「姫」の訳文にアドバイスを下さった館野浩美さまの助言なくしては完成にこぎつけませんでした。ご迷惑もお掛けしてしまいましたが、心より感謝しています。いろいろ無理なお願いをしてお手数を掛けしました編集者の朴洵利さま、訳文のアドバイスをくださった江口之隆さま、企画の初期の段階でお世話になりました日下三蔵さま、イラストを提供してくださったはるもつ（頃之介）さま、ありがとうございました。

「姫」翻訳の底本はニュー・ダイレクションズ社から出た“Five Novels”を、「花」は前者所収のテキストを参照しつつ、一九二三年の初版を電子化したプロジェクト・グーテンベルグのものを使用しました。

二〇二一年十一月
浦出卓郎

ロナルド・ファーバンク 1917年の肖像
Photo: Unknown author, Public domain,
via Wikimedia Commons

本書には、今日では差別的・侮蔑的とされる表現が散見されますが、原作の発表年代や作品の雰囲気を鑑みて翻訳を行なったものであり、あらゆる差別の助長を意図したものではないことをご理解ください。

（編集部）

[著者について]

ロナルド・ファーバンク（Ronald Firbank）

1886年生、1926年没。イギリスの小説家。旅行好きで、人生のほとんどを海外で過ごした。1920年代イギリス文壇きっての才人といわれ、異国情緒の人工的世界を舞台に、性的倒錯や姦通などの主題を色彩豊かに描き、一つの流派を造り上げる。作品に「カプリース」（1917年）、「見かけ倒しのお姫さま」（1934年）など。

[訳者について]

浦出卓郎（うらで たくろう）

1987年生まれ。2014年に第5回創元SF短編賞日下三蔵賞を受賞。『会津人群像』、『霊山歴史館紀要』などに寄稿。

足（あし）に敷（し）かれた花（はな）

2022年8月25日　初版第1刷発行　　定価はカバーに表示してあります。

著者　ロナルド・ファーバンク
訳者　浦出卓郎
発行者　河野和憲

発行所　株式会社　彩流社

〒101-0051　東京都千代田区神田神保町3–10　大行ビル6階
TEL 03-3234-5931　FAX 03-3234-5932
ウェブサイト　http://www.sairyusha.co.jp
E-mail　sairyusha@sairyusha.co.jp

印刷　モリモト印刷㈱
製本　㈱難波製本
装画　頃之介(はるもつ)
装幀　大倉真一郎

ISBN 978-4-7791-2839-4 C0097